講談社文庫

涙香迷宮

るいこうめいきゅう

竹本健治

講談社

涙香迷宮

◎目次

涙香迷宮

るいこうめいきゅう

発端

全面ガラス張りの窓の外で、大きな芭蕉の葉が大儀そうに風に揺らめいている。

そのむこうは海だ。

右から左へ、八月の陽光に灼かれた砂浜が眩しいクリーム色にずっと続き、その先に白をかなり多めに混ぜこんだ淡い青の海がひろがっている。空もやや仄白く霞んで、上空ほどその度合いが濃い。貨物船らしい船が二、三隻、沖合にのんびりした風情で浮かんでいた。

「それにしても、楢津木さんがこちらに移られていたとは知りませんでした。いつだったんですか」

智久が訊くと、相手は持ち前のネチネチした口調で、

「そう言やァ、もうまるまる一年になりますか。考えれば、例の事件からももう二年

ですからねェ。その二年のあいだに、牧場さんは無人の野を行く勢いの大活躍で、若手のためのタイトルを総嘗めどころか、史上最年少で本因坊まで獲っちまうんだから、イヤハヤ凄いもんです。そのうえ今度は名人リーグを無傷で勝ち抜いて、早々に挑戦者に決定ときたもんだ。まァほんのちょっとばかり袖すりあっただけのご縁でしかないですが、それでもあたくしとしちゃ牧場さんの目覚ましい活躍ぶりは嬉しい限りというか、もう最近は生きる励みと言っても決して大袈裟じゃァありません。ですからどうか頑張って……。イヤ、あたくしなんかがどうこう言わなくとも、ファンの方からさんざんそんな言葉を聞かされておいででしょうし、誰よりもご本人が死に物狂いで頑張られるに違いないですが、まァそんなファンの端っこのほうにこんなしがない男もいるというのを頭の片隅にでも留めて戴ければなんて……。ああ、こりゃどうもいけません。ファンなんて人種はどうにも欲深いもので」

ヤニだらけの歯を覗かせながら、そこまでをほとんど切れ目なく言いつのった。

「いえ、そんな。あのときは本当にお世話になりました」

智久はわずかな隙を見つけて割りこみ、慌てて頭をさげたが、

「イヤイヤ、あたくしなんざ、ただちょっとお力添えができただけで、事件そのものはみんな牧場さんが解決したようなものじゃありませんか。全くもって頭の出来が

我々とは違うというか。爪の垢を煎じて飲んでみたいというか――」

放っておけばいくらでも賛辞が続きそうなので、智久は「いやいやいや」と両手をワイパーのように大きく振って懸命に話題を変えようとした。

「それで、こちらはどうなんですか。以前よりは少しのんびりできるようになったとか?」

楢津木は少々藪睨みの眼を大きく見開き、また細めて、

「大きいヤマは意外にちょこちょこあるんですが、まァ全体としてはずいぶん楽になりましたかねェ。ゴミゴミしたところをほっつきまわるよりは、こちらは空気も眺めもいいですし、もうそろそろあっちに戻りたいという気はなくなりましたねェ」

「いいところですものね。ほかの棋戦でも来たことはあるんですが、特にJQ杯の決勝はいつもこの湯河原で行なわれるので、出場資格のあるあと二年、決勝に出られるように頑張る励みができました」

智久がそう言って笑うと、楢津木はぽんと大きく手を叩いて、

「そうそう。それを言い忘れておりましたよ。JQ杯優勝、おめでとうございます。まァ牧場さんにとっちゃ名人戦への恰好の調整といったところなんでしょうが」

深ぶかと頭をさげながらの言葉に、智久は再び大きく手を振って、

「そんな！　それは買い被(かぶ)りが過ぎますよ。今度の碁だって序盤からずっと苦しい展開でしたし。どうにか勝負手が功を奏して、半目勝ちに持ちこめたのは幸運というほかないです」

「しかし結果は二連勝のストレートで優勝ですからねェ。何だかんだ言って、結局実力ですよ。こうなったら史上最年少の名人本因坊——イヤ、その勢いで棋聖も奪取して、十八歳で史上最年少の大三冠と行きましょうや」

「そんな無茶な」

智久は振りあげた手を頭に巻きつけ、そのまま背凭(せもた)れに身を任せながら視線を窓の外に投げやった。のんびり海に浮かぶ貨物船の姿は、さっきからほとんど位置が変わっていないようだ。

「そういえば、楢津木さんがどのくらい碁を打たれるかは聞いていませんでしたね」

「あたくしですか？　イヤ、お恥ずかしいですが、いちおう仲間うちでは初段ということで打たせてもらっておりまして」

「段持ちなんですか。それはたいしたものですね」

「それはどうですかァ。こちとらまともに本すら読んだこともない、ただ切った張ったで喜んだり騒いだりしているだけの筋悪碁(すじわるご)ですからねェ。ああ、もうちっと勉強しておくんだったなァ。そうそう、牧場さんが碁の本を書いてくれれば絶対読みますよ。そういう予定はないんですか」

「碁の本ですか。そういう話もあるにはあるんですが、何しろ今は自分の勉強で精いっぱいで。ただ、普及というのもとても大事なことですし、いつかは自分なりにいろいろ書いてみたいとは思っているんですが」

槢津木はピシャリと自分の頭を叩き、

「ご自分の勉強――！　イヤイヤ、そういうことでしたら余計なことは金輪際申しません。いつまでもお待ちしますとも。それまではこちらの上達もおあずけということで。イヤ、ご本を読んでも上達できるかは怪しいもんですが」

ヤニだらけの歯を剝き出しながらそう言って、ケラケラと笑った。

そして二人はあれこれ話を続けた。会話の内容はどうしても二年前の事件のことが中心になる。智久がまだプロ棋士になる以前に巻きこまれた殺人事件で、槢津木はその事件を担当した刑事だった。

「あの事件でも身を賭しての大活躍でしたが、チラホラ噂は伝わってきておりますよ。あのあともいろんな事件を快刀乱麻の鮮やかさで解決されているそうじゃありませんか。あたくしなんぞ、そのたびにさもありなんと北叟笑んでいたのですが、イヤそれにしてもさすがですねェ。あたくしもそれくらいの神がかりの頭脳があれば、靴底を減らすこともなく手あたり次第に何でもズバズバ解決して、ここではなくて本社に行くくらいに出世していたんでしょうが」

「困ったなあ。もう本当に勘弁してくださいよ。それに、楢津木さんの凄さは僕がいちばんよく分かってますし。あの事件のときだって、身を賭してなんてことじゃなくて、ただ単に自分のドジで勝手に危ないめに遭ったただけですから」

そんなふうにしてしばらく話が盛りあがっていた最中に楢津木の携帯電話が鳴りだした。着メロが茶木みやこの「まぼろしの人」であるのに気づいてちょっと口もとを綻ばせた智久に、楢津木は「ちょっとすみません」と手刀を切りつつ着信表示をチラと見て、かすかに眉を曇らせた。

相手の言葉に数秒間を置き、案の定といった声のトーンで「そうか」と返した楢津木は、

「近いな」

そう呟いたあと、急に大きく眼を見張り、興味深そうにフンフン頷きながらしばらく相手の話に耳を傾けていたが、

「分かった。すぐ行く」

それだけ言って携帯電話を閉じた。

「すみません。こちらからお呼びたてしておきながら、今度はこちらに呼び出しがかかっちまいまして」

「事件が起こったんですね。いいですいいです。そんなこと気にしないでください」

智久はそう言ってどうぞ急いでくださいと促したが、榾津木はなぜか媚びるような薄い笑みを浮かべて、

「あのう、牧場さんはこのあと、お時間は？」

すぐには立ち去る様子もなく、そんなことを訊いてきた。

「時間ですか？　いいえ、対局もすんで、特に何も用事はないですから」

「それならどうでしょう。ちょいとご協力願えませんでしょうか。ええ。お察しの通り近くで事件があったんですが、それが牧場さんのご助力を授かるのにまさにピッタリの現場のようでしてねェ。こんな巡りあわせも天の配剤としか思えませんので、どうか是非ともごいっしょにいらしてもらえませんでしょうか」

事件の関係者でもない素人を現場に連れていくなんて通常はあり得ないことだろう。智久も常識的判断に従って「そんな、まさか」と辞退しようとしたが、榾津木は「まあまあまあ」と「是非是非是非是非」を繰り返しつつ、有無を言わせぬ勢いでホテル

のラウンジから連れ出し、自分の車へと押しこんだ。

五分ほど車を走らせて到着したのは、もっと山際の旅館だった。瓦を頂いた白塗りの土塀が眩しい。よく手入れされた松の庭木がそのむこうに頭を覗かせている。正門にまわると《隋宝閣》の看板。そこを抜けると右手に駐車場があって、既にパトカーが二台ほど見えた。

いかにも老舗そうなしっとりと落ち着いた風情の建物だった。白石を敷き詰めた前庭も美しい。車を降り、二人は警官に導かれて玄関をくぐった。廊下で刑事らしい私服の男が智久の姿を見て怪訝そうに眼を眇めたが、楢津木が「プロ棋士の方だ。こういう場にも慣れてらっしゃる。大丈夫。あたしが責任を取るよ」と言うと、あとは何も言わずに通してくれた。

案内されたのは曲がりくねった廊下の奥のほうだった。警察関係者が我が物顔で往き来し、仲居や宿泊客が端のほうからオズオズと様子を窺っている。そのなかの若い三、四人の女性グループが急に生き生きと眼を輝かせて、

「ねえねえ、あれ！　牧場智久じゃない!?　ほら、囲碁棋士の！」

「ホントだ。でも、どうして彼が警察の人といっしょにいるの？」

「もしかして、何かスキャンダル？」

そんな声を発したので、智久がウヘッと首を縮めると、

「さすが、アイドル並みの人気ですねェ」

楢津木が追い討ちをかけるようにニタニタした笑みを寄こした。

廊下のいちばん奥の《芙蓉の間》という札の下の襖が開け放たれていて、

「申し訳ありません。これを着用して戴けますか」

楢津木が自分も受け取った手袋やマスク、足カバーや髪カバーのセットを智久に手渡した。

幾多の事件に遭遇し、ゆきがかり上そのつど真相を解明してきた智久だが、こうして起こったばかりの現場に真正面から立ちあう機会は滅多にあることではない。いくぶん高揚した気持ちでごくごく手狭な次の間を抜けると、八畳ほどの和室の真ん中にかなり年配の男がこちらに背を向け、何か小さな台のようなものに屈みこむようにして倒れこんでいる姿が眼にとびこんだ。

くたびれたワイシャツ。グレーのだぶだぶしたズボン。そしてその背中――ちょうど心臓の裏側あたりにクリーム色の木の棒のようなものが突き刺さっている。そこから激しく溢れ出した血液がシャツからズボンへと釣り鐘状にひろがり、すっかり赤黒く凝固していた。

そしてその現場を特徴づけているのは、その遺体の周辺に散乱している夥しい数の碁石だった。男の右脇には碁笥もある。してみると、男がその上につっぷしているのは碁盤に違いない。智久はなぜ自分がこの現場に連れてこられたのか納得しつつ、そっと楢津木を横目で見た。

周囲に鑑識係員が何人もいて、巻き尺でいろんな位置関係を測ったり、写真を撮ったり、指紋を採取したりしている。

「このへん、もういい?」

楢津木は彼らに確認して、智久を遺体の左横に導いた。そちらから見ると、男が覆いかぶさるようにつっぷしていたのはまさしく碁盤だった。足つきの、智久の目分量では四寸盤だ。そして男の年齢は七十過ぎだろう。盤面に接しているのは胸から鳩尾にかけてなので、頭は碁盤を乗り越してガックリと垂れ、やや長めの白髪まじりの髪が畳を掃いていた。

背中に刺さっているのは、どうやらアイスピックらしい。その柄の部分だけが見えているのだ。そしてその柄の長さからして、二十センチほどの針の部分がまるまる突き刺さっているに違いなかった。

尻を大きく突き出すようにしている。座布団の上で膝が折り畳まれていたが、その座布団は通常の位置よりやや盤から遠いようだ。恐らくもともとは通常の位置に正座していたのだろうが、背後からアイスピックを突き刺され、盤上につっぷしたときに、膝とともに座布団が少し後方に押しやられたのだろう。

智久は思いきり身を屈め、男の顔を覗きこもうとした。皺が深い。痩せて、頬骨が大きく突き出している。畳に近いのではっきりとは読み取れなかったが、眼を見開き、口をポカンとあけたその表情は、身に起こった突然の事態に「なぜ？」と問いかけているような気がした。

「では、そろそろ遺体を」

楢津木と智久は部屋の隅に寄り、待機していた係員たちが遺体の運び出しにかかった。ビニールの大きなケースを横にひろげておいて、遺体をゆっくり碁盤の上から持ちあげる。

「そーっと。そーっとな」

楢津木が声をかけたが、それでも盤上からバラバラと碁石がこぼれ落ち、そのいくつかはワイシャツに貼りついていたものだった。

「体に碁石をくっつけたまま持っていかんようにな」

ジッパーが閉じられ、遺体が搬出されると、智久は再びつくづくと現場を見渡した。部屋の中央に碁盤。そして盤上や周辺に夥しく散乱した碁石。盤を挟んで二つの座布団。入り口側の座布団はやや盤から遠い。やはり盤を挟んで木製の碁笥が二つ。色合いの濃さから、智久は栗だろうとあたりをつけた。そっと上から覗きこむと、男の座っていたほうの碁笥には白石、反対側の碁笥には黒石が、どちらも底のほうに少し——それぞれ目分量で四十個ほど残っている。さらに、それぞれの碁笥の横に裏向けに置かれた蓋には、どちらも数個の取り石がはいっていた。

　盤上の石は無惨に乱れ、男が倒れこむ前にどのような局面を描いていたかは全く見当もつかない。もしかするとある程度局相が読み取れるのではないかと期待していたらしく、楢津木が残念そうに小さく舌打ちした。

　遺体があったほうの右脇に、湯呑み茶碗が黒っぽい茶托に載ったままで残っていた。倒れこんだ男の体にふれずにすんだのだろう。底にほんのわずかに茶屑がこびりついているだけで、お茶はきれいに呑み乾されていた。

　こざっぱりした部屋だ。入り口の反対方向には壁幅いっぱいにアルミサッシの出窓があり、遮光カーテンと白い薄手のカーテンが両脇に開かれている。そこから小さな池のある庭が眺められた。それほど広い庭ではないが、松や楓や南天の庭木が遠近法を強調するように配置され、白砂とのコントラストも美しかった。

小ぶりの座卓が窓際に押しやられ、その上に湯沸かしポットとお盆、ガラス製の灰皿があり、盆の上には急須と茶菓子が数個、そして未使用の湯呑みと茶托のセットが五つ、それぞれ重ねて置かれていた。灰皿に吸い殻はなし。また、入り口から見て左側には、入り口に近いほうに観音開きの戸棚、窓に近いほうに小さな床の間があり、床の間に設置された棚にテレビ、デジタルの置き時計（表示時刻はAM11:19）、貴重品用の金庫、そして床の間の横には足つきの将棋盤と駒箱のセットもあった。漆喰の壁に額縁の類いはいっさいかかっていない。見あげると、同じく漆喰の天井の一角に埋め込み式のエアコンが取りつけられており、かすかな音を立てて作動中だった。

そこで再び八畳間から手狭な次の間に戻った。入り口から見て左側にトイレ兼用のユニットバスがあり、そっと眺めまわしてみた限りでは、少なくともバスタブを使った様子はなさそうだった。

「間違いなく殺人事件ですよね」

智久がようやく切り出すと、

「そうですねェ。申し分のないくらい」

楢津木は片方の口角だけつりあげて頷いた。

「要するに、ガイ者は碁の対局中、後ろからアイスピックで心臓を突き刺されて殺されたわけですな。少なくとも、現場の状況がそう見えることにご異存はないでしょう」

「被害者の身元は分かってるんですか？」

しかし楢津木は「それがですねェ」と、つりあげていた口角を逆に引きさげて、

「この芙蓉の間の予約は、二人、夕食も朝食も不要の素泊まりということで三日前にされたんですが、その人物は『加藤(かとう)』と名乗ったそうです。で、昨日の午後四時頃、ガイ者がやってきて、『加藤の名前で予約されているはずですが』というので、部屋に案内したというんですな。しかしそれ以降、旅館は『加藤』なる人物が来たことを確認していないそうです。そして今日、チェックアウトの午前十時を少し過ぎた頃、仲居によって遺体が発見されたという順序です。簡易的な所見によれば、死亡推定時刻は昨夜の午後八時を挟んで前後三十分。金庫のなかは空。財布はズボンのポケットにありましたが、鍵や携帯電話や免許証等はなし。結局、ガイ者の身元は全く不明なんですよ」

「『加藤』なる人物がフロントに来なかっただけで、その人物が出入りしなかった、とは言えないわけですね？　監視カメラはどうなんですか？」

「玄関を含めて四ヵ所に設置されているんですが、客間への廊下にはないということ

ですから、『加藤』なる人物が何食わぬ顔で出入りしたとしても、実際のところ特定は難しいでしょうねェ」

楢津木は肩をすくめながら首を横に振った。

「そうですか。まず、被害者の身元の特定からですか――」

「ええ。そこで牧場さんにご足労願ったというわけなんです。どうでしょうねェ。何でもいいんです。何かお気づきになったことはありませんか」

そこで智久はちょっと口元をゆるめて、

「実は、この《隋宝閣》には僕も何度か来ているんです。この部屋は初めてですけどね。ここには各部屋に碁と将棋のセットがあるほか、遊戯室にはそれぞれ十五セットほど用意されているので、囲碁や将棋の団体客によく利用されているんですよ。アマの頃にも二度ほど来たし、院生時代やプロになってからも、勉強会で三回は来ています」

そう打ち明けると、楢津木は大きく眼を剝いて、

「ああ、そうなんですか！　碁打ちのあいだでは有名な旅館なんですねェ。これはモグリであることを証明しちまったようなもんだなァ。しかし、それならますます話が早い。どうでしょう。何でもいいんです。何か、ちょっとでも気づいたことがあれば

──」

下からしゃくりあげるように覗きこんでくるのにちょっと怯(ひる)みつつ、智久は腕組みしながら右手の薬指で眉のあたりをこつこつと叩いて、

「そうですね。気になることといえば……」

「ア、やっぱりあるんですね。さすがです！　いったい何でしょう、それは」

「ちょっと調べてもらいたいことがあるんです。現場に残っている碁石の数ですよ。黒石と白石を全部集めて、それぞれ何個あるかを確かめてもらいたいんです」

その言葉に、楢津木は少々キツネにつままれた面持ちで、

「ハァ、それはおやすい御用ですが……いったいそりゃァどういうことですか」

と、首をひねった。

「いえ。僕の思い違いかも知れないんですが──」と智久は口を濁し、「どうも、何だか碁石の数が多いような気がするんです。それで」

その言葉に楢津木は眉根をあげたりさげたりしながら、

「碁石が多い？　通常よりもですかァ。ふうん？……ああイヤ、いいですよ。すぐに確認させましょう。結果が出次第お報(しら)せしますよ」

「では、そのあいだ、僕は遊戯室のほうに行ってます」

智久はそう言って、勝手知ったる大部屋に向かった。ところがそこで、先程智久を見つけて騒いでいた四人の女性グループが小股な早足で擦り寄ってきて、

「あのう、棋士の牧場智久さんですよね。私たち、ファンなんです。サインとか、いいでしょうか」

などと声をかけてきたので、思わず胸のなかで首を縮めた。けれども彼自身、囲碁普及のためにはファンは極力大事にしなければならないというのを信条ともしているので、「いいですよ」と気軽に答えると、わあっと嬉しそうにはしゃぎ、

「じゃ、写真もいいですか。みんなといっしょのとこ、私が写すから。その代わり、私は2ショットで。ね」

「あっ、ズルいズルい！　みんな平等でなきゃ！」

そんなわけで、智久はひとしきりサインや各人との2ショット撮影をこなした。それぞれタイプの違う若々しいファッションに身を包んでいるが、こうして間近でつくづくと見ると、四人とも智久より十は年上のようだ。そして頃合いを見計らったように、

「あのう。牧場さんは今起こっている事件のことを知ってるんでしょう。何が起こったんですか」

彼女たちの興味は結局そこに向かった。

「どうせ分かることだから言っちゃいますけど、殺人事件のようですね」

「え――――っ！　ホントですかあ。びっくりー！　でも、どうして牧場さんが刑事さんといっしょにいたんですか。もしかして、殺されたのは牧場さんの知ってる人？」

「いや、そういうわけじゃないです。あの刑事さんが以前からの僕の知りあいなんですよ。だからちょっと立ち話しただけで。僕も詳しいことは知らないんです」

智久はそう誤魔化した。

「そうなんですかあ。残念。でも、殺人事件に遭遇なんて、ちょっとドキドキ」

「ところで、皆さんのなかに囲碁を打たれる方はいらっしゃるんですか？」

智久からそう尋ねると、

「いえ。残念ながら、まだ。というか、これを機会に覚えてみようと思います。私、前から興味あったし」

いちばんリーダー格らしいモスグリーンのワークキャップを被った一人が答えた。

「それはいいですね。僕からも是非お勧めします。では、そうすると、皆さんはどういうお仲間なんですか」

「別にどういうってことはないんですけど、まあ、高校のときからの本好き仲間がもとになってて」

「へえ。じゃ、ミステリなんかも」

「あ。ミステリはみんな好きですよ。得意ジャンルはそれぞれちょっとずつ違いますけど。私は日本の古いもの専門で、彼女は海外もの、その横は最近の日本のミステリ、あんたはサスペンスものが中心よね。牧場さんもミステリ、好きなんですか」

「ええ、まあ。大のミステリ好きの友達がいて、その影響もあったりして」

「へえ。そんなにマニアの友達が？」

そこでふと思い出して、

「そういえば、明日もその友達にミステリ・ナイトというイベントに誘われていたんですけど――」

途端に四人は急に大声をあげ、

「ミステリ・ナイト!?　目黒のホテルの？　私たちも明日、それに行くんですよ。じゃあ、そこでまたお会いできるかも知れないんですね！」

手を取りあってはしゃごうとしたが、

「いえ、それが、僕の予定が急に塞（ふさ）がってしまったので、そのことを連絡したらぶうぶう言われちゃいました」

心ならずも水を注す恰好になってしまった言葉に、空気が抜けるように肩を落とした。けれどもそこでワークキャップが、

「もしかして、その友達というのは女性？」

出し抜けに図星を指されて面喰らう智久に、

「それって、ズバリ、彼女。そうでしょう？」

どうしていきなりそんなところに行き着くんだ？　心中大いに慌てふためく智久の前で、「いいなあ。その子が羨ましい――ぃ」と四人は身を揉むように合唱し、

「同じミステリ・ファンというのがよけい悔しいじゃない？」

「同世代なんですか。それとも年上？」

などとしつこく喰いさがるのをあたりさわりなく躱すのにひと苦労だった。

四人を何とかやり過ごして別れたあと、智久は急いで目的の行動に移った。囲碁と将棋のセットが作りつけのサイドボードの上にずらりと積み置かれている。智久は囲碁のセットのほうから碁笥を引き出し、ひとつひとつ蓋をあけてなかを検めた。そしてすべての碁笥をひと通り確認すると、「やっぱり」と小さく呟いた。

楢津木がやってきたのはそのときだった。

「牧場さん。やっつけましたよ。えーっと、いいですかァ。あの部屋にあった総数が、黒石二百二個、白石二百七個。その内訳ですが、盤の上に残っていたのが黒石六十二個、白石五十五個、周囲に散らばっていたのが黒石九十八個、白石百四個、碁笥の蓋にあった取り石が黒石五個、白石六個、そして碁笥に残っていたのが黒石三十七個、白石四十二個でした」

　楢津木はメモを見ながら報告した。

「ああ、内訳まで。有難うございます」

　そして智久はそのメモを受け取り、しばらくじっと睨みつけていたが、

「やっぱり――多い」

　そう呟いた。

「多いですかァ。そんなに？」

「これはご承知でしょうけど、碁盤には縦横十九路ずつの線があって、従って石を打てる交点が三百六十一ありますね。だから通常、碁石はそれを最大限埋めつくす数――黒石百八十一個、白石百八十個を揃えるのが正式とされているんです。ここでちょっと厳密なことを言うと、実はご存知のように、碁には石を取ったり取り返したりする《劫》があるので、終局まで三百六十一手内でおさまるとは限りません。事実、

歴史上の最長手数記録局は四百十一手とされています。ですが、こういう場合でも、相手から取った石である《アゲハマ》を同じ数だけ交換することによって、総数三百六十一個の石で支障なく打つことができるんです」

智久がそこまで言うと、

「なるほど。それに較べると、黒白ともに二百個を超えているというのは確かに多いですねェ。しかし、こういう場所柄でもあるし、もしかするとほかのセットからの石のやりとりもあるかも知れませんし、定期的にいちいちきちんと石数のチェックをしているわけではないでしょうから、そういうこともあるんじゃないですか？」

楢津木はやんわりと異議を差し挟んだ。

「まあ、最後まで聞いてください。総数三百六十一個の石があれば支障なく碁が打てると言いましたが、実際の対局では、プロどうしの碁で、投了せずに最後まで打ち終える《数え碁》の平均手数が二百六十五手あたりだそうですから、黒白あわせて三百個もあれば、不自由することはまずありません。だから碁会所などの囲碁施設でも、初めこそ黒白とも百八十個ほど揃えていたとしても、石が割れたり紛失したりでどんどん減ったり、あるいは初めから一括で少なめに揃えておくなどして、各百八十個よりかなり少なくなっているのがまあ普通なんですよ。現に、この遊戯室の碁笥をひと通り見てもそうでした。黒白とも、どうにか平均百五十個というところだと思います」

「ハハァ、なるほどなるほど。ほかは百五十個なのに、あの部屋だけ二百個を超えている。これは確かに普通とは言えませんですなァ。……で、そうすると結局どういうことに？」

首をひねる楢津木に、智久は積み置かれた碁盤のほうを指さして、

「石を補充するならこの遊戯室からでしょう。そう思って点検してみたんですが、ほかより二十個ばかり石数の少ない碁笥が黒白それぞれ二つずつありました。結局、あの被害者か、あるいは『加藤』なる人物——いや、この名称はやめておきましょうか。そもそも偽名の可能性も高いし、予約者とあとからの訪問者が同一人物とも限らないし、さらにその訪問者が一人だけだったとも限らないんですから。とにかく、被害者か、そうでなければ彼の対局相手がここから石を運び出したのは間違いないでしょう」

「ああ、そうか。この部屋からねェ。しかし、普通はそれぞれ百五十個もあれば充分なのに、さらにそれぞれ五十個以上、わざわざそんな手間をかけてここから客間に運びこんだとは、ずいぶん用心深いというか、神経質というか——」

「ええ。ちょっと度を越してますね。ただ……」

槌津木は「え？」という顔で口をすぼめ、

「ただ、何ですか？」

「僕がさっき『やっぱり多い』と言ったのには、もうひとつ意味がありました。内訳まで調べて戴いたので、それがはっきりしたんです。碁笥に残っていた石は別にして、盤上の石、畳に散乱していた石、碁笥の蓋に残っていたアゲハマの数をあわせると、黒石は六十二たす九十八たす五で百六十五、白石は五十五たす百四たす六で百六十五で、ぴったり同数になりますね」

槌津木はメモをしげしげと見なおして、

「ああ、本当だ。——しかしまァ、それは考えれば当然か」

「ええ。置碁でない限り、そのこと自体は自然です。だけどその両方を足しあわせると、百六十五かける二で三百三十。さっき言った最長手数記録局には及びませんが、三百三十手といえば、これはもう相当な長手数ですよ。しかも自分の手を熟考中に背後から刺されたとすれば、まだ対局中だったわけでしょう。激しい捻りあいや荒らしあいの結果、双方ともにほとんど地のない局勢になったか、あるいは劫に次ぐ劫を蜿蜒と争い続けたのか——碁笥の蓋に残っていたアゲハマの数は黒五個と白六個なので後者ではないように思えますが、実際はもっと数が多かったのが、殺害時の衝撃でこぼれ落ちてしまった可能性もありますから――ともあれ、いずれにせよ、実力の伯仲した、凄まじく力のこもった一局だったと想像できますね。多分、級位者や低段者ではないでしょう。かなりの高段者――もしかすると県代表クラスかも、という気がしてならないんですが」

最後は少し自信なげな口振りになったが、楢津木は途端にニカーッと大きく破顔し、

「ああ、そいつは身元確認のための大きな手がかりになりそうですなァ。イヤ、これは大変有難いです」

満足そうに頷いたが、智久の話はまだ終わっていなかった。

「とにかく問題なのは、実際に石数が三百では足りなかったという点ですね。対局者はあらかじめ石数が足りなくなるような局勢になることを予想して、石を補充しておいたのでしょうか？　そんな予想なんて、僕たちプロでさえなかなかできないことですけどね。ひとつ考えられるのは、対局者二人はもう何度となく対戦し、いつも同じように石数いっぱいの戦いになることが分かっているというケースですが――」

「ははァ。少なくとも、二人とも大模様を張りあう棋風ではないんでしょうな。それ

とも、二人とも劫にできるところは何でも劫にするくらい無類の劫好きだったとか――。まあ、その場合はやっぱりアゲハマはもっとどっさりあって、犯行の煽(あお)りで蓋からこぼれ落ちたってことになるんでしょうが」

そこで智久は少し声の調子を改めて、

「そこで実はもうひとつ、いちばんありそうなケースが考えられるんですよ。それは、対局途中でどんどん双方とも地のない碁になってきて、このままでは到底石数が足りなくなりそうなので、いったん対局を中断し、多めの石をこの遊戯室から調達してきたというケースです。どうでしょう。これなら、二人のこれまでの対戦がかなりの頻度で三百手を超すような長手数の碁になっていたから、などといった少々無理な前提をつけ加えなくてすみますし」

「あァ、そうかそうか。対局の途中で！　うん。そいつァごく自然だ。ええ。きっとそれに違いないですよ。とすると、その時刻は――」

「対局者が何時に来たのか、どのくらいの時間をかけて打ったのか、それに打たれたのは一局だけだったのかといった問題はありますが、とにかく石が足りなくなりそうになったのは最終局ですから、死亡推定時刻の……そうですねえ、三十分ないし一時間前というところでしょうか」

「とすると、結局、午後六時半から八時のあいだってことだな！　うん。そこまで絞れればやりやすい。その時間帯にここで碁を打ったかどうか、ほかの泊まり客に確認しましょう。もし、石を調達しにきたのがガイ者でなくて対局相手のほうで、その目撃者さえ出てきてくれれば、いっきょに事件解決に近づくんですがねェ」

「碁を打っている最中は没頭してしまうのが世の習いですから、そんなことに気づく人がいたかどうか、甚だ心許ないですけどね」

「イヤイヤ、そこまでの集中はプロならではでしょう。我々ザル碁レベルでは、三味線弾いたりキョロキョロしたりと、尻の落ち着かない子供と同じですよ」

　楢津木は妙に楽天的に笑った。

「それにしても、殺害動機は何なんでしょうね。計画的な殺人だったのか、それとも衝動的な殺人だったのか」

　智久が首をひねると、楢津木は「そうそう、それもあるんです！」と自分の頬を勢いよく叩き、その手で顔半分をぐるぐる撫でまわしながら、

「まさか、そんな長手数の大熱戦の末、半目負けだった悔しさからカッとなって——なんてことじゃないんだろうなァ。牧場さんの言われた通り、あれはいかにも自分の手を読んでる最中にやられたという状況だ」

「ええ。それに凶器がアイスピックという点も計画性を示唆してますね。とはいえ、計画殺人と仮定しても不思議なんですよ。犯人はどうしてわざわざこんな旅館で、なおかつ碁の対局中というシチュエーションを舞台設定として選んだのか。被害者が盤上没我するタイプだったとしても、単に殺害だけが目的なら、これは決して実行しやすい舞台設定とは言えないでしょう。あくまで計画殺人であるなら、わざわざそういうシチュエーションを選ぶだけの大きな理由があったはずなんです。だけど、僕にはその理由がさっぱり見当もつきません。とすると、犯人がアイスピックを所持していたのはたまたま偶然で、殺害動機は対局中、碁以外のことで不意に生じたのでしょうか。例えば被害者が熟考中の譫言で、彼が対局相手の親の仇であることを確信させるような台詞を呟いたとか？　まあ、いかにも推理ドラマでありそうなシーンとは言えるかも知れないですが――」

智久はそれこそ没我ゆえの譫言のように呟いたが、楢津木は急にソワソワしだし、

「まァそれはあとの話でいいでしょう。泊まり客がどんどん帰らないうちに話を聞かないと。ではあたくしはこれで。いろいろ結果はのちほどお報せします」

そう言い残してアタフタと部屋を出ていった。

東京に戻った智久に事情聴取の結果が報されたのは翌日だった。まだ旅館内に留まっていた客はもちろん、既にチェックアウトしていた客もすべて洗い出して話を聞いたという。また、念のために時間帯も午後四時から八時過ぎまでひろげて確認したが、智久の危惧したように遊戯室から石を持ち出した人物に気づいた客は見つからなかったそうだ。

指紋も部屋から多数検出されたが、警察の保存するデータと一致するものはなかったという。ただ、碁石をサンプリングして調べたところ、白石だけでなく黒石からも被害者の指紋が多く採取されたので、対局は一局きりでなく、少なくとも手番を交換して二局は打たれたと推測できることが新たに判明した点だった。

遺留品の財布からは身元を特定する手がかりは依然得られていない。凶器となったアイスピックは旅館で使われていたものではなく、外部から持ちこまれたものだった。遺留指紋はなし。なお、見た目の印象通り、ユニットバスに使用された形跡はなかった。

司法解剖によれば、死亡推定時刻はほぼ当初の見立て通り。死因はアイスピックの突起部分が心臓を貫いたことによるショック性心停止。虫垂炎の手術痕、十二指腸に軽度の潰瘍、左腕の肘に古い骨折のあとがあった以外はこれといった持病も見あたらず。現在は歯の治療痕をもとに全国の歯科医への問いあわせを進めているという。

しかし、その後の捜査においても捗ばかしい進展はいっこうになく、時折りはいる楢津木からの連絡にも次第に弱音の比重が色濃く増していった。

もうひとつの発端

「なぜここに呼ばれたか、分かっているだろうね」

恐ろしく低い声でそう言ったのは、その広い部屋の奥まったところにある肘掛け椅子に腰かけ、壁に投げかけられた青白い間接照明を背にしてシルエットだけを黒く浮かびあがらせている人物だった。

「わ……わ、分かりません……」

若い男がそこから五メートルほど離れた床に四つん這い（ば）いに貼りつき、震（ふる）え戦（おのの）く声で答えた。こちらに尻を向けているので、顔は見て取れない。

「分からない？　本当かな。だとすれば問題だね。どうして急にそれほど血の巡りが悪くなったのかな」

その声は低いだけでなく、ひどく特徴のある掠（かす）れ方をしていた。そしてその声は怒気ではなく、かすかな笑いさえ含んでいて、それゆえにいっそうの凄みが加わっている。若い男はひきつるような荒い息をつくばかりで、もう満足に言葉を発することもできないようだ。

「仕方ないね。では、こちらから言ってあげよう。君が男の家に駆けつけたとき、もう男の息の根は止まっていたと報告したね。しかし、それは嘘だ。そのとき、男はまだ生きていた。だから君は男から死に際の言葉を聞き出したはずだ。そして君はそのことを黙っていた。自分だけ抜け駆けして、財宝をこっそり独り占めするためにね。世間一般ではそうした行為を何と呼んでいるか知っているかな？　裏切りというんだよ。そして裏切り者がどんなめに遭うか、君も相場はよく知っているはずじゃないか」

若い男は「ひっ……ひっ……」という声を洩らしながら顔を床にすりつけた。

「さあ。もう余計な手間はかけさせないでほしいね。男は君に何と言い残したんだ？」

「……も……も……み……」

若い男は懸命に何かを言おうとするのだが、舌が縺(もつ)れてうまく言葉にならないでいる。

「どうした。喋り方さえ忘れてしまったのかね。少し落ち着きたまえ。もっと大きく息を吸いこんで、そしてゆっくり言葉にするんだよ。さあ」

若い男は必死に息を吸いこみ、

「……モミツカヘルテ……キーワードはモミツカヘルテだ……あの男はそう言いました」

やっとそれだけの言葉を搾り出した。

「モミツカヘルテ？　何だね、それは？　口からでまかせを言ってるんじゃないだろうね」

「う、嘘なんか言いません……あの男は確かにそう言ったんです……こ、ここにそのとき書き写したメモもあります……だから憶え違いでもないです！」

若い男はたどたどしい手つきで小さな紙切れを取り出し、這いつくばったまま拝むように両手で差し出した。

「意味は分かったのか？」

「い、いいえ。まるでさっぱり……なので、どうしようか考えあぐねていたところだったんです……」

シルエットの男はしばし探るような沈黙を挟み、

「よろしい。では、ひとまず信用しよう。もし嘘だったときはどうなるか、分かっているね？」

その言葉に相手がガクガクと首を縦に振るのを確かめて、

「よし。連れていけ」

それを合図に両脇の暗がりから屈強そうな男たちが現われ、若い男を引き立たせると、足が満足に地につかないのもかまわず部屋から連れ出していった。そしてバタンとドアが閉じ、部屋に再び静寂が戻ると、シルエットの男はゆっくり片手を額にあてて、

「モミツカヘルテ……？　聞いたこともない言葉だが、いったい何なんだ？　そもそも日本語なのか、外国語なのか？」

独り言のように呟いた。

そこでいったん部屋じゅうが真っ暗になり、ほんの二秒ほど間を置いて、明るい照明が会場全体を照らし出した。

「はいっ。第三幕は以上です。意外な展開の末に、ついにキーワードが明らかにされましたね。これまでに入手された第一、第二の文書とあわせて、皆さん、頑張って謎の解明にチャレンジしてください。なお、ヒントはこのホテルのあちこちに転がって

いるかも知れません。くれぐれもうっかりお見逃しなく」

ステージの横手に立っているナビゲーターの女性がひと通り喋り、優雅に頭をさげると、会場を埋めつくしていた観客たちがどよめきとともに席を立ち、早くもあれこれ推理を戦わせたりしながらゾロゾロと退出していった。

そんななかに武藤類子と三原祥子、そして一年後輩の津島海人の三人組もいた。

「モミツカヘルテ、かあ。そんな言葉、聞いたことあります？」

「いいえ」と返す類子に続いて、祥子も「ゼーン然」と大きく首を横に振る。

「あのボスみたいな男も言ってたけど、日本語なのか外国語なのかも分かりませんよね。今までの文書もいいとこ半分くらいしか解けてないのに、意味も分からないキーワードをどう組みあわせればいいのか——」

「智久君がいれば、こんなのバサバサ解いてくれてたはずなのにな」

思わず類子が洩らすと、途端に海人が面白くなさそうに下唇を突き出した。それに加えて祥子もぷっと頬を膨らませ、

「それ言っちゃうと、牧場さんの穴埋めで来たあたしの立場はどうなんの？」

「あ。そんなつもりじゃないの。祥子もいちおうミステリ研の部員ということで、頼りにしてるんだから」

「いちおう、ねえ。じゃ、頼りにされたところで言うけど、海人君、スマホ持ってんでしょ。検索してみたら？」

「あ、そうか。でも、そんな聞いたこともない言葉、検索して出てくるかな」

海人は半信半疑のままチョイチョイと操作していたが、

「あ、ホントにあった！　へえ、これって日本語なのか。ええっと……どうも『モミツカヘルテ』というのは古い日本語で、紅葉した楓のことらしいですね。『もみつ』というのが紅葉するという意味の動詞の連体形、『かへるて』は要するに葉っぱの形が蛙の手に似ていることから楓を表わすそうです」

ほかの客に聞き咎められないように小声で伝えた。

「ね。推理力はともかく、知識的なことなら、今の時代、どうにかなるもんよ」

祥子はあまり豊かでない胸を得意そうに張ってみせた。

それはミステリ・ナイトでのひとコマだった。芝居仕立てで提示される殺人事件などの謎を、観客自身が探偵となり、ひと晩かけて真相を推理解明するという趣向の宿泊型のイベントで、多くはホテルや船で行なわれる。また、謎を解く手がかりは何幕かの劇のかたちだけでなく、ホテルや船内の様ざまな場所にも仕掛けられているので、先程のナビゲーターの女性が注意を促したように、観客たちは就寝時間以外なかなか気が抜けないのだ。

「やるじゃん、祥子！」

類子がピンと指ピストルをつきつけて言うと、

「まあ、これくらいのこと、遅かれ早かれたいがいのチームがやってみると思うから、うちらとしてはちょっとでも早く糸口を見つけて、先手先手と次の手がかりを入手していかないと。そうでしょ、海人君！」

今度は祥子の指ピストルを向けられ、海人は背をつっぱらかせて「は、ハイ！」と素晴らしい返事をした。

「で、でも、祥子先輩もさすがミステリ研だけあって、ミステリ・ナイトの要領をよくご存知ですね」

「そりゃああたしもミステリ研チームで二回ほど来てるもの」

「あっ、そうなんですか。じゃ、『報復の女神』と、その前の『アルバトロス殺人事件』ですか？　僕もその両方に行ってたんですよ。気がつかなかったなあ」

「ええ。どっちもうちのチームの成績、かなり上位に喰いこんだのよ。今回は事件そのものより暗号が主体だから、ずいぶん勝手が違うけど」

「モミツカヘルテ――紅葉した楓か。意味は分かったけど、それを二つの文書とどう組みあわせるのか。うーん、やっぱり見当もつかないや」

そこで類子が、

「こういう暗号とかパズルなんていうのこそ、智久君が大得意なのよね。超難問クラスの数独でもあっというまに解いちゃうんだから」

と、再び智久のことを口に出すと、海人もやっぱり条件反射のように面白くなさそうな顔になって、

「先輩、以前は智久さんと言ってたのに、最近は智久君と言ってる」

「そうだっけ」

類子はちょっとドギマギしてしまったのを誤魔化すために、

「それより、ねえ、そこの狭い通路だけど、さっきまでロープで通れないようになってたでしょ。今はロープがどかされてるから何かあるんじゃない？」

眼についた変化に注意を促した。

「あ、ホントだ。これは行ってみないと」

海人が早速足を向けようとするのを、祥子が慌てて「ちょい待ち」と引き止めて小声で、

「ほかの人たちに気づかれないように、いったんやり過ごしてからよ」

「そうか、なるほど。じゃ、あそこの談話コーナーで様子を見ましょうか」

そうしていったん通路の前を通り過ぎ、いくつかソファの並んだ前で足を止めたが、

「でもさ。こんなことするより、さっさと行っちゃったほうがもしかしてよくない？以前も先の何チームかだけボーナス・ヒントがもらえるってのがあったじゃない。もしかしたら、もう先に行った人もいるかも知れないし」

類子が首をひねりながら呟くと、祥子も急に気弱になったらしく、

「そう言われちゃうと……ねえ」

「ですねえ。どうせいつかはみんな気づくんだし、それでボーナス貰い損ねたりすると、何やってんだかって話になっちゃうし。じゃあ、さっさと行ってみますか」

けれども三人がまさに逆戻りしようとしたそのとき、狭い通路の奥からホテルの清掃員らしいオバちゃんが出てきて、赤いロープを渡した二本のポールをはいり口に立てると、そのままヒョコヒョコと歩き去っていった。それをポカンとした顔で見送っていた祥子が、

「ひょっとして、ただ一時的にどかしていただけ？」

「……どうもそんな感じですね」

「なあんだ。まあ、眼のつけどころは悪くなかったけど、あんまりいらないことに頭を使わせないでよね、類子」

祥子はいったんがっくり落とした肩をすくませながら言った。

そのとき、すぐ近くを通りかかった年配の男が突然ばったりと立ち止まり、急いでこちらを振り返った。そして驚きの顔で祥子と類子をしげしげと見較べるので、こちらこそ何事かと驚いた。

「あのう、すみません。今、ルイコウと言われませんでしたか？」

半白の長い髪に、やはり白の混じった口髭（くちひげ）を蓄えた五十年配の男だ。

「いえ、類子です。私の名前――」

自分の顔を指さしながら答えると、男はあっという顔で自分の額をぴしゃりと叩き、

「ああ。これは失礼しました！　そうか。ルイコウではなく、ルイコ。うーん。それが耳にひっかかってしまうとは、我ながら病膏肓（やまいこうこう）だな。いや、本当にすみません」

よく分からないことを交えて謝ったが、そこで祥子がふと首を傾げ、

「あのう、そのルイコウって、もしかして黒岩涙香（くろいわるいこう）……？」

途端に男は大きく眼を剥（む）いて、

「そうそう、そうです！　いやあ、驚いたなあ。君たち、高校生だよね？　そんなに若いのによく知ってるねえ」

「ええ、まあ。江戸川乱歩（えどがわらんぽ）や横溝正史（よこみぞせいし）よりも古い時代の探偵小説作家ですよね。あたし、いちおうミステリ研の部員ですから。といっても、実際に読んだことはないんですけど」

「いやいや、そこまで知っているというだけで、もう大感激ですよ。もう僕らの年代でさえ、かなりのミステリ・マニアでも実際には読んだことがないというのがほとんどですからね。ああ、いや、失礼。実は僕、こういう者なんです」

　そう言って男は薄手のラフなジャケットから名刺を取り出した。そこには青地に『麻生徳司（あそうとくじ）』の名前とともに『黒岩涙香研究家』という肩書が独特の書体で印刷されていた。

「あ。プロのミステリ評論家の方ですか！」

「いやいや。まあ評論めいたものを書いたり、本も二冊ばかり出してはいるけど、黒岩涙香一本では到底飯も食えないから、とてもじゃないがプロとはね。いちおう本業は別にあって、ずっと物好きで涙香研究家を名乗ってるんですよ」

「でも、本まで出されてるんでしょう。だったら立派なプロじゃないですか」

「そう言ってもらえるとくすぐったいね。しかし、嬉しいなあ。もっとも、考えればこういう場所だから若くても涙香の名前を知っている人がいる確率は高いわけか。よかったら、そこのラウンジでもう少しお話ししませんか。飲み物やアイスでよければご馳走しますよ。もちろん推理の邪魔になるほど時間は取らせませんから」

こんなイベントに来るくらいだから類子や海人にとってもミステリ話は大きな好奇の種だし、このホテルのアイスもなかなか魅惑的な餌だったので、三人はすんなり麻生の誘いに乗ることにした。

ラウンジにはほかのチームも何組かいて、互いに頭をくっつけるようにして謎解きに余念がない様子だった。

「ところで、ほかのお二人は黒岩涙香の名前は？」

海人は申し訳なさそうに首を横に振り、類子もぼんやり聞き憶えがある程度だと首を縮めたが、

「まあ、それが普通でしょう。さっき、君は涙香のことを探偵小説作家と言ったけど、全く彼のオリジナルと確定している作品はほんのごく僅(わず)かで、彼が書いた作品はほとんどが海外の探偵小説の翻訳——というより、それを換骨奪胎(かんこつだったい)した翻案小説だったしね」

「あ、そうなんですか」と、祥子も知識の浅さを暴露した恰好になった。

「しかし、彼の仕事が後世に与えた影響は絶大だったんだよ。彼の翻案小説を貪り読んだ世代から探偵小説作家が続々と輩出するというかたちでね。特に乱歩は涙香の『白髪鬼』や『幽霊塔』を同じタイトルでさらに自分流に再翻案したり、内容は違うけれども『暗黒星』や『大金塊』など、涙香の翻案小説と同じタイトルをつけた作品がいくつもあるくらいだから、どれほど涙香を敬愛していたかが分かるだろう。それに涙香のオリジナル短編である『無惨』は、とにもかくにも我が国初の本格ミステリであることに間違いないんだし」

　そこで類子は、

「あ、『大金塊』！　少年探偵団のシリーズですよね。ほかの回と違ってずっと宝捜しの話だったのが異色だったけど、暗号が楽しくてワクワクしながら読んだのを憶えてます。あの暗号文の冒頭、今でも憶えてますよ。『ししがえぼしをかぶるとき、からすのあたまの……』ええっと、うさぎがどうとか、ねずみがどうとかで、最後は……『いわとのおくをさぐるべし』でしたよね」

　ようやく自分が割りこめる隙を見つけて言うと、麻生はもう喜色満面の態で、

「ほほう。そこまで憶えているとは頼もしいねえ。その通り。『うさぎは三十、ねず

みは六十』だ。あれはミステリ中に登場する数ある暗号文のなかでも、読者をワクワクさせる魅力という点で最高傑作のひとつだね。乱歩の大人モノの『孤島の鬼』にもその原形となる『神と仏がおうたなら　巽の鬼をうちやぶり　弥陀の利益をさぐるべし　六道の辻に迷うなよ』という暗号文が出てくるんだが、こと暗号文としての出来だけをとれば、僕は『大金塊』のほうに軍配を挙げたいねえ」

　麻生はさすがに涙香だけでなく、乱歩にも詳しいところを窺わせた。さらに、

「これは僕の持論なんだが、『大金塊』以上の暗号文の最高傑作は、実は小説じゃなくてマンガ作品なんだ。白土三平ってマンガ家、知ってるかな。そう。『カムイ伝』や『サスケ』の作者だね。彼の『真田剣流』というマンガに、《丑三の術》という不思議な暗殺術の秘密が暗号文として登場するんだよ。その文面は『身は野にもあらず白くもなし　だがこの一族にして土中にあり血引きいわにてまつ　寄生木風にのりて巨木にうつらん　われらもまた吐息にのりて行かん』というんだが、どうだい、聞いているだけでゾクゾクしてこないかな」

　と、悪戯好きな子供のようにニンマリと笑みを向けた。

「確かに凄く魅力的だと思いますが、ここでその謎を解いてみろなんて言わないでくださいね。僕たち、今回の暗号だけでも頭がいっぱいなんですから」

海人が予防線を張ると、

「言わない、言わない。——そうだね。今回の暗号もなかなかの難問そうだ。いやあ、僕も暗号モノが大好きで、それで今回のミステリ・ナイトにもついつい応募したんだが、解くほうの能力となるとからっきしだからねえ」

そこでなぜか麻生はふと、ここではない過去の何かに気を取られたように宙空に視線を彷徨わせたが、

「ところで、涙香の翻案小説にも暗号モノがあって、さっきも話に出た『幽霊塔』はその代表だね。幽霊塔の秘密が隠された《呪語》として四言の韻文が登場して、本当はもっと長いんだが、肝の部分だけ抜き出すと『鐘鳴緑揺　微光閃煌　載升載降　階廊迂曲　神秘攸在　黙披図籙』となるんだが、これでは今の読者に——といっても昭和の戦前の読者にだが——分かりにくいだろうということで、乱歩は『鐘が鳴るのを待て。緑が動くのを待て。そして、先ず昇らなければならぬ。次に降らなければならぬ。そこに神秘の迷路がある。委細は心して絵図を見よ。』という暗号文に書き改めているんだ。どうかね。文章の構造からしても、これが『孤島の鬼』や『大金塊』の暗号の原形になっているのは明らかだろう。

ちなみに、涙香はこの『幽霊塔』の原作がベンチソン夫人の『ファントム・タワ

ー』だと記していたんだが、乱歩をはじめとする多くの研究者や好事家がいくら調べてもそんな著者や作品は発見できず、長らく謎になっていたんだよ。それもそのはず、これは涙香の真っ赤な嘘で、本当はウィリアムソン夫人の『灰色の女』が原作であることが確認されたのはずいぶんあとのことなんだ。涙香はこの手のことをよくやっている。おまけに原作者が既に現地で忘れ去られた作家になっている場合も多いので、未だに原作本がはっきり特定されていない作品も多いんだよ。逆に有名作品では、アレクサンドル・デュマの『モンテ・クリスト伯』やヴィクトル・ユーゴーの『レ・ミゼラブル』をそれぞれ『巌窟王』『噫無情』のタイトルで翻案したのは彼の大きな功績のひとつだね」

そこで海人が大きく首をのけぞらせて、

「『巌窟王』に『ああ無情』ですか！　聞いたことがありますよ。へえ。そのタイトルをつけたのも涙香なんですか。それは知らなかったなあ」

「そうなんだよ。我が国ではどちらの作品も、むしろそのタイトルで長らく親しまれたことからしても、涙香のネーミング・センスがいかに抜群だったかだね。ほかにもガボリオの『ルルージュ事件』を『人耶鬼耶』、ボアゴベイの『サン・マール氏の二羽のつぐみ』をズバリ『鉄仮面』としたあたりは涙香のネーミングの傑作と評していいんじゃないかな。まあ、後者の場合は涙香が下敷きにした英訳本のタイトルが『The iron mask』だったにしても、だが。その鉄仮面というタイトルが強烈なインパクトを後世に残し、小栗虫太郎(おぐりむしたろう)の『二十世紀鉄仮面』や久生十蘭(ひさおじゅうらん)の『真説・鉄仮面』や『スケバン刑事(デカ)II少女鉄仮面伝説』だけでなく、〈鉄〉の部分をほかに置き換えるかたちで、乱歩の『黄金仮面』、さらにはドラマの『月光仮面』からはじまる様ざまな○○仮面モノの原点となったのはもっと認知されてしかるべき事実だと思うな」

熱っぽく語る麻生に、類子も思わずクスッと笑って、

「そうなんですか。スケバン刑事まで出てきたのはちょっとびっくり。そう聞くと、今までぼんやりとしか知らなかった黒岩涙香という作家に、急に親近感が湧いてきますね」

「そうそう。特に君は名前も似ているんだ。これを機会に是非作品にもふれてもらいたいねえ。原文は文語体だから少々とっつきにくいだろうが、漱石(そうせき)や鷗外(おうがい)に馴染(なじ)んでいるならさほどでもないだろうし、せめて乱歩が口語訳した『死美人』を見つけるかしてもらって――」

そんなとき、突然ラウンジに一人の男が駆けこんできた。Tシャツにジーンズ姿の

三十半ばの男だった。そして麻生の姿を見つけると、

「ああ、ここでしたか。今、連絡がはいったんですよ。大ニュースです！　大ニュース！　見つかったんですよ。例のメイサンの近くで！　それも、涙香の隠れ家が！」

興奮の態でそんなことを言い立てた。すると麻生もとびあがるようにして席を蹴り、

「見つかった？　本当かね！　それは凄い。涙香の隠れ家!?　いや、凄いぞ凄いぞ。単なるお宝以上の大発見だ！　本当だったんだな。こんなにもズバリ見事に的中するなんて。有難い。全く有難い！」

相手の男以上の興奮を露にした。

「それで、どんな建物なんだ？　まだ形は残っているのか？」

「僕もそのへんの詳しいことはまだ。例のご依頼に従って、地元のミステリ仲間の連中に、それらしい場所とか噂にアンテナを張っておいてもらったんですが、そのうちの一人の耳に、つい最近、山中にあった廃墟の下に地下遺跡のようなものが見つかったという話がはいってきたんですよ。で、伝手を辿って現地に行ってみたところ、ドンピシャ涙香にまつわるものがいくつも見つかって、なかには黒岩周六名義の土地の権利書まであったというんです」

「そこまでちゃんとした証拠が？　ああ、素晴らしい！　廃墟の下の地下遺跡？　素敵じゃないか。物によっては、できれば買い取ってどうにかしたいもんだが――」

　そうしてひとしきり歓びを噛みしめていたが、ふと類子たちに気づいて、

「ああ、ごめんごめん。君たちをそっちのけですっかり舞いあがってしまって。凄い大発見のニュースだったもんだから」

　三人はいいえと手を振って、

「何となく事情は分かります。どこかで涙香の隠れ家が見つかったんですね。さっき言ってた黒岩シュウロクというのは涙香の本名なんですか」

「そうそう。円周率の周と数字の六で周六」

「メイサンという言葉も出たと思うんですけど、それが見つかった場所ですか」

「そう。明るい山と書いて明山（めいさん）」

　そこで、あとから駆けつけた男が隣からソファを拝借し、「失礼。僕は大館（おおだて）といいます」と、名刺をひと配りしておいて、

「詳しくいうと、茨城県の常陸太田（ひたちおおた）市、常陸大宮（ひたちおおみや）市、それと久慈（くじ）郡大子（だいご）町に跨（また）って竜（りゅう）神（じん）峡という渓谷があるんですよ。その下流側の常陸太田市内には竜神湖というダム湖があって、その上に竜神大吊橋という本州ではいちばん長い吊り橋が架かっているん

ですが、ご存知ないでしょうか。で、明山自体は常陸大宮市にあるんですが、そのすぐ近くの問題の廃墟は、かろうじて常陸太田市側なんだそうです」

と、麻生への補足も兼ねてらしく説明してくれた。名刺を見ると、『大館茂』の名前の右上には『ミステリ評論家』という肩書が添えられている。

「へえ、そんなところで。涙香はそちらの出身だったんですか？」

類子の問いに、「いや。彼の出身地は現在の高知県安芸市だ」と、麻生。

「さっき、ズバリ的中とか、依頼がどうとか仰言ってませんでしたっけ。そのへんに何かありそうだというのは初めから分かってたんですか？」

すると麻生は再び悪戯好きな子供の笑みをいっぱいに湛えて、

「いや、それが何だか話の符合があい過ぎているようで言いにくいんだが、実は、ある人物の思いつきから、これは涙香の残した暗号じゃないかというものが見つかったんだよ。そしてそれを解くと、明山という言葉が浮かびあがってくるというんだ。調べてみると、さっきも言ったように茨城県の常陸大宮市に明山という山は確かに実在する。しかし僕の知る限りでは、その場所がどうにも涙香に縁がなさそうなので、しばらく半信半疑でいたんだが、別の涙香マニアにその話を振ったところ、ある理由から満更縁がなくもなさそうだと指摘されてね。それでにわかに真実味が出てきたので、茨城出身のこの大館君に、明山付近で涙香の残した財宝のようなものがないか、それらしい場所でも噂でも、何でもいいから調べてみてくれないかと頼んでいたんだよ。まるで雲をつかむような依頼で申し訳なかったが、まさかこんなに早く結果が出るとはね。全く天の配剤としか思えない。いやしかし、それにしても、こうなってみるとやっぱりあれは暗号だったわけだが、それこそがまず何よりの大発見だったねえ」

　最後は噛みしめるようにゆっくり首を振ってみせた。

「涙香の残した暗号？　そんなものがあったんですか。しかも、それを解いた人がいたと――」

「そうなんだよ。きっと君たちも知っているんじゃないかな。囲碁棋士の牧場智久。史上最年少で本因坊になってから、今やアイドル並みの人気だからねえ」

　いきなりとび出したその名前に、類子はもちろん、祥子と海人もひっくり返りそうにのけぞった。

「知ってるどころじゃないですよ。この類子、牧場さんの彼女なんですから！」

　祥子が大声で言うと、途端に海人の眉が複雑に折れ曲がったが、それに驚きの反応を示したのは麻生と大館だけではなかった。なぜか少し離れたテーブルにいた女性四人組が、えっという声とともに腰を浮かし、こちらにいっせいに顔を向けたのだ。きっと智久の熱烈なファンで、今の「彼女」という言葉に喰いついたのだろう。思わず類子は首を縮めたが、どうも四人はただそれだけではなさそうな複雑な表情を代わるがわる浮かべ、最終的にはふーんという鼻声でも聞こえてきそうな白じらした表情に落ち着いたので、ますます居心地悪かった。

経緯

そんな出来事のせいか、ミステリ・ナイトの成績がさんざんに終わったその四日後、智久と類子は招待されて青山霊園近くの麻生邸を訪ねた。あとでそのことを知ったときの祥子と海人のぶうぶういう顔が眼に浮かぶようだが、まあ仕方がない。麻生邸はそれほど広大な敷地というわけではないが、緑の木立に囲まれた立派なお屋敷だった。母屋は日本家屋だが、それよりひとまわり小さな離れは洋風で、半分が遊戯室兼仕事部屋、もう半分がまるまる書庫になっていて、涙香関係の書籍や資料はすべてそこに保管されているという。二人が通された遊戯室兼仕事部屋には類子も既に会っている大館茂のほか、男二人と女一人がいて、ミステリ好きは共通しているが、それぞれゲーム研究家の井川邦芳（いがわくによし）、涙香マニアの永田靖宏（ながたやすひろ）、歌人の菱山弥生（ひしやまやよい）と紹介された。

驚いたのは弥生の美貌だった。齢は三十前後だろうか。はじめは女優かモデルではないかと思ったくらいだ。少々きつすぎるかと思わせるほどの整った顔立ちで、特に目力が強く、正面から見据えられるとちょっと気後れしてしまいそうになる。喋ってみると冷たい感じはなく、むしろ気さくでよく笑うのだが、一本筋の通ったキリッとした部分をその奥に感じた。

それに対して、井川はいくぶん垂れ目気味なこともあり、見るからに柔和そうな印象だ。齢は三十五あたりか。智久とは以前からの知りあいらしく、親しく声をかけあっている。そして永田は顔も体も角張った感じの四十男で、皮肉っぽい冗談をよくとばすが、頑固で少々気難しそうなところも言葉の端ばしから窺われた。

奥の書庫だけでなく、その部屋にも天井までの書架がぐるりと巡り、棚のひとつに古いモノクロの人物写真が飾られていて、それが涙香だと教えられた。まるで大砲の弾みたいな顔——というのが類子の第一印象だった。禿げたとんがり頭。丸眼鏡の奥からこちらを睨む、鋭くもくりんとした眼。おちょぼ口をいかにも頑固一徹そうにきつく結んでいる。叱られたら恐そうだが、それでいてどこか愛嬌のようなものも感じられるその顔に類子がしばらくしげしげと見入っていると、後ろから弥生が「時代的に、まだ侍の空気を漂わせている感じがしない？」と声をかけた。

「そういえばあなた、剣道の選手なんですって？　その少女剣士がこんなに可愛らしいお嬢さんだなんて。さすが、牧場さんと絶妙の取りあわせだと感心しちゃったわ」

それが口火となって、智久への冷やかし気味な声がひとしきり続いた。

そうして空気のほどけた頃合に――今回の集まりは智久への労いが主たる名目だったが、まだ事情がよく呑みこめていない類子のために、まずこれまでの経緯をひと通り説明してあげようじゃないかということになった。

「うん。まあ、そりゃ説明してもいいけどさ。少々話が長く――というより、かなりこみいった話になるけど、ついてこれる？」

真顔で首を傾げる智久に、

「あーっ、それ、ちょっとバカにしてない？　要するに涙香の残した暗号でしょ？　そりゃ、暗号を解けと言われれば困っちゃうけど、何がどうしてこうなってという説明なら大丈夫よ」

ちょっぴり負けん気も働いてそう返すと、

「じゃあ、そこは覚悟を決めてもらうということで。ただ、その前に、彼女は涙香がジャーナリストでもあり、新聞社の社長でもあったことはまだ知らないと思うので、まずそこを麻生さんから説明してもらっておいたほうがいいと思うんですが」

言われて麻生は「ああ、そうか。そうだね」と頷き、

「そう。いま牧場さんが言った通り、涙香はまず何よりも有能なジャーナリストだったんだ。いい機会だから、僕自身の記憶の整理のためにも、彼の経歴をざっとおさらいしておこうか。まず、彼の本名は黒岩周六。文久二年、すなわち一八六二年の九月二十九日、土佐国安芸郡、現在の高知県安芸市に土佐藩郷士の子として生まれた。若い頃から漢籍を学び、十六歳で大阪に、翌年には東京に出て豊富な英語力も身につけた。そしてこの頃から自由民権運動に足を踏み入れ、新聞への投書などもしきりに行なうようになるんだ。

その後、『同盟改進新聞』や『日本たいむす』を経て『絵入自由新聞』に入社後、二年で主筆となり、記者として健筆を揮ういっぽうで、翻案小説の連載もはじめた。そしてさらに移った『今日新聞』で『法廷の美人』が人気を呼び、新聞の売上も大いにのばした。しかし『都新聞』と改名され、破格の待遇で主筆となるも、後任の社長と衝突して退社。そして明治二十五年、すなわち一八九二年、いよいよ彼自身が『萬朝報』を創刊するんだ。

ここで涙香はジャーナリストや翻案作家としてだけではなく、経営者としての才覚も思う存分に発揮する。代表作を続々と発表しつつ、政治記事では小気味よく政府を

こきおろし、そして何よりも政界財界のスキャンダラスな事件を長期に亘ってドラマチックに報道するという――まあ、はっきり言ってゴシップ報道というやつだが――この手法で飛躍的に売上をのばし、今も続く朝日や読売を押さえて、一時は三十万部という東京一の発行部数を記録するんだよ」

「へえ。朝日や読売を抜いて！　そんな新聞があったなんてことも全然知りませんでした。涙香って凄い人だったんですね」

類子は素直に感嘆した。

「そうだね。スキャンダルに喰らいついたら離れず、えげつないまでに暴き立てるそのやり口が脛に傷持つ各層から忌み嫌われて、つけられた渾名が『蝮の周六』だ。そのいっぽうで涙香は論説も重視し、幸徳秋水、内村鑑三、堺利彦ら、社会主義思想やキリスト教的人道主義のインテリ陣を迎え、過激な記事も自由に書かせている。また、自身も明治三十四年、すなわち一九〇一年には《理想団》という人心の改善や社会の改良を目指す思想団体を設立して、これも青年たちの人気を博した。のちには婦人問題に関する文章も数多く書いたりしている。そしてまた、今も各新聞に受け継がれているような趣味・娯楽面の充実を最初に手がけたのも涙香なんだ。

　とにかく涙香という人物の特質を数えあげようとすると、パワフルさ、反骨精神、アイデアマン、そして大衆の欲求をキャッチする能力といったあたりがまず真っ先に思い浮かぶだろうが、そのいずれもが並はずれていたというのがまた大きな特徴だね。酒は嫌いで、甘いもの好き、そして大の愛煙家だった。ちなみに涙香は『都新聞』の記者時代に結婚し、三人の子を儲けたが、十七年後に離婚。その二年後、かねて馴染みで、既に一子も産ませていた売れっ子芸者栄竜と再婚し、さらに二子を儲けた。大正九年、すなわち一九二〇年十月六日に五十八歳で病死。『萬朝報』は昭和十五年まで続いて廃刊となった——というのが、まあおおよその一生かな。何かつけ加えることはあるかい」

麻生に呼びかけられた永田は、

「いえいえ。さすがに頭のなかできちんと整理されているものだと、感心して聞いてましたよ。まあ、僕としては涙香の結婚生活に関して補足しておきたい気持ちもありますが、それはこの際飲みこんでおくとして、涙香が最も勢いのあった時代に長く住んでいた邸宅がこの麻生邸のすぐ近くにあったことは言っておいてもいいでしょう」

「そうなんですか！」と類子に首を向けられて麻生は、

「うん。当時は笄町という町名だったんだがね。いや、別に涙香狂いが昂じてここに移り住んだわけじゃないよ。ここは親父の代からの家なんだ。涙香邸がすぐその先にあったことを子供の頃にたまたま知って、それで涙香という作家を強く意識しはじめたという順序だね」

　そのあたりを区切りと見て智久が、

「有難うございます。では、いよいよ暗号の話に――といきたいんだけど、もうひとつその前に、連珠（れんじゅ）というゲームの説明をしておく必要があるんだ。連珠ってゲームの名前、聞いたことがある？」

「確か……五目並べのことじゃなかった？」

　自信なげに類子が言うと、智久はパチンと指を鳴らして、

「ビンゴ！　と言っちゃいけないのかな。正確に言うと、一般に行なわれている五目並べのルールを整備して、正式な競技ゲームとして成立させたものが連珠なんだよ。そしてこのルール整備に初めてきちんとしたかたちで手をつけ、連珠という名称を考案し、競技ゲームとして成立させた人物こそが涙香なんだ」

「えっ、そうなの。涙香が連珠を作ったってこと？」

　類子は素直に驚いた。

「そう。もっとも当初の漢字は《聯珠（れん）》で、戦後の漢字制限により《連珠》に改められたんだけどね。さて、では、具体的にどうルールが整備されたかだけど、一般に行

なわれている五目並べは、先手の黒も後手の白も三々――つまり、一手で二つ以上の三を作る着手が禁じ手になってるよね。これを涙香は、『黒だけが三々も四々も禁止、白は双方とも着手可』としたんだ。それによって先着の絶対的有利がなくなり、先手後手均衡したゲームが行なえるというわけだね」

智久がそこまで説明したとき、井川が、

「僕からも少し補足しておこうかな。ちょっとした誤解もあるようだしね。もともと大の五目並べ好きで、さらに大の凝り性である涙香は、まず従来のルールでの先手必勝法の研究から着手したんだよ。ところがこれがなかなかうまくいかず、長らく頓挫していたところに、明治三十一年、当時の日本一と謳われる強豪で、先手必勝法を得たと称する高橋清致と知己を得、それによって研究への意欲が再燃し、翌三十二年九月、『萬朝報』紙上に高橋の必勝法を連載するに至るんだ。さて、涙香が五目並べを聯珠と改称すると『萬朝報』に発表したのが同じ三十二年の十二月。朝報社遊技部から『聯珠真理』を出版して従来ルールでの必勝法を完成させたのが明治三十四年。さらにルール改正に踏み切り、『先手のみ三々を禁ず』と発表したのが明治三十六年だ。つまり、順序的には改称が先で、ルール改正のほうがあとなんだね」

それには智久も頭を掻きながら、

「ああ。僕もそこまで詳しい前後関係は把握してませんでした。やっぱり餅は餅屋だから、バトンタッチして、井川さんがこのあとも説明してくださいよ」

　その求めに井川も「了解」と軽く応じて、

「さて、こうしてルール改正され、涙香の力で明治三十七年に『東京聯珠社』が設立、初代社長に高橋が就いて、新時代へと船出した連珠だったが、その後研究が進むと、それでもなお先手が有利であることが分かってきた。そこで新たなルール改正が次々に行なわれるんだ。実際、連珠というゲームの歴史は、ルール改正によっていかに先手の有利をなくし、後手と均衡させるかの歴史と言ってもいいくらいだよ。まず、従来、石が六つ以上並ぶ《長連》は先手後手ともに無効とされていたんだけど、明治四十五年に『先手に生じた場合は無効、後手は五連と同格で勝ち』に。さらに大正六年には『先手の長連は負け』と改正された。また大正七年には、それまで有効とされていた四三々は『先手負け』になった。ついでにトピックも加えておくと、この年、涙香は高山互楽（たかやまごらく）という号で初代名人になっている。その涙香の大正九年の死を挟んで、翌十年には『百手打たれて先手に勝ちのなかった場合は後手勝ち』という規定も加えられた。まあ、このルールはのちに廃止されるんだけどね。

　さて、その後の最も大きなルール改正は、『先手の四々の禁止』と盤そのものの変更だった。これを提唱したのは三世名人の高木楽山。昭和六年のことだ」

そこで智久が「ああ、そうか。先手の四々を禁止したのは涙香じゃなくて、昭和にはいってからだったんですね」と、再び頭を掻いた。

「そうなんだ。そしてもうひとつの改革の柱――盤そのものの変更だが、それまでは囲碁の十九路盤をそのまま使用していたのを、先手の有利さを抑えるために盤面を狭くして、十五路――いや、連珠では〈路〉でなく〈道〉という言葉を使うので、十五道盤を使うことを提唱したんだ。この二つの大改革にはさすがに反発の声も大きく、団体がいくつにも分裂するなどして混乱したんだが、やがてその新ルールが主流となり、昭和四十一年には三団体が合併してルールが統一され、『日本連珠社』が設立されて現在に至る。

さて、こうしたルールとはまた別に、先手後手の有利差をなくす工夫として、早くから開局手続きの方法が模索されていたんだが、大正末期から昭和初期にかけて『五珠二ヶ所打ち』が導入され、さらに昭和四十八年に提唱された『三珠交替打ち』を組みあわせて、昭和六十三年に『珠型交替五珠二ヶ所打ち』が正式採用され、これが国際ルールにもなったんだ。しかし、近年の世界的な研究の結果、特定の珠型で黒白ともに勝てない局面が頻出したことから、もっと作戦の幅がひろがるルールが求められ、今は日本の『珠型五珠題数提示選択打ち』、エストニアの『四珠交替打ち』、ロシアの『五珠交替打ち』などが覇を競っている状況なんだけど、この開局規定に関する説明はあまりにも煩雑（はんざつ）になるから、ひとまず省略しておいていいかな。

　ともあれ、こうした流れを振り返ってみて思うのは、ここまでさんざん枷（かせ）を嵌（は）めないと先手の有利が消し去れないのかということだね。そう。実際、そうらしいんだ。こうした様ざまな工夫改良の末、連珠はようやく先手後手の有利差を限りなく微少に抑えこめたんだよ。この先研究が進んで、それによってもし新たな不都合が生じれば、そのときにはまた新たな工夫が講じられるだろう。連珠とは本来的にそういうゲームなんだ」

　そこでいったん井川が言葉を切ると、類子は助かったというようにほっと息をついて、

「涙香は連珠の初代名人にもなってるんですか。凄いですね。ルール改正の歴史はどうにかこうにか追いつけたような気がするけど……麻生さんは涙香研究家として、いま説明されたような連珠に関することもきちんと把握してるんですか？」

　すると麻生はとんでもないとばかりに手を振って、

「とてもじゃないが、そこまでは。まあ、涙香がどんなふうにして幾多の強豪たちと

知りあったかとか、《聯珠》命名の経緯だとか、『聯珠真理』の発行や『東京聯珠社』設立とか、初代名人に就いたこととか、ポイントをざっと押さえているだけで、連珠そのものの詳しい歴史となるとさっぱりだね。何しろ、僕は連珠はおろか、五目並べもロクにやったことがないんだから」

「そうなんですか。それはちょっと安心しました。で、その連珠が、涙香の残した暗号とどう関係してるんですか？」

再び井川に水を向けると、

「うん。では、この図を見てくれるかな」

井川は傍らのテーブルから『連珠入門』という本を取り、付箋のついていたページを開いた。

「連珠では、先手の黒は盤の中央、すなわち天元に打つと決められている。そして後手の白は、黒側から見てその黒のひとつ上か、斜め右上に打つと決められている。接して置くのを《直接打ち》、斜めに置くのを《間接打ち》という。そして黒の三手目は、天元を中心とした5×5の交点のうちのいずれかに打つと決められているんだよ。さて、こうすると、三手目までの形が二十六種の基本形に分類される。二手目が直接の場合は、順に直接1号『寒星』、直接2号『渓月』、直接3号『疎星』、直接4

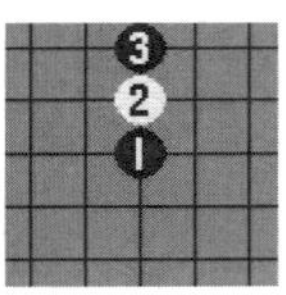

直接1号「寒星」

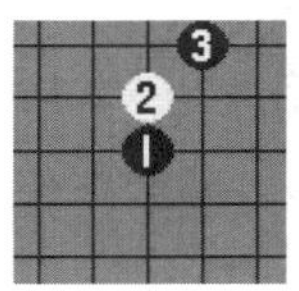

直接2号「渓月」

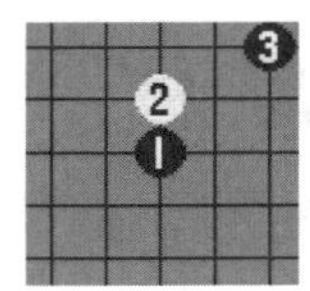

直接3号「疎星」

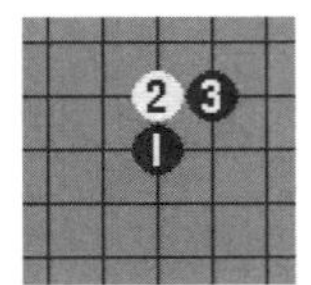

直接4号「花月」

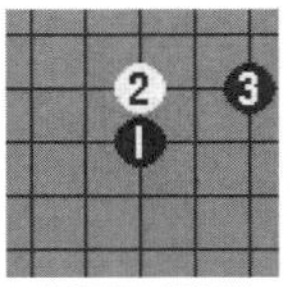

直接5号「残月」

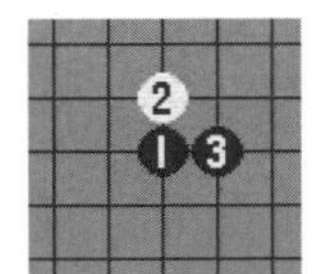

直接6号「雨月」

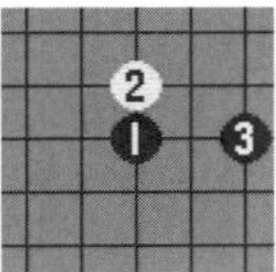

直接7号「金星」

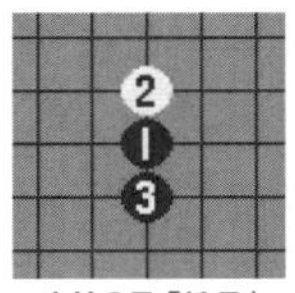

直接8号「松月」

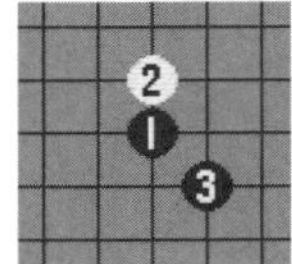

直接9号「丘月」

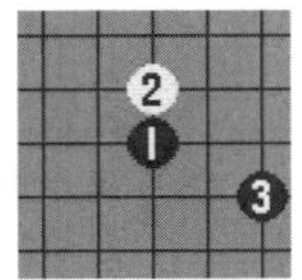

直接10号「新月」

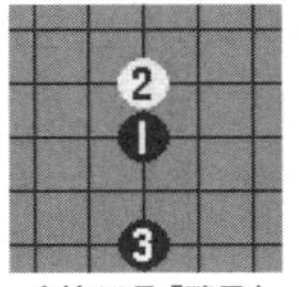

直接11号「瑞星」

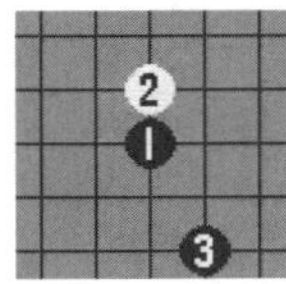

直接12号「山月」

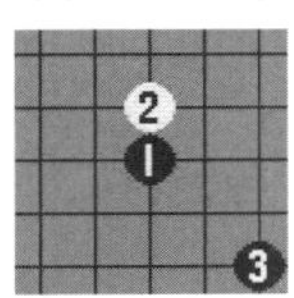

直接13号「遊星」

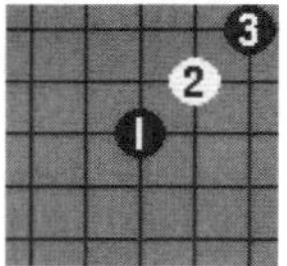

間接1号「長星」

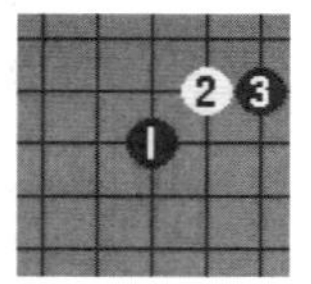

間接2号「峡月」

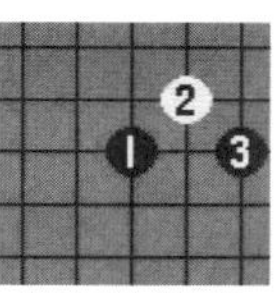

間接3号「恒星」

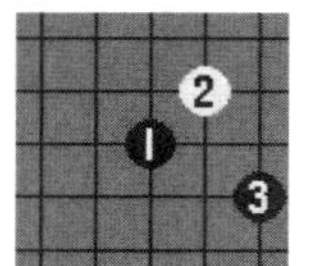

間接4号「水月」

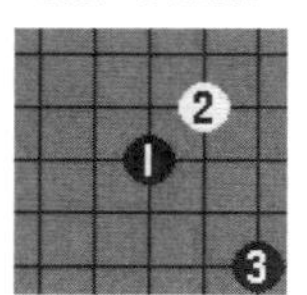

間接5号「流星」

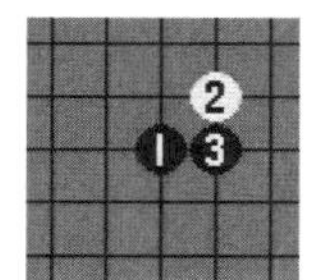

間接6号「雲月」

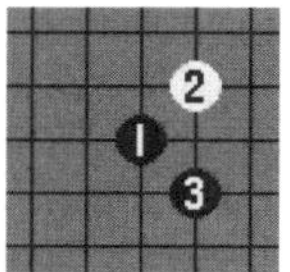

間接7号「浦月」

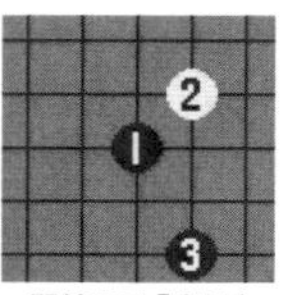

間接8号「嵐月」

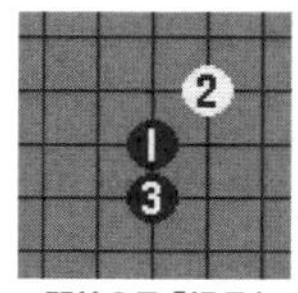

間接9号「銀月」

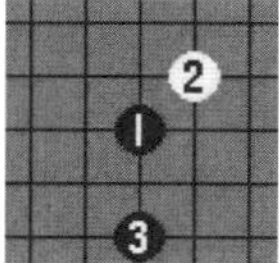

間接10号「明星」

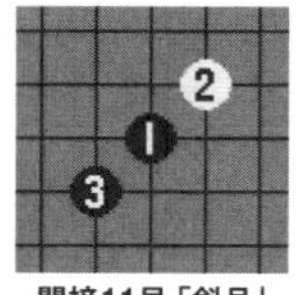

間接11号「斜月」

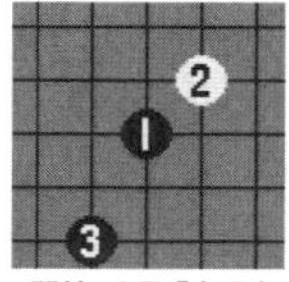

間接12号「名月」

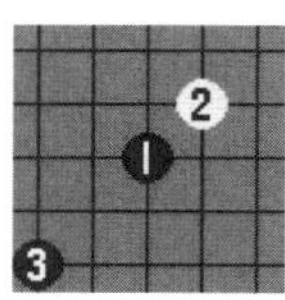

間接13号「彗星」

号『花月』、直接5号『残月』、直接6号『雨月』、直接7号『金星』、直接8号『松月』、直接9号『丘月』、直接10号『新月』、直接11号『瑞星』、直接12号『山月』、直接13号『遊星』。そして二手目が間接の場合、間接1号『長星』、間接2号『峡月』、間接3号『恒星』、間接4号『水月』、間接5号『流星』、間接6号『雲月』、間接7号『浦月』、間接8号『嵐月』、間接9号『銀月』、間接10号『明星』、間接11号『斜月』、間接12号『名月』、間接13号『彗星』だ。よく見ると、直接2号『渓月』と間接2号『峡月』、また直接6号『雨月』と間接6号『雲月』は同形のようだけど、盤端までの距離が違うので、厳密には同形にならないんだね。

これは少々余談になるけど、現在、先手必勝が確定しているのは直接4号『花月』と間接7号『浦月』、逆に直接13号『遊星』と間接13号『彗星』は後手必勝が確定している。そして涙香が『聯珠真理』で必勝法を完成させたというのは、実は間接6号『雲月』なんだが、このときは白の三々が禁止されている従来の五目並べルールに従ったものなので、今は黒有利と言われているものの、やはり必勝の有無は解明されていないようだね。

はてさて、話を戻して、この三手目までの二十六種の基本形を《珠型》というんだけど、白石を月に、黒石を山や木や雲に見立てて『山月』や『嵐月』といった風雅な名称を最初に命名したのも涙香なんだよ」

　そこで弥生も、

「そうなんですか。素敵だわ。つくづく涙香のネーミング・センスは凄いですね。直接何号とか言われても全然ピンとこないけど、この珠型名だけで、私なんかもちょっと惹かれるものがありますもの」

　と、実際に興味津々の表情を見せた。

「そうですね。ただ、ここにもちょっとこみいった経緯があるんです。というのは、そもそも当時は有力視されていたごく限られた珠型だけが集中的に研究されていたし、そもそも珠型の分類法も今とは全く違った考え方が採られていたんですよ。つまり、黒の一手目と三手目の形が縦横あるいは斜めに繋がっている場合を《連》、桂馬の位置にある場合を《桂》、縦横あるいは斜めにひとつとびの形になっている場合を《間》として、涙香が命名したのはこのうち七種の桂と五種の連だけだったんです。具体的には桂では『峡月』、『明月』、『嵐月』、『水月』、『山月』、『新月』、『残月』、そして連では『花月』、『梅月』、『雲月』、『松月』、『吟月』の十二珠型です。明治四十四年の『聯珠新報十九号』及び『聯珠真理第四版』においてでした。

　さて、その後の研究の進展に伴い、大正八年、内田更石によって七種の間にも命名が行なわれました。そしてこれまでの呼称と区別するため、すべてに〈月〉ではなく〈星〉の字がつけられたんです。以降、桂と連には月、間には星の字が与えられるのが慣例になりました。そして涙香没の翌年の大正十年、二種の連の新たな命名と、『梅月』を『浦月』、『吟月』を『銀月』と改称が行なわれ、さらに大正十三年には『明月』が『名月』と改称されたんです。

その後は長らく、この《桂・間・連》七種ずつの二十一珠型の時代が続いたんですが、昭和の三十年代に『晨星』から『金星』の改称、さらに分類法が『直接・間接』に変更されたことから『渓月』『雨月』『彗星』『流星』『遊星』が新たに命名され、現在に至る、というわけです。駆け足で分かりにくかったと思いますが――とまあ、これくらい前置きしておけばいいんだよね、牧場君」

言われて智久は「有難うございます！」と頭をさげた。そして類子に、

「僕が本因坊になったあと、しばらくいろんなインタビューやイベントで引きまわされたんだけど、そんななかでセッティングされたのが井川さんとの対談だったんだ。日本有数のゲーム研究家と聞いていたけど、話してみると凄く面白くて。いろんなゲームの歴史に詳しいだけでなくて、数学とか哲学とか文化とか、ゲームを分析する切り口がびっくりするくらい多面的で、しかもそのひとつひとつが深くて鋭いんだよ。

あんなに興奮して喋ったことはあまりなかったなあ。それ以来、何か面白い話題が溜まってそうな頃合を見計らってお会いしてるんだけど、井川さんはそれぞれのゲームを実際にやりこんでるから、ゲーム勘自体も凄くてね。囲碁の腕前もアマ六段だから相当なもんだよ。で、先々月も会って、そのときレクチャーしてもらったのがさっき言われたような連珠を巡るあれこれだったんだ。僕も連珠に関しては大雑把な知識しかなかったから、今の類ちゃんみたいにただただ感心して聞いていたんだけど」

するとと井川がすかさず、

「いやいや。僕も牧場君の理解力というか、整理能力にはいつも感心させられるばかりだよ。思いがけない指摘や切り返しに教えられることも多いしね」

「まあ、それは。――で、井川さんはさすがに連珠の創始者たる涙香のことも詳しくてね。僕は涙香のことをやっぱりぼんやりとしか知らなかったから、今の時代とはスケールの違う傑物ぶりをいろいろエピソードつきで話してくれたのは面白かったなあ」

「いやまあ、それも麻生さんや永田さんからの受け売りがほとんどだけどね」

井川が言うと、今度は麻生が大きく首を振り、

「そんなことはないだろう。とにかく連珠家としての涙香に関しては、僕なんかより

井川君のほうがはるかに詳しいよ。涙香のことを知りたいと言って訪ねてきたくせに、もう自分でどんどん僕の知らない資料を見つけてきたりするんだから。冬に予定している涙香展でも、連珠家としての涙香に関しては、井川君に全面的に監修を任せることにしているんだ」

「あ。涙香展を催すんですか。それはいいですねえ。僕も及ばずながら、あちこちで宣伝しておきますよ」

智久は華奢な手で額にかかった前髪を掻きあげ、

「とにかく、涙香についてのいろんな話を聞いているうちに、僕はふと妙なことを思いついたんです。その引き金はふたつありました。ひとつは、涙香のいろんな趣味特技のなかに漢詩があったという話。そしてもうひとつは、『萬朝報』の売上をのばすためにひねり出した涙香の数々のアイデアのうち、東京じゅうを巻きこんで大きな話題を攫ったのが宝捜しであったこと――」

「宝捜し？」

類子は一瞬、デジャブともタイムスリップ感ともつかない不思議な感覚に襲われた。

「そうなんだ。明治三十六年の十二月二日でしたかね。『萬朝報』に次のような社告が出たんだ。『萬朝報はある場所に宝を隠した。場所を解く鍵はこの朝報にひそんでいる。今回の謎は三回続きで、昨日、今日、明日の朝報をよく見れば分かる。分かった人はその場所へ行き、宝を捜し出せ。場所は東京、地下三寸。宝は小判状のもので、本社に持参すればこれこれの賞品と引き替える』とまあ、おおよそこんな感じだね。実はそのキーワードというのは、紙面の活字にルビ点で印をつけられているカタカナを拾い出すという方式で、一日目は『アサクサデナクカネハドコ』、二日目は『ミギデナイハシラノマヘ』となる。さて三日目はと読者が心待ちにしていたところ、そこには既に宝は見つけられたと報じられ、その人の談話が掲載されていたんだ。その謎解きは、『浅草でなく鐘は何処』の問いに、古人の『鐘は上野か浅草か』の句から上野と考え、『右でない柱の前』から、恐らく門と見当をつけて上野に行ってみたところ、彰義隊(しょうぎたい)の戦いのときに鉄砲の弾があたったという黒門に出たが、その左の柱は既に深く掘られていたので、右手に行って別の門の左の柱を掘ってみたところ、小判状のものが出たということだった。

この宝捜しは続けて数回繰り返されたんだけど、涙香はその宝の隠し場所を社内の人間にも悟られないように必ず自分一人で行ない、あるときなどは、深夜お宝を抱いて日本橋の崖下の水中に身を投じたこともあるほどだったというから、まあ子供のような熱の入れようだね。ただ、この宝捜しは徒らに射幸心を煽り、人心を惑わすとして、ひと月たたないうちに時の政府から禁止されちゃうんだけど。とにかく、涙香の並はずれたアイデアマンぶりと、探偵作家らしい眼のつけどころ、そして人をあっと驚かせたいおちゃめさをよくあらわしているエピソードとして微笑ましいと思わない？」

「思う思う」と、類子もにこにこしながら相槌を打った。

「だいたいが、『萬朝報』という紙名自体、『よろず重宝』というシャレからきているんだし。そうそう。そういえばミステリ・ナイトの夜、麻生さんとのあいだで『幽霊塔』の話が出たんだって？　涙香がこの原作はベンチソン夫人の『ファントム・タワー』だと大嘘をついたために、長らく研究者がそれこそ幻に振りまわされることになったわけだけど、この『ベンチソン』という名前も『重宝＝便利』からのシャレだという話もあるくらいだからね。

で、まあ、そこで僕は思ったんだよ。もしかしたら、涙香が命名した十二種の珠型にも彼一流の企みが隠されていやしないか。もしそうだったら何て面白いだろうってね」

「え。この珠型名自体が暗号？」

「そう。涙香が命名した珠型名をもう一度あげると、七桂が『峡月』『明月』『嵐月』『水月』『山月』『新月』『残月』、五連が『花月』『梅月』『雲月』『松月』『吟月』。『聯珠真理第四版』にはこの順序で書かれている。ここから〈月〉を除き、頭の字だけ並べれば、『峡明嵐水山新残花梅雲松吟』。これを並べ替えるか何かすると意味のある漢文にならないだろうか。僕はそう考えてみたんだよ。だけど、なかなかどうにもうまくいかなかった。

そこで僕は井川さんに、命名時の涙香の記述に何かヒントのようなものが書かれていないか尋ねてみたんだ。すると、井川さんによれば、『聯珠真理第四版』の書き方では涙香の眼目は七桂のほうにしかなく、五連はまるでつけ足しのような扱いになっているというんだね。あとで僕もネットのライブラリで確かめてみたけど、本当にそうだった。珠型のそれぞれに、珠型名の所以が添えられているんだけど、七桂のほうは一号の『峡月』から七号の『残月』まで、『第〇号桂』と、きちんと順番が振られているのに、五連のほうはそれがなく、添え書きも短くて素っ気ない。だいいちそれぞれが書かれているページも離れているし、七桂の項目の前書きは『七桂及び定石の名称　定石に特定の名称なきは不便なり、故に左の如く定めて広く同好者にこれを用いられんことを望むなり』だけど、五連の前書きは『その他の定石、なおこの称呼を推し広めて左の如く呼ぶも面白からん』と、いかにも添え物扱いだ。もひとつ言うと、五連のうちの『花月』の添え書きだけ『従来の称に従うなり』となってるしね。そんなことから、五連のほうは暗号を隠すためのカムフラージュじゃないかと考えて、そちらをスッパリ切り捨ててみることにしたんだ。まあ、もともと漢文にしようとしてどうも邪魔に思えるのは〈梅〉や〈松〉や〈吟〉を含む五連のほうだったしね。

残るは『峡明嵐水山新残』。さて、これをじっくり眺めてみると、とりあえず〈峡〉からはじめて二個とびで〈水〉、また二個とびで〈残〉と続けて〈峡水残〉というのがパッと見よさそうに思える。だけどこの七文字を同じ二個とびのサイクルで拾っていくと、二順目が〈嵐〉、その次が〈新〉、三順目は〈明〉、〈山〉となって、繋げると『峡水残嵐新明山』――どうもイマイチしっくりこないし、どこでどう区切るのかもはっきりしないよね。きちんとした法則性があるはずなのに、よさそうに思えるこれじゃないとしたら、何か全然別の法則があるんだろうか。ここから僕は再びさんざん頭をひねくりまわすんだけど、そのうちふと、五連は単なるカムフラージュじゃなくて、これが七桂の暗号を解くキーワードになっているとしたらどうだろうと思いついたんだ」

「え、五連がキーワードに？　そんなことあるの!?」

そこまで懸命に智久の解説を追い駆けていた類子はびっくりして言った。

「まあ、僕自身、半分まさかと思ったけど、ものは試しで考えてみることにしたんだ。五連は『花梅雲松吟』だけど、こちらは漢文とは異なる別のやり方でキーワードが浮かびあがるようになっているに違いない。それも、もっと簡単で単純なやり方で。そうなると、例えばひらがなになおして頭の一字を拾うとか？　それだと〈かばうしぎ〉――『庇う仕儀』？　あるいは『庇う鴫』？　いや、これは明治時代の文章なんだから、旧仮名で書かれているはずだね。旧仮名だと『庇う』は『庇ふ』でなきゃならないから、これは違う。それに、旧仮名では濁音は濁点をはずして清音で表記するのが古くからの正法で、特に暗号文なんかではそれに従っている可能性が高いから、〈かばうしぎ〉はいったん〈かはうしき〉と変換してから考えるほうがいいだろう。そうすると、例えば『川・牛・木』？　『河馬・鵜・鴫』？　『加方式』？　あ、もう全然しっくりこない！　このやり方じゃないのかな。でも、ほかによさそうなやり方がなかなか思いつかなくてね。やっぱりそもそも五連がキーワードになってるというのが考えすぎだったのか？　僕はまたまた行き詰まってしまった。――と、さっきから菱山弥生さんが意味ありげな顔をなさっているので、ここで急いで言っちやうけど、僕はついついウッカリしていたことに気がついたんだ。旧仮名では、〈花〉という漢字の音読みは〈か〉じゃなくて、正しくは〈くわ〉と表記しなきゃならないことをね」

類子は「え？」と眼をパチクリさせたが、名前を出された弥生はグラス片手に嫣然（えんぜん）と微笑んで、

「ええ、そうね。〈花〉の音読みの表記は〈くわ〉だわ。厳密にいうと、一般的に《旧仮名》と称（よ）ばれる《歴史的仮名遣い》は和語に関する規則で、漢語は原則として漢字で書かれていたため、多くの漢字に関して古い時代にどう書かれていたかは明らかではないの。そこで江戸時代にすべての漢字に関して、昔の日本人はこう聞き、こう発音していたはずだという推定の研究がされて、漢字音に関する《字音仮名遣い》が定められたのよ。それによると、現代仮名遣いでは同じ〈よう〉という発音でも、〈用〉や〈容〉は〈よう〉、〈幼〉や〈曜〉は〈えう〉、〈葉〉は〈えふ〉、〈陽〉や〈影〉は〈やう〉というふうに違った表記になるの。そんな具合だから、字音仮名遣いはなかなか難しいのよ」

そう説明をつけ加えた。智久は「補足を有難うございます」とにこやかに頭をさげておいて、

「まあ、そういうわけなんだ。念のために言っておくと、〈下〉や〈加〉や〈仮〉の表記は〈か〉でいいんだけど、〈花〉や〈火〉や〈渦〉の表記は〈くわ〉になるんだよ。さて、それでいくと『花梅雲松吟』の正しい頭の一字拾いは〈くはうしき〉となる。ここで、僕の頭にはすぐに〈九芒式〉という言葉が浮かんだんだ。辞書で確認すると、〈芒〉の字の旧仮名——いや、字音仮名遣い表記はまさしく〈ばう〉だった」

そう言って、智久はあらかじめ用意していた紙を胸ポケットから取り出し、テーブルにひろげた。そこにはいくつもの図案がボールペンで描かれており、類子を含めた面々は興味深げにしげしげとその図を眺めた。

「一筆書きの星のマークに五芒星という称び方があるのは知ってる？　六芒星は上向きと下向きの正三角形を組み合わせた形——いわゆる《ダビデの星》だね。七芒星には二種類あり、八芒星にも二種類あって、そのひとつは通常と斜めの正方形を組み合わせた形だ。そして九芒星になるとこの三種類があることをまず確認しておいてくれるかな？　で、ここで出てきた〈九芒式〉という言葉は、七つの文字を七芒星の順序で読むのではなく、九芒星の順序で読むという意味じゃないか。——僕はそう考えたんだよ。それで、とりあえずパッと見よさそうに思えた二個とびは、この九芒星では二番目の図にあたるわけだね。そしてこの図の順序に従って拾っていくと、一順目は

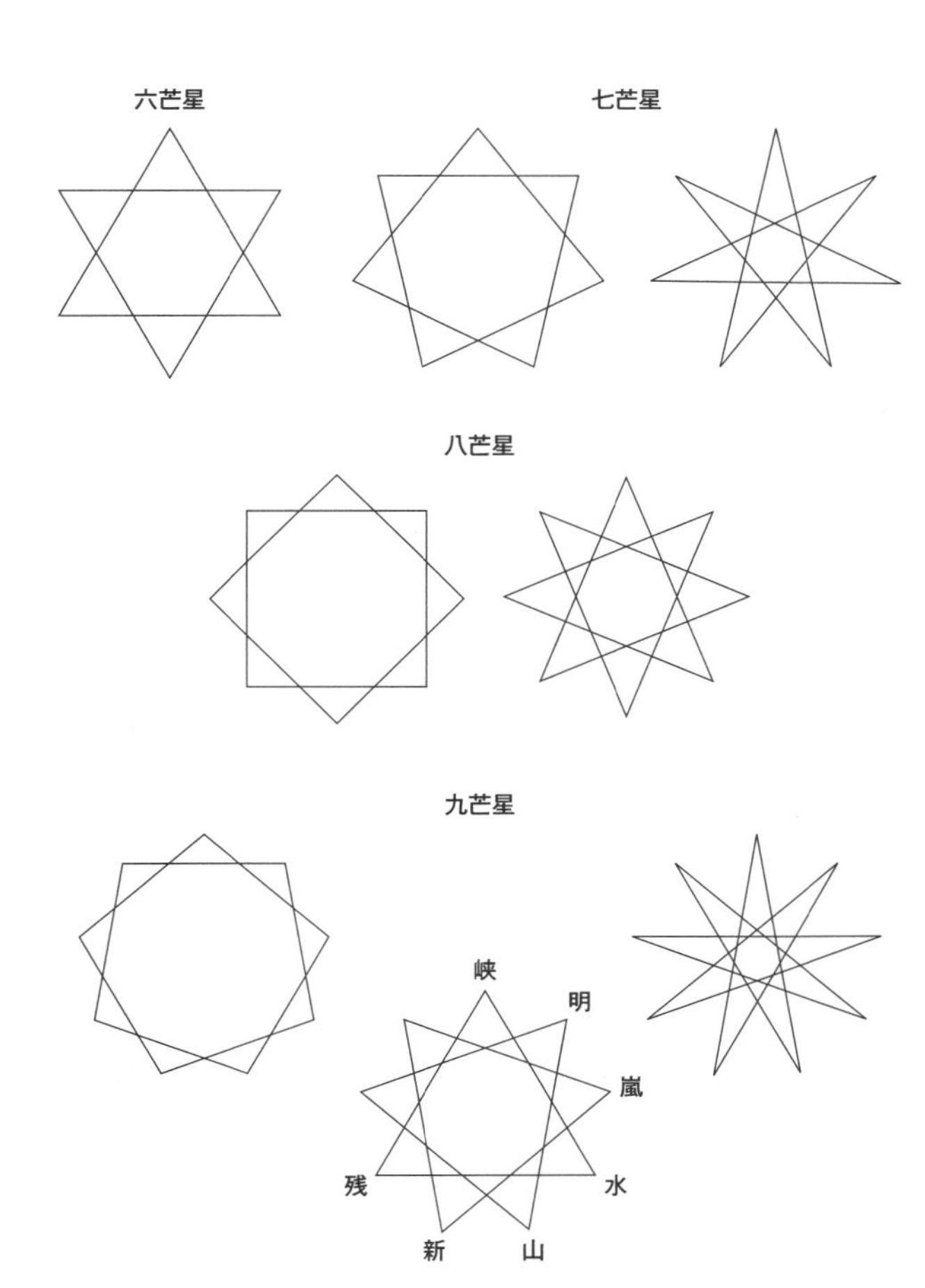
六芒星
七芒星
八芒星
九芒星
峡
明
嵐
水
山
新
残

いいとして、二順目は〈明〉からはじまって次は〈山〉、三順目が〈嵐〉からで、最後に〈新〉。さっきとは二順目と三順目が逆になるだけだけど、続けると『峡水残明山嵐新』——区切りもいっきょに明快になって、読み下せば『峡ニ水残リ、明山ニ嵐新タナリ』とでもなるのかな。ほかにもあれこれ試したなかで、結局これが僕にはいちばんしっくりくる並び替えだったんだ。

　いちおう裏づけを取っておこうと明山というのを調べてみると、茨城県の常陸大宮市に確かに実在し、しかもその近くには竜神峡という渓谷があることも分かった。嵐が新たというのはどういう意味か首をひねったけど、それも井川さんが記憶のかけらを呼び戻してくれたんだ。明治三十五年の足尾(あしお)台風だよ。九月二十八日に千葉県から新潟県を通過し、関東地方から東北地方南部にかけて——特に足尾地方に甚大な被害をもたらした台風だ。もっとも足尾台風という呼び名は後世のもので、当時は台風という言葉自体がなかったそうだけど、足尾地方の被害はもちろん涙香も聞き及んだだろう。そして足尾といえば有名な足尾鉱毒事件だね。『萬朝報』も足尾鉱毒事件はたびたび取りあげ、涙香自身、採掘経営者の古河市兵衛(ふるかわいちべえ)を鉱毒王として攻撃し、さらに鉱山反対運動の中心人物である田中正造(たなかしょうぞう)が天皇に直訴しようとした際、その直訴状を社員の幸徳秋水が書いていたことが大問題になったりもして、忘れようとしても忘れられるはずのない事件だ。だから涙香はこの台風に人一倍のインパクトを受けたに違いない。恐らく、この一文の『嵐』もその台風を指しているんじゃないか。それが井川さんの指摘だったんだ。

　だけどともあれ、この一文に登場するのは栃木県の足尾でなく、茨城県の明山だね。距離感覚としてはそれほど互いに遠くないとも言えるけど、それにしてもどうして明山なのか。それには井川さんも涙香と結びつくような心あたりがないということだったけど。でもとにかく、これがもしも本当に暗号なら、茨城県の明山に何かがある――というのがひとまず僕なりの結論だったんだよ」

　智久が語り終えると、類子より先に弥生が「素敵、素敵」と嬉しそうに手を叩いた。

「さすがだわ。頭の出来が違うというか、論理的な思考だけじゃなくて、言語センスもなければこうはいかないでしょうから」

　そしてそこからは麻生が引き継いで、

「全くそうだね。そしてその牧場さんの『発見』が井川君から僕のところに伝わってきたわけだ。ただ、涙香の命名した珠型が暗号になっているらしくて、こんな詩句のようなものが浮かびあがってきたと言われても、その詩句自体が『明山に宝あり』などとはっきり何かを示すものではないし、僕にも涙香とそんな土地との繫がりが思いあたらなかったので、まあ半信半疑というか、ちょっと面白い涙香伝承がひとつふえたかなというくらいの気持ちだったんだよ。

そう。例えばそれがもひとつ先の福島県なら、僕もすぐにおっと思っただろう。なぜなら涙香は明治四十三年、痔の治療で入院したあと、現在は福島県いわき市の磐城平古湯という湯治場でしばらく療養していたことがあるからね」

それには智久も驚嘆の態で、

「ああ。さすがに涙香研究家。そんなことまで押さえているんですね」

麻生は面映そうにいやいやと手を振り、

「だからまあ、そのときに近隣にも足をのばすか何かして、明山との繫がりができたと考えられなくもないんだが、それにしても県境を越えてまでというのがどうしてもしっくりこなくてねえ。ところがこの暗号発見話を永田君がいる場で持ち出したところ、おやっと首を傾げて、ちょっとパソコンを使わせてもらっていいですかなんて言い出すんだよ。そしてチョチョイと検索した結果、『やっぱりそうでした。繫がりが見つかりましたよ』ときたから、まあ驚いたねえ」

そこで当の永田が、

「ええ。以前ちょっと調べていたのが頭の片隅にひっかかっていたんですよ。都々逸（どどいつ）の創始者として知られる初代都々逸坊扇歌（せんか）の生誕の地が常陸国の水戸（みと）領磯部（いそべ）村、現在の常陸太田市磯部町なんです」

その解説に、類子は思わず「都々逸ぅ？」と首をひねった。

「その人と涙香が親しかったということですか？」

「いやいや」と、永田は失笑まじりに手を振って、

「扇歌は江戸時代の人だからね。そうじゃなくて、涙香が都々逸に常人離れした傾斜角で入れこんでいたということなんだよ。――ああ、その前に、都々逸そのものが若い人たちには馴染みがないんじゃないかな。基本は七七七五の音律で詠まれる定型詩で、もともと日本の民謡にはこの七七七五や五七七七五の甚句形式のものが多いんだが、とりわけ『よしこの節』や『名古屋節』をもとにして、江戸末期、さっき言った初代都々逸坊扇歌が寄席芸として大成したんだよ。だから基本は口語で、三味線とともに歌われ、芸妓や遊女が座敷で演じるかたちでもひろまった。男女の恋愛が題材にされることが多いのも大きな特徴だ。有名どころをいくつかあげると、

　惚れて通えば千里も一里　逢えずに帰ればまた千里

恋に焦がれて鳴く蟬（せみ）よりも　鳴かぬ蛍（ほたる）が身を焦がす

諦めましたよどう諦めた　諦めきれぬと諦めた

そうそう、

可哀そうだよズボンのおなら　右と左に泣きわかれ

なんてのもあったな。

三千世界の鴉を殺し　ぬしと朝寝がしてみたい

というのも超有名だが、これは高杉晋作の作だと言われているね。

さて、いいかな。明治三十七年の十一月二十八日、涙香は『萬朝報』に『正調の俚謡を募る』という趣意文を発表した。我が国には五七五七七の短歌、五七五の俳句、七七七五の都々逸という三大詩形がある。しかるに現在、都々逸はあまりに俗に堕し、短歌や俳句より格段に低い扱いを受けている。これを本来の平民詩、すなわち俚謡として復興させるため、《俚謡正調》と題して七七七五形式の詩を募る、というわけだ。以後、涙香は投稿作の選も一人であたり、優秀作品を掲載、そしてそれらを纏めた作品集を第一集から第三集まで次々に出版していったんだよ。それらのなかで特に有名になり、僕も好きなのは、

菫つむ子に野の路問えば　蝶の行方と花で指す

だね。

　こうして出発した俚謡正調の運動は全国にひろがり、大いに盛りあがった。今では俚謡正調という言葉はすっかり聞き馴染みがなくなってしまったが、少なくとも都々逸がひとつの文芸形式として認知される大きな契機となったのは間違いない。いわば、涙香は都々逸の中興の祖でもあるんだよ。残されている数は少ないが、涙香自身も折りにふれて吟作しているし、実は彼の病床での絶筆となったのも都々逸なんだ。ちなみにそれは、

　磯の鮑に望みを問えば　私しゃ真珠を孕みたい

というものなんだが、いや、何ともいえない哀感もあり、彼のこれまでの様ざまな感慨がこめられているようで、なかなかの名歌だと僕は思うね」

　その説明に、類子が「涙香は都々逸の中興の祖でもあったんですか！」と嘆息すると、

「いやいや。まだまだこんなものじゃないよ。涙香が手を染め、熱中し、結果として一流の腕前に至った趣味娯楽を数えあげると、囲碁、連珠、かるた、花札、ビリヤード、漢詩、狂詩、都々逸、自転車、競馬、野球、闘犬と数限りなく、およそ将棋と釣り以外は、世間の人が手がけるものを悉くやったと言っていい。武芸百般ならぬ、遊芸百般だね。まあ、ここにいる井川君も同種の人間だが、彼もさすがに都々逸や闘

犬までは手を染めていないだろう」

　永田はそう言って井川の笑いを誘い、

「特に大きく名を残したのが《かるた》だ。マンガで取りあげられたおかげで、今また盛んになっている《競技かるた》は知っているだろうね。あれの創始者も涙香なんだよ」

　類子は「えええっ！」と眼をまるくした。

「百人一首を用いたかるた取り競技は明治時代以前から行なわれていたんだが、涙香は地方や団体によってまちまちだったルールを統一し、自身も早取り法を研究考案し、俚謡正調を呼びかけた同じ明治三十七年に『東京かるた会』を結成して、第一回の競技かるた大会を開催したんだ。これは太い流れとなって、昭和九年には全国統一団体の『大日本かるた協会』が結成され、現在の『全日本かるた協会』へと繋がっている。また、涙香のルールも微妙な修正を経ただけで、今もそのまま受け継がれているんだよ。

　もう少し言っておこう。涙香の出身地である土佐はもともと相撲の盛んな土地柄で、愛好家が多く、板垣退助（いたがきたいすけ）などは狂がつくほどだったという。涙香もまた大の相撲好きで、個人的にも力士の後援会を作ったりして大いにタニマチぶりを発揮したんだが、『萬朝報』でも相撲を記事として取りあげるというのを他紙に先駆けてはじめ、大好評を得たんだ。そしてこれがいわゆるスポーツ欄というもののはしりとなるんだよ。そもそも相撲を国技とする考えは、明治四十二年に両国に相撲常設館が建設され、その開館式のために作家の江見水蔭が書いた披露文が発端と言われていて、それが直接の契機となって常設館が《国技館》と名づけられることになったのは事実だが、実は明治三十四年の『萬朝報』記者、三木愛花の著作『相撲史伝』に寄せた序文で、既に涙香が『角力は日本の国技にして』という主張を縷々展開しているんだよ。

そして土佐といえば闘犬だ。涙香は初めは闘犬の趣味はなかったようだが、ある機会から熱心に参観しはじめ、研究を深めて、たちまち通人の域に達した。ついには日本一の闘犬『太刀山』を自宅で飼い育てるまでに至るんだから、病膏肓も尋常じゃない。そして大正五年に発布された闘犬禁止令に猛然と噛みつき、闘犬は健全な趣味であって、決して残酷なショーではないと論を張り、時の大隈首相を動かして禁止令を緩和させたというから、涙香は闘犬界にとっても大恩人なんだよ。

涙香がタニマチとなったのは力士や闘犬だけではない。歌舞伎はもとより、一枚看板まで育てた噺家も多いし、常磐津、新内、清元でも贔屓にした者は多く、なかには自宅近くに住まわせて養った者までいたというから畏れ入るね。さらには、藤八拳や流鏑馬（やぶさめ）や打毬（だきゅう）の奨励に尽力したり――。こうしてみると、こと遊芸に関しては万能の天才、まさしくレオナルド・ダ・ヴィンチに喩（たと）えて然るべきじゃないかな」

そこで智久もやや力をこめて、

「そうだね。新聞に囲碁欄将棋欄を作ったのも『萬朝報』が最初だし。それがひいては新聞社が大スポンサーとなる流れを作ったことを考えれば、囲碁界将棋界にとっても涙香は大恩人なんだ。僕自身、つい最近までそんなことは知りもしなかったんだけどね」

次々に持ち出される涙香の巨人ぶりに、類子はただ驚き、呆れ、感服するばかりだった。

「まあ、少し話が逸れたが、とにかく常陸太田市は初代都々逸坊扇歌の生誕の地で、

藪鶯（やぶうぐいす）のわたしじゃとて鳴く音に変わりはあるものか

という歌を刻んだ石碑も立てられている。言ったように、これほど都々逸に思い入れの深かった涙香ならば、その地を訪ねてみたことがあってもおかしくはないだろう。そしてその折りに竜神峡や明山にも立ち寄ったのではないか――。とまあ、そんな可能性を僕から指摘したわけでね」

その永田に続けて麻生が、

「そう。それでにわかに、こいつはもしかするという気になってね。それで茨城出身と前から聞いていたこの大館君に、明山や竜神峡のあたりに涙香の隠し財宝があるかも知れないから調べてみてくれないかと依頼したわけだよ」

　そして大館が最終的にバトンタッチして、

「ええ。それで日立(ひたち)市を中心にして地元で活動しているミステリ仲間の連中に、それらしい場所とか噂にアンテナを張っておいてもらったんです。そしたらそのうちの一人が、つい最近、竜神峡近くにあった廃墟の下に地下遺跡のようなものが見つかったという話を聞きつけて。で、伝手を辿って現地に行ってみたところ、ズバリ涙香にまつわるものがいくつも見つかったというわけですよ。いや、本当に幸運でした。このタイミングで友人が訪ねていかなかったら、どういう由緒のものか分からないまま、埋め潰されていた可能性が高かったでしょうから」

「それを考えるとぞっとするねえ。本当によかった。すべて牧場さんのおかげだ。いくら感謝をしてもし足りないよ。有難う」

　麻生が深々と頭をさげると、智久は「いえいえ」と手を振り、

「たまたまもの凄くラッキーだっただけですよ。僕自身も半信半疑で、むしろ、ちょっと面白い論理ゲームのようなつもりだったんですから」

そう言って、照れ隠しのようにアイスコーヒーの氷をカチャカチャと掻きまわした。

「ともあれ、その後の情報を報告しておきますね。どうやら問題の土地建物は涙香の死後すぐに人手に渡ったようです。その後、何かの災害で建物が崩れ、当時の土地所有者も没落したのか、跡地が利用されることもなかったのでしょう。それが昭和十年代に今の所有者の父親の手に渡り、さらにずっと放置されていたんですが、昨年その土地を相続した息子がつい先月、気まぐれで現地に行って調べてみたところ、廃墟の下にかなりのスペースの地下部分があり、そこからいろいろ曰くありげなものも見つかったんですよ。ただ、今の所有者は文化的な方面に疎くて、それらにどれほどの価値があるか判断がつきかねていたそうですが。どうも恬淡とした性格の人らしくて、そういうことなら土地ごと安く譲っていいとも言ってるそうなので、話次第でどうにかなりそうということですが」

「だったらいいんだがね。とにかく、近々に会ってみようと思ってるんだ」

麻生が自身を鼓舞するように言うと、

「うまくいけばいいですね」

弥生も祈るようにグラスを掲げた。

「そうか。丁寧に説明してもらって、よく分かりました。涙香の暗号って、そういうことだったんですね。それにしても、皆さん凄いですねえ。博覧強記って言葉があるけど、まさにそんな感じ」

類子が言うと、すかさず井川が眼を見張って、

「おっと。今どきの高校生がそんな言葉を知ってるとは。――しかし、そもそも凄いのは涙香ですよ。僕らがそれぞれ得意な方面から懸命に研究しないと追いつけないことを、本人は一人で全部やっているわけだから」

「それは本当にそうですね。そういえば、涙香が手がけた趣味のなかに囲碁もはいってたということですけど、実際、腕前はどれくらいだったんですか？　智久君、知ってる？」

「いや、僕もそこまでは。井川さん、どうなんですか」

助け舟を求められて再び井川が、

「どのジャンルであれ、いったん熱中すると徹底的に没頭するというのが彼のパターンだけど、囲碁に関してもやっぱり同じだよ。初めは笊碁（ざるご）の類いだったようだが、連珠の師である高橋清致が碁も打つので、彼とよく打つようになってから囲碁熱が高まってきたらしい。朝から晩まで棋書を読み耽（ふけ）り、名人上手の棋譜を並べ、本因坊秀（しゅう）

哉、中川亀三郎、野沢竹朝といった当時の名棋士について稽古を受けるといった具合だから、メキメキ上達したようだ。『私に六目くらいの棋品だった』という秀哉の談も残っているから、今ならアマ四、五段というところかな。棋譜は残っていないようだからどんな碁だったかよく分からないけど、連珠の初代名人になったくらいだから、きっと読みの力は相当強かったはずだね。そのいっぽうで、『稽古のときは勝負より碁の理屈を多く聞かれた』という秀哉の証言や、涙香の『碁に無理打ちは決してならぬ』という言葉に感銘したという竹朝の証言もあるので、棋理を重視するバランス派だったかとも思えるし、彼の経営手腕から類推すれば、非常に戦略的な碁だったとも想像できるしね。面白いのは、『仕掛けた劫は必ず打ち抜く主義だった』という広瀬平治郎の談が残っていることで、これはいかにも涙香の一徹な気性に合致してるだろう。

　ちょっと余談もいいかな。乱歩が将棋好きだったことから、かつての探偵小説界では将棋が流行ったそうだけど、碁も小栗虫太郎と夢野久作が打ったことが知られている。特に小栗は作家デビュー以前の修業時代は図書館と碁会所に通い詰めだったくらいの碁キチだったんだが、息子さんの証言によると、あの難解晦渋な作風に似あわず、戦いを好まないサラサラした碁だったというのが笑えるだろう。腕前は二級と自称していたそうだが、昭和初期のアマ初段が今の六段に匹敵するというから、それからすれば、今なら四段は充分かな。久作のほうがよく分からないのが残念だけどね。また、ミステリも書いた坂口安吾（さかぐちあんご）がこれまた相当な碁キチで、『石の下』という囲碁を扱ったミステリ短編もあり、呉・岩本十番碁などの観戦記も務めたりしている。プロの塩入（しおいり）三段に五子で勝ったこともあるというんだけど、どうやらこれは手を緩めてもらったせいで、いろんな証言から考えあわせると、実際の腕前はそのだいぶ下――せいぜい三段くらいだったんじゃないかな。近年はどんどんレベルがあがって、今はプロに三子のミステリ作家もいる時代だけど、牧場君がミステリを書けば、これはミステリ作家史上、文句なく囲碁の最強者になるから、そのうちどうだろうね」

途端に麻生や大館が眼を輝かせ、

「おお。それは是非！　別に囲碁ミステリでなくてもいいですよ。牧場さんが書くならどんなものでも！」

「牧場さんがその頭脳でミステリを書いたらどんなものになるか、これはもうカミさんを姑（しゅうとめ）さんごと質に入れてでも読んでみたいですね」

弥生も笑って、

「大館さんたら、そんなこと言っていいんですか。――でも、私も読みたいわ。そういえば、牧場さんはミステリではどんなものがお好みなの？」

「僕なんか、あちこち見境なくつまみ喰いの口ですから。でも、そう言われると、暗号モノはいろいろ捜して読んでますか。考えれば、子供の頃から惹かれるものがあったように思います。ポーの『黄金虫』、ドイルの『踊る人形』、麻生さんイチ押しの『大金塊』……。創元の『暗号ミステリ傑作選』は宝石箱みたいだったし、日本では競作集の『秘文字』がワクワクする企画の本でしたね。もちろん『幽霊塔』は涙香のも乱歩のも読んでます。そういえば山田風太郎の『明治バベルの塔』が、まさに涙香を主人公にして、さっき言った宝捜しのエピソードを踏まえた暗号小説の快作でした。そんな流れで、小栗虫太郎はやっぱり好きですね。彼の暗号は何だか訳分かんないのが多いですし、『源内焼六術和尚』なんて、暗号が解かれないまま話が終わっちゃいますから。でも、そんなキツネにつままれた感がまたよくって――」

智久が答えると、大館が「おお、おお、おお」と感極まった声で、

「さすが、牧場さん。そこで『源内焼六術和尚』まで出てくるとは！　いやあ、牧場さんが小栗ファンと分かって嬉しいなあ」

けれどもそこで弥生が、

「そんなに喜ぶのもどうかしら。もしかして空気を読んでのことじゃない？　もしも

この場が海外ミステリファンの集いなら、また全然違う答えが返ってきたかも知れないわよ」

大館はぎょっと眼を剝いて、

「え？　そんな。だったら凄い引き出しの数じゃないですか。これは一杯喰わされたのかな」

智久は慌てて「まさか」と手を振ったが、類子はもしかしたらと思った。特に最近、智久はいろんなジャンルの人と会う機会が多くなったが、たいがいの場合は相手とうまく話題をあわせ、相手に同好の士を得たようないい気持ちにさせるのが子供の頃からの特技らしかったからだ。

だとすると、もしかしたら私にも話をあわせているだけ？——類子は思わず横目で智久を窺ったが、「そんな器用な真似できないですよ」と弁解する素振りにまるで他意はなさそうに見える。だが、本人も無意識のうちにそんなふうに振る舞っているとしたらどうだろう。その智久と弥生はまだせいぜい二、三度会っただけのようだが、それだけで彼のそんな部分を敏感に嗅ぎつけたのだとしたら、何という鋭さだろうか。類子はほんのひと筋、背中にひんやりしたものが滑り通るのを感じた。

ともあれ、そんなことからすっかりミステリ談義に花が咲き、特にかなり古い探偵小説が中心だったので、人よりけっこう詳しいほうだと思っていた類子も、解説がつかなければ七割がた話についていけなかった。そんな状況がずっと続くのもいささか辛いので、頃合を見て、

「そういえば智久君、このあいだ実際の事件に駆り出されたって言ってたじゃない。あれ、どうなったの」

そう切り出すと、さすがにマニアたちはいっせいに、「え、何ですかそれは！」「聞きたい聞きたい」「是非教えてくださいよ」と、思った以上の貪欲さで喰いついた。

「いやあ、あれからさっぱり進展がないみたいだから、ミステリでいえば問題編どころか、手がかりも全然出揃っていない話になっちゃいますが、いいですか」

そう前置きして、智久は一週間前の事件のことを詳しく説明した。麻生、大館、井川、永田、弥生の五人は、智久が現場にひっぱっていかれた経緯と理由に驚き、現場の状況に熱心に耳を傾け、石が多すぎるという智久の指摘に意表をつかれ、確認された石数から導かれた論理の展開に眼を輝かせて感心した。

「というわけで、現状ではまるで尻切れトンボのお話なので、まるで餌だけ見せてお預けを喰わされたような気分と思いますが――」

智久はそう締め括ったが、麻生が大きく手を振って、

「いやいや、面白いですよ。実に面白い！」

「そうですよ。当然のことながら、実際の話というのはやっぱりリアルさが違う。特に現場の状況とか、小説と違っていくらでも詳しい部分をつっこんで訊けるというのがいいですね」と、加勢する大館。

「碁の対局中に殺害された被害者か。実になかなかミステリっぽいシチュエーションじゃないですか。少なくとも、実際の事件では聞いたことがないですが」

井川の言葉に、智久も「僕もです」と頷いた。

「しかし、そうか、まだ被害者の身元さえ確認できていないのか。そうなると、第二幕はそれが判明してからということになるね。だが、もしも身元が分からずじまいだと、このまま迷宮入りになってしまう可能性が大だから、要するにあとは警察の能力次第というわけか――」

麻生がそう慨嘆したところで永田が、

「確かにこのまま迷宮入りになると、冒頭の面白い謎だけ提示された中絶作を読まされた感じになってしまいますね。例えば乱歩の『悪霊』みたいな。まあ、それはそれでいいんですが。というより、乱歩自身は『悪霊』の中絶の理由を、準備不足に加え、読み返すと気が抜けた感じで我ながら少しも面白くないので気力が続かなかったと言っているけれども、いやいやどうして、雰囲気もいいし、謎の提示も魅力的だし、いつもながら導入部として絶品だと僕なんか思うんですけどねえ」

そう表明すると、たちどころに賛同の声がいくつもあがった。

「中絶作といえば、有名どころでは安吾の『復員殺人事件』もそうでしたね。あれは連載していた雑誌『座談』が廃刊になったための中絶ですが、のちに後半を高木彬光が書き継いで、曲がりなりにも完成させたというのも稀有な例ですね。前半も含めて、出来は……まあ、ちょっとアレかなとは思いますが」

大館が周囲の笑いを誘うと、麻生も、

「『悪霊』も誰か書き継いで完成させてくれないものかな。例えば有力作家三人くらいに後半を競作させるという企画があってもいいと思うんだがね」

「あ。それはいいですねえ。知りあいの編集者に持ちかけてみようかな」

そして大館はぶるるんと首を横に振り、

「ああ、また話が横に逸れてしまった。とにかく僕らもこれだけの材料から何か引き出せないか、探偵になった気分でちょっと推理してみませんか」

そんなことを持ちかけてきた。

「推理って。牧場さん以上の何かをなんて、もう無理、無理」と、真っ先に弥生。

「いや、別に牧場さん以上のとは言ってませんよ。どんなバカ推理でもいいじゃないですか」

「あ。じゃあ、私もいいですか。その被害者は碁を打ってたんじゃなくて、実は連珠をしてたというのはどうでしょう」

類子が手をあげて言うと、智久がかくんと片側の肩を落として、

「そりゃダメだよ。さっきも井川さんが説明してくれたじゃない。連珠は囲碁の十九路盤じゃなくて、ひとまわり小さい十五道盤を使うんだって」

「でも……ええっと、上下左右の端の二路ずつ使わないようにすれば、打って打てないことはないわけでしょ。普通はどんな旅館でも連珠盤なんて置いてないし、だいたい連珠盤自体、私も今まで一度も見たことないくらいだから、仕方なくそうやって碁盤を使った可能性もあるんじゃないの？　だからもちろん、双方の碁笥の蓋のなかに取り石がはいっていたのは犯人の偽装工作で、自分たちが打っていたのが連珠というちょっと珍しいゲームじゃなくて囲碁と見せかけるためにそんなことをしたのよ」

「確かに公式戦とか以外では碁盤を代用することも多いそうだし、最後のはなかなか鋭い指摘だけど、それでもやっぱりダメだよ。連珠で使う石数の上限は十五かける十五の二百二十五個だけなのに、盤上と周囲に散らばっていた黒石白石の合計三百三十

個はそれよりはるかに多いんだから」

そこまで言下に否定されてはさすがに悔しく、類子は懸命に頭を回転させ、

「だからそれも取り石と同様、犯人の偽装工作よ。まわりに散らばっている石数をふやすことで、囲碁を打ってたように見せかけるというカムフラージュの一環」

再反撃を試みたが、

「連珠を囲碁にカムフラージュするために石数をふやす必要はないよ。対局途中なら、どんなに石数が少なくてもかまわないわけだから。それに、盤と畳に散らばっていた石とアゲハマの合計が、黒白ともにぴったり同数の百六十五だったというのもね。石数を揃えるくらいに偽装に神経を配っておきながら、むしろ囲碁にしても石数が多すぎる状況にしてしまったというのはいささかチグハグじゃないかな」

これも完膚なきまでに否定されて、類子は少々頭に血がのぼった。

「じゃあ、じゃあ――被害者は連珠じゃなくて五目並べを打ってたというのはどう？　二人とも連珠のルールなんて知らないから、普通に碁盤を使って。強い人どうしならたちまち黒が勝つんでしょうけど、どっちもヘボだから盤全体が埋まるくらいになるまで勝負がつかなかった。これならどうよ」

すると智久も眼をパチクリさせ、「五目並べ――？」と呟いたかと思うと、

「うわあ。それは僕も盲点だった！　そうか。ヘボどうしの五目並べ。ああ、それなら可能性はある。あるけど——」

両腕をターバンのように頭に巻きつけながら喚いた。そんな二人のやりとりにしばらくギャラリーを決めこんでいた五人も怺えきれずに吹き出して、

「これは天下の牧場智久探偵も一本取られた図か。いやあ、つくづくいいコンビだねえ」

「本当に。私、ますます類子ちゃんが気に入っちゃったわ」

そのいっぽうで永田が智久の「あるけど——」のあとを引き継ぐように、

「まあ、被害者が連珠家というならまだしも、五目並べをしていたとしても、どのみち身元確認の手がかりにはならないでしょうがね」

類子の指摘に少々水を注した。

「別にいいんです。ただ、囲碁とは限らないという可能性を示せただけで」

実際、類子はそれだけで大満足だったし、

「そうそう。こんなふうにいろんな可能性を考えてみるのが大事なんですよ」

大館もそんな言い方で後押ししてくれた。

「身元の手がかりにはならないにしても、本当に五目並べだったなら、そこからひと

つ推理できることがあるわね。被害者かその対局者のどちらか、あるいは両者とも、連珠どころか囲碁も将棋も知らなかっただろうって」

弥生の言葉に、

「ああ。それは言えますね。もし二人とも囲碁か将棋を知ってたなら、わざわざ五目並べをやることはないでしょうから」

大館が賛意を示すと、すかさず智久が、

「そう。僕もそこを言いたいんですよ。殺害前に打たれていたのが五目並べと仮定すると、その対局は二人が会う前から予定されていたのではなく、暇つぶしのための気まぐれな誘いから、その場でたまたまはじまったと考えるのが自然でしょう。要するに、その対局はそれほど精魂こめた真剣な勝負ではなかったはずですね。でも、それは盤上没我の最中に背後から刺し殺されたように見える現場の状況にそぐわない。だから僕はやっぱり、あの場で打たれていたのは囲碁だと思うんです」

そんなふうに論証すると、井川も「うん、なるほど。それはいちいちもっともだね」と大きく頷いた。

「こっちはわずかな可能性があるだけで満足と言ってるのに、そのわずかな可能性まで摘み取っちゃおうっていうの？　ひどーい」

類子はすっかりむくれ顔で胸を突き出したが、

「いや、今の類ちゃんの指摘のおかげで、ちょっと見えてきた部分もあるよ。あの対局はその場でたまたま打つ流れになったようなものじゃない。少なくとも被害者にとって、その対局こそが現場を訪ねた目的だったんだ。——いい？　アイスピックという凶器が持ちこまれている以上、あの殺人は大なり小なり計画的な犯行だったはずだよね。であるからには、犯人は初めから被害者の盤上没我の状態を利用しようと考えたはずだよ。そしてその場合——もちろん、どんな対局でも没我しちゃうタイプの人もいるにはいるけど——別の用事で呼び出しておいていきなり対局を持ちかけるよりは、あらかじめ対局自体を名目に呼び出し、しかもその対局に重要な意味あいを持たせておいたほうが、より真剣さの度合いが増して、それだけ盤上没我の状態になりやすいと期待できるじゃない？　そう。そこらの碁会所なんかじゃなく、わざわざ旅館の一室を用意したのも、まず第一に殺害のための都合であると同時に、犯人が付与した重要な意味あいに見合う演出でもあったわけだよ」

「重要な意味あい……？　それってどんな？」

「雌雄を決する大一番とかでも人によっては充分かも知れないけど、多分、犯人は単なる名誉以上の何らかの賭けを持ちかけていたんじゃないかな」

智久がそこまで辿りつくと、麻生がぴしゃりと大きく膝を打ち鳴らした。

「うーん、なるほど、賭けか！　それは大いにあり得るね」

「ええ。被害者は腕に覚えもあり、リスクを秤にかけても充分に魅力的な賭けだったんだと思います」

そこでふと、

「どのみち犯人は被害者を殺すつもりだったのかな。もしかして、勝敗の行方が殺害の決行を左右した可能性は？」

そんな疑問を口にしたのは井川だった。

「ああ。それはありますね。犯人自身にとっても賭けが切羽詰まったもので、自分が勝てば問題なし。負けそうになった場合は相手を殺害しようと決めていたケースも充分あり得ると思います。いや、どのみち殺害するつもりなら、中盤の適当な難所で決行すればよかったはずなのに、三百三十手という最終盤まで決行が持ち越されていることは、むしろそっちの可能性を強く示唆していると言っていいでしょう。その場合、多分、蜿蜒と拮抗した局面が続いて、犯人も形勢がよく分からないまま打ち続けていたのが、最後のドン詰まり近くになってようやく自分の不利を悟り、ついに殺害の決行に踏み切ったということになるわけですが」

「そう聞くだけでも、二人とも相当な腕前じゃないかという気がしてくるね。もしかすると、被害者と犯人の二人は《真剣師》だったとか？」

井川のその言葉に、弥生と類子が「シンケンシ？」と首を傾げた。

「金を賭けた碁や将棋のことを《真剣》といい、そしてそれを生業にしている人たちを真剣師というんです。もちろん自分の持ち金を賭けることもありますが、バックにそれぞれスポンサーがついて、大金を背負って代打ちをやるという興行も昔はよくあったんですよ。今はそういう伝統自体がほぼ途絶えたために、もし真剣師がいるとしても、日々の小遣いを細ぼそと稼ぐくらいのものでしょうがね。将棋ではプロに転向して大成した花村元司が元真剣師だったし、小池重明が『最後の真剣師』として有名になりましたが、囲碁のほうでも江戸時代に三千両を稼いだと言われる四宮米蔵が最も有名で、明治期の名棋士・水谷縫次も元真剣師だったし、逆にプロから真剣師に転じて昭和を生きた堀田忠弘という人物もいたんです」

その説明に、智久も「さすがに詳しいですねえ」と感心した。

「まあ、二人が真剣師だったかどうかはともかく、真剣が行なわれた可能性は大いにありますね。ほかにも双方にとってのっぴきならない賭けというと、被害者がもっと若ければ恋の鞘当てというのが物語にはよくありますが——。いや、別に年齢は関係ないか」

「そうだよ。人の恋路に年齢は関係ない、ない」

と、いちばん年長の麻生が強調して、

「しかし、驚いたねえ。囲碁を巡ってのことだから餅は餅屋と言えばそれまでだが、ここまでいろんな推論を引き出せるというのはまた全然別種の才能だからね。それこそ囲碁プロをやめても探偵としてやっていけるんじゃないかな」

そこで類子が「あれ？」と首を傾げて、

「智久君、自分が関わった事件のこと、全然喋ってないの？　そういえば、さっきの話も知りあいの刑事さんに呼び出されて喋っていたところからはじまったけど、その刑事さんとのなれそめはバッサリ端折(はしょ)っていたものね」

そう言うと、いっせいに「え？」という表情が返ってきた。

「どういうことかな？」

「智久君、今まで実際にいろんな事件を解決してるんですよ。その刑事さんも、以前に彼が巻きこまれた殺人事件の担当だったんですって。だから今回、その刑事さんが彼を現場に連れていったのも、ただ事件が囲碁絡みだからというだけじゃなくて、自分が目(ま)のあたりにした探偵能力を見こんでのことなんです」

これには全員があっと驚いた。

「実際の事件を、いくつも？　本当ですか。なあんだ」

「それならそうと教えてくれればいいのに。奥床しいというのか何なのか」

「暗号解読もそんな能力の一環だったんですね」

「これは是非とも、これまでの事件のことを聞かせて戴かないと」

「ああ、そうですね。喋っても差し支えのないところを見繕って、是非是非。その刑事さんの担当した殺人事件というのも気になりますし」

そんなふうに一同にせっつかれて智久は慌てふためき、余計なことをという視線を類子に送ったが、その彼女はおかしそうな笑みを浮かべながら素知らぬふりを決めこんでいる。

――何か僕、しっぺ返しを喰らわなきゃいけないようなことをしたっけな。

智久は胸のうちで首をひねりつつ、こうなったら仕方がないかと覚悟を決めた。

発掘調査

麻生徳司から、涙香の隠れ家（最近、涙香の遺跡の呼び名はこれに定着しつつあるようだ）の所有者に長期間の発掘調査の許可を得たという報せがはいったのは、旧盆の初日の八月十三日のことだった。土地建物の売り渡しに関しては、その調査の結果によって結論を出したい意向だという。

「とりあえず、おめでとうございます」

智久が言うと、麻生は「そこでですね」と意気ごんだ口振りで、

「この際、牧場さんにもその調査に加わって戴けないかと思いまして。いえ、ずっとということでなくてもいいんです。最低でも三週間くらいはかかると思いますので、そのうちの何日かだけでも。何でしたら、ちょうど夏休みでもありますし、武藤類子さんもごいっしょに避暑感覚でいらしてもけっこうですよ。今後のご予定はいかがで

しょうか」

「そういうことでしたら、僕としても乗りかかった船ですから是非。九月にはいると名人戦の挑戦手合がはじまるんですが、八月二十二日にはちょうど覇王戦の決勝が日立市のほうでありますので、では、その前後にでも」

そう答えると、麻生は喜色満面の表情が眼に浮かぶような声をあげ、

「そうですか、そうですか。いやあ、それは心強い。僕は明日から現地に行っていろいろ準備をしますので、恐らく来週からはいつ来て戴いてもいちおう不自由のない状況が整うと思います。今のところ、先日の顔ぶれのほか、何人かメンバーに加わってくれそうですし」

「けっこうな大所帯ですね。どうせ類ちゃんも行きたがるに決まってますが、そんなところにいいんですか」

「もちろん、もちろん。いやあ、何度も言いますが、あのお嬢さんと涙香がきっかけでお話しすることになって、その席に涙香の隠れ家発見の報せが来て、そのうえそのお嬢さんが隠れ家発見への道筋を作ってくださった牧場さんの彼女だったということで、こんな不思議な縁があるだろうかという以上に、何だかもう幸運を運んでくれる天使のような感覚を覚えずにいられないんですよ。大館君や菱山さんにしても、すっ

かりマスコット・ガールのように思っているからね」

「でしたら、気が楽です」

そして智久はすぐ類子に電話した。彼女が麻生からの誘いにとびあがって喜んだのは言うまでもない。

「井川さんや弥生さんも来るの？　わあ。楽しくなりそう」

「遊びに行くんじゃないんだよ。あくまで調査研究なんだからね」

「でも、避暑感覚でどうぞと仰言ったんでしょう。今年もずーっと夏練続きで、たまたま来週だけ五日続きで休みがあるから、そのあいだくらい普通に夏を愉しんでもバチはあたらないんじゃない？　じゃ、早速二十日から行きましょうよ。二十二日の対局にはそこから出かけて、また戻ってくるということでも別にいいのよね。私は二十四日までしかいられないけど、智久君はどうする？　そのあともしばらくいる——？」

そんな流れで、智久の予定も自然に決定した。

そして待ちに待った八月二十日。井川と弥生もどうせなら予定をあわせようという話になり、上野駅で待ちあわせた。山登りがあるのでそれなりの用意をしてくるように念を押されていたので、各自かなりの重装備だった。

「焼けましたね」

類子を見た井川の第一声だ。

「どうせなら海で焼きたかったんですけど。夏練で日焼けすると、顔とか腕だけが黒くなるから見っともなくて」

「それはお気の毒」と、あくまで涼しげに笑う弥生。

「じゃ、行きましょうか」

「いや、もう少し待ってくれるかな。急遽参加者がふえたんだ」

井川の言葉通り、新たな参加者が五分遅れでペコペコ頭をさげながら駆けつけた。

「どうもどうも。パズル作家の小峠元春といいます」

年齢は三十代の後半か。少しばかり肥り気味で、顔の作りもいくぶんもっさりした感じだが、汗を拭き拭き「こんな美女二人もごいっしょだったんですか。これはますます申し訳ないです」と恐縮してみせる様子はいかにも人が好さそうだった。

急いで特急に乗りこんで話を聞くと、小峠は以前から井川と知りあいで、冬の涙香展も手伝うことになっており、それで麻生とも既に二、三度会っているという。だが本人はそんなふうに紹介されるのももどかしい素振りで、

「涙香の暗号の件は詳しく聞きました。いやあ、凄いもんですねえ。聞きながらゾクゾクしちゃいましたよ。はばかりながら、僕も井川ほどではないけどいろんなゲームが好きで、それで彼とも知りあうことになったんですが、そんなわけで牧場さんのことも早くからファンだったたんです。いやしかし、これでますますぞっこん痺れました。囲碁史上最大の早熟の神童・小川道的に匹敵する天才ぶりは、何も囲碁に限ったことではなかったんですねえ」

むしろ美女二人に対するよりも熱のこもった賛辞を並べたてた。

「いえ。それはたまたまのことで。それはそうと、小峠さんも碁を打たれるんですか」

「まあ、井川君ほどの腕前ではないですが、町の碁会所で三段ほどで。それより僕がいちばん得意なのはオセロですね。これは相当研究もしました。もっとも、いろんな完全情報ゲームのなかで、オセロは真っ先にコンピュータのほうが人間より強くなっちゃいましたけど」

「完全情報ゲーム？」と首をひねる類子に、

「砕いていえば、着手を決めるために必要な情報がプレイヤーに完全に公開されているゲームのことです。囲碁や将棋、チェス、オセロ、連珠などは完全情報ゲームです。それに対して、麻雀やポーカー、コントラクト・ブリッジなどは隠されて見えない情報があったりするので、不完全情報ゲームというんですよ。完全情報ゲームは原則的に運の要素がはいりこまないゲームとされてますね」

井川のその説明に、

「まあ、実際には不完全な人間がプレイするんだから、体調とか、とんでもないうっかりミスとか、指運(ゆびうん)とか、いろんな運の要素がはいりこんできちゃうんだけどね」

智久が肩をすくめながらつけ足した。そして井川はさらに、

「ともあれ、オセロは最もコンピュータ向きのゲームなので、コンピュータが世界チャンピオンよりはるかに強くなってますね。チェッカーでは一九九二年に『シヌーク』というプログラムが四十二年間無敗の世界チャンピオンであるティンズリーを破り、その後、二〇〇七年にチェッカーというゲーム自体の完全解を見出しています。チェスでは一九九七年にＩＢＭのスーパー・コンピュータ『ディープ・ブルー』が世界チャンピオンのカスパロフを破ったことが世界的な大ニュースとなりました。連珠に関しては僕も情報が手薄いんですが、何年か前にトップ・プレイヤーを越えたという声を聞いています。ところでこの世界では《モンテカルロ法》という探索法が見直されたのが大きなブレイクスルーとなったのですが、特に将棋ではコンピュータのレ

ベルアップが目覚しく、現在はトップ・プロをも越える域にまで達してますね。そしてコンピュータが長らく最も不得手としてた囲碁も、二〇〇〇年代の級位者レベルからあれよあれよとアマ六段程度にのぼったものの、プロの域にはまだしばらくかかるかと思われていたのですが、ごくごく最近、かのGoogleが《ディープ・ラーニング》という手法をひっさげて参入し、いっきに世界のトップ・プロをも抜き去ってしまったのですから、いやはや、恐ろしい時代になったものです」

ゲーム好きが三人も寄ると、どうしてもこういう話題が中心になってしまうようだ。類子はそれよりはまだしもと、

「小峠さん、パズル作家ということですけど、今までどんなパズルを作ったんですか？」

そう振ってみると、

「僕ですか。まあ、いろんなパズルを手広く、細ぼそとやってます。数的にはクロスワード・パズルとか数独とかが多いですね。知恵の輪を作ったりすることもありますよ。これなんか、そうです」

小峠は大きなリュックに吊りさげていた太いチェーンのようなものをはずして差し出した。クニャクニャ曲がった金属の輪が棒を通していくつも繋（つな）がっていて、見るか

らに複雑そうなシロモノだったが、智久はそれをひと目見て、

「ああ。九連環のバリエーションですか。面白そうですね」

「おっと。いやあ、さすがです。パズルにもお詳しいんですね。原理が九連環とお分かりなら、解くのもお茶の子さいさいでしょう。輪も七つしかないですからね」

類子は試しにカチャカチャといじくってみたが、どこからどう手をつけていいかされ皆目見当もつかない。初めはそれでも気軽にあれこれひねくりまわしていたが、いっこうにとっかかりが見つからないので、だんだんムキになってきてしまう。そんな様子をおかしそうに智久に横目で眺められるのもちょっぴり腹立たしかった。

「それはそうと、お前、何で遅れたんだよ。何してたんだ」

井川に訊かれて、小峠は「それがな」とリュックを開き、

「以前、面白いのを見つけて、絶好のチャンスだから買ってこようと途中で思いついたんだよ。それでいったん東京駅で降りたんだが、ちょっとまごついちまってな」

言いながら紙袋のなかから取り出したのは、白っぽいビニールで包装されたパックだった。うっすらと透けた中身はカステラっぽい色だ。見ると、パックには茶色の漢数字で大きく『九六一八』と印字され、その『一』だけが円で囲まれている。そしてそれよりずいぶん慎ましい字で『黒糖バームクーヘン　くろのき』とあった。

「これ、店の名前で『くろいちや』と訓むんだけど、あのカレーで有名な新宿中村屋がやってるらしい。ほかにも饅頭とかカステラとかどら焼きとかかりんとうとか、扱ってるお菓子はみんな沖縄産の黒砂糖を使ってるというのが売りで、店名も《黒砂糖が一番》というのからきてるんだとさ。どうだ」

「なるほどね」

井川は愉快そうに頷いたが、類子には何のことか分からない。怪訝な顔をしていると智久が、

「つまり、『九六一八』で『くろいは』――つまり黒岩の旧仮名表記になるということですね」

言われて類子はああと思った。

「さすがに何でもお見通しですねえ。いや、敵いません」

頭を掻く小峠に続けて井川が、

「涙香の幾多の趣味のなかにビリヤードがあったのは、先日永田さんが言いましたよね」

と、なぜかそんな話題を持ち出してきた。

「涙香がビリヤードに手を染めたのは『萬朝報』のスキャンダル記事がその筋に睨

まれ、たびたび発行停止を喰らったので、その暇を埋めるためだったらしいんですが、例によっていったん面白いと思ったらとことん撞球場に通いづめ、鍛錬と研究を重ねるものだからたちまち上達し、最終的にはアマとしては有数の腕前にまでなったそうです。さらに著名人を招いた競技会を定期的に開き、その盛況ぶりを記事にするなどして、ビリヤードの面白さを大いに喧伝・奨励したんですが、これもまた彼の常套的なパターンですね。そしてこれが言いたかったんですが、彼があちこちの撞球場に置いていた自分のキューには『９６１８』という数字を彫りつけていたそうなんですよ」

それには弥生が、

「あ。涙香自身が。小峠さんもそのことが頭にあったんですね」

小峠はカクカクと首を縦に振り、

「そういうわけです。ということで、これは現地で皆さんお揃いのときに――」

再びリュックにガサガサとしまいこんだ。

「それにしても涙香って、つくづくそういうシャレというか、言葉遊びが好きだったんですね」

「何しろ遊芸百般ですからね。そうでなければ『萬朝報』での宝捜しとか、今回の暗号なんて思い浮かびもしないでしょうし」

弥生に返した井川の言葉に、

「だったら、本当にこれだけ？」

類子はふと思いついて呟いた。

「え？」

「もしかして、涙香はもっとほかにも暗号を残してるかも。——だって、そうじゃないですか？　そんなに暗号が好きなら、宝捜しのは別にして、ひとつだけで満足しちゃうとは思えないんですけど」

その指摘に、面々はひととき《天使の通過》のように言葉を失っていたが、

「なるほど。宝捜しでの暗号は暗号であることを公表しているので、必ず不特定多数の人間がチャレンジしてくれるけど、今回の珠型にこめた暗号は解いてくれる人がいるかどうかも分からない、いわば虚空に向かって投げた石のようなものだよね。まして、宝捜しはあれだけ自分も愉しんでいたのにお上から禁止されてしまったわけだから、涙香ほどの強烈な自己顕示欲の持ち主が、凝りに凝った会心作とはいえ、虚空に向けたひとつで満足できるかというと、これは確かに大いに疑問かな」

井川が深く頷いた。

「そうなると、彼の残したいろんなものを改めてそういう眼で検討しなければならないわけね」

「そのときはまた牧場君の協力を仰がないと」と井川は笑って、「いやしかし、確かにこれは鋭い指摘だね。また類子さんのヒットじゃないかな」

「え？　またヒットというと？」

首を傾げる小峠に、

「だから、ほら。牧場君が現場検証を手伝わされたという事件のことは言っただろ。先日の涙香会の集まりでその話を披露してもらったとき、類子さんが面白い可能性を指摘したんだよ。曰く、被害者は囲碁を打っていたんじゃなくて、五目並べをしていたのかも知れないとね」

類子は慌てて大きく手を振り、

「ああん。もうそれ言わないでくださいよ。あとで考えたらしょうもないこと言っちゃったって、ずいぶん後悔したんですから」

「いやいや。結局そのおかげで、被害者は賭け碁を名目に誘い出されたんじゃないかという推理に行き着いたわけですから。――そういえば、被害者の身元特定はまだ分からないままなのかな」

智久が「ええ、まだ」と答えると、

「まあ、賭け碁に応じるほどの腕自慢としても、なかなかそれだけでは身元特定に繫がらないんだろうね。残念だけど」

そのあとはしばらく涙香のあれを読んだ、これを読んだという話が続いていたが、もうそろそろ茨城県にはいるんじゃないかという小峠の言葉から、

「そういえば、このあいだ永田さんから涙香と茨城県の繫がりがもう少しあったという話を聞いたわ」

弥生がふと思い出したように言った。

「へえ、それは」と促す智久に、

「ひとつはほかならぬ初代都々逸坊扇歌だけど、彼の生誕の地だけでなく、亡くなったのも今の茨城県の石岡市だったんですって。というのも、彼は世相を批判した歌もたくさん作ったので、それが幕府に睨まれて江戸を追放されてしまったからなのね。――で、もうひとつも都々逸繫がりなんだけど、茨城県の稲敷郡美浦村に涙香の正調俚謡を引き継ぐ日和吟社という団体があって、今も村の伝統文芸として活動を続けているというのよ。日和吟社は昭和二年の発足だけど、戦後には黒岩涙香追悼俚謡会を開催して、そのとき村の眼科医だった涙香の長男の日出雄氏から涙香が愛用していた

組硯が贈られたということもあったんですって」

それに驚いた智久が、

「え。涙香の長男がその村に住んでた？　いつからだろう。もし、ずっと以前からだったとしたら、その吟社ができた経緯も長男と関わりがあるのかな」

「どうもそういうことではなさそうだと永田さんは言ってたけど、まあ、詳しいことは目下調査中だとか」

「ふうん。でも、さすがに全くの偶然とは思えないし。とすると、むしろその吟社が縁で長男がその村に来ることになったのか」

そんなふうに思索に耽りだす智久を尻目に類子は、

「でも、意外。俚謡正調？　正調俚謡？　どっちにしろ、今まで聞いたこともない言葉だったから、連珠やかるた競技と違って、こればっかりは名称として途絶えたんだろうなと思っていたのに、そうやって地方で細ぼそとでも生き残っていたなんて。――あ。でも、細ぼそとなんて言っちゃうと、やってる人たちには失礼か」

「そりゃ大いに失礼だね」

すかさずの井川の切り返しがおかしくてみんな笑ったが、そんななかでひとり智久が急に眉を曇らせたかと思うと、

「生き残って……？」

「え？」と、類子。

「……細ぼそと……？」

右手をゆるゆると額に翳しながら、譫言のように呟くのが異様な感じだった。

「なあに。どうしたの？」

けれども智久はそれに答えず、思いつめた顔で宙空の一点を見つめ、薬指の先で眉をこつこつと叩いている。熟考モードにはいったときの癖というのはすぐに分かったが、どうしてこの今、いきなりそうなったのかはさっぱり分からない。だからほかの三人も異変を察し、智久に向けていた視線をおずおずと類子のほうへ移したが、いちばん途方に暮れていたのは彼女自身だった。

けれどもそんな時間もほんの十秒ほどに過ぎなかった。

「類ちゃん。スマホ貸してくれる？」

何事もなかったように智久に言われ、類子は自分でも滑稽なくらいにアタフタとバッグをまさぐった。

「はい、これ。でも、智久君、スマホ使えるの？」

「一度、植島君にひと通り使い方を教わったから」

「使い方を覚えたんなら、買い替えればいいのに」

「おかげで普段は必要なくて、必要なときは人に借りればいいと分かったよ」

そんなことを言いながら智久はひとしきり何かを検索しているようだったが、

「やっぱり――」

大きく頷くと、アプリを閉じて類子に返した。

「そうか。あるんだ。可能性は」

智久はそんなことを呟きながら今度はポケットから自分のケータイを取り出し、

「ちょっと失礼します」

座席から通路に立つと、そのままデッキに出ていった。

「ど、ど、どういうこと？」と、小峠。

「さあ。きっと何か閃(ひらめ)いたんだと思います」

「閃いた？　何をだろう。涙香の暗号？　殺人事件のほう？　それとも全然別のことなのかな」

井川に続けて弥生も、

「とにかく、さすがのオーラね。稀代の天才が天啓に打たれている姿なんて、滅多にそばで見られるものじゃないもの」

そんなことを言いあっているうちに智久が戻ってきたので、

「どこかに電話？」

「ああ、うん。楢津木さんにね。ちょっと確かめてもらいたいことがあって」

「刑事さんね。確かめてもらうって、何を？」

「いやまあ、それはちょっと。全然ハズレだったら恥ずかしいから、結果待ちということで。ね」

「えーっ、これだけ思わせぶりに振っておいて、おあずけ？　それはないんじゃないの」

類子は思いきり頬を膨らませたが、

「それは残念。だけどまあ、あとの愉しみとしておきますか」

「そうよね。探偵は推理が首尾一貫しないあいだは沈黙を守るのがお決まりだもの」

ほかの面々がそんなふうに受け入れる趨勢では、彼女もそれ以上の追及をひっこめざるを得なかった。

駅弁で昼食をすませ、水戸駅で水郡線に乗り換えたあとは、三十分ほどで常陸太田駅に着いた。

　改札で待ってくれていた大館の第一声は、やはり類子に向けての「焼けましたねえ」だった。

「荷物もいちばん軽がるという感じですね」

「おかげさまで、先日、美術部の友達に女闘士の絵のモデルになってくれないかと頼まれました。丁重に断りましたけど」

「おお。それは残念」

　戸外は東京と同様、茹だるような暑さだった。駐車場で八人乗りのミニバンに乗りこみ、大館の運転で白く照りつける大通りへと出る。

「昼食はもうすませたんですか。常陸太田は最高級の蕎麦の産地なので、まだだったら是非食べてもらいたかったんですけどね」

「へえ、蕎麦か。そいつはいいな。それだったら明日といわず、今夜にでも食べに出ようかな」

　小峠が愉しみでたまらないという面持ちで揉み手した。

「常陸太田だけでも蕎麦屋が五十軒からあるといいますから、何でしたら毎日でも。古くから茨城の蕎麦は質のよさで知られてたんですが、とりわけ常陸太田の金砂郷の赤土地区の在来種をもとに作られた《常陸秋そば》という品種が日本最高級のブランドなんですよ」

「ほほう。金砂郷の赤土――。名前からしてそそるものがありますねえ」

そんなことをしばらく言いあっているうちに市街を抜け、のどかな田園風景がひろがった。連なる山並み。その上に真っ白な筋雲が刷毛で擦ったようだ。道はほぼ川沿いにのび、山間にはいったり集落を抜けたりを何度か繰り返す。そして三十分近く走ったところで細い横道にはいるとすぐに、はるか上空に山と山を跨ぐようにして架かった大吊橋が見えてきた。

「うわあ、あれですね。本州一長い吊り橋というのは。さすがに凄いですねえ」

「全長三百七十五メートルだったかな。歩行者専用で、しかも有料なんですが、空中散歩という感じだし、さすがに眺めは絶景ですよ。何でしたらついでに立ち寄られてもいいんですが、百メートルの階段をのぼらなくちゃならないので、このあとのために体力を温存しておきますか」

「体力温存？　そんなに大変なんですか」

そちら方面にはまるで自信のない智久が眉をひひん曲げながら訊くと、

「まあ、そこそこ」

「やっぱり明日は夜からホテルに泊まりこみにしておいてよかった！　明後日の朝、

山下りでヒイヒイ言った直後に対局なんて、とんでもないですから」

　そしてすぐに左手にコンクリートの建物が現われ、

「そこがダムです。本来、ここから先は遊歩道なので車ははいれないんですが、今回は事情を説明して特別に許可をもらってるんですよ」

　そこを通過すると、左手に竜神湖（りゅうじんこ）が見えた。蒼天と対岸に続く美しい樹林を鏡のように映しながら、上流に向けてまさに竜の如く身をくねらせている。大吊橋は対岸の山頂とこちら側の山腹を繋いで架かっていて、その下を巨人の股くぐりのようにくぐり抜けるのも、ちょっと眩暈（めまい）を引き起こすような不思議な感覚だった。

「そういえば、あの橋の上からバンジー・ジャンプもできるそうですよ」

　大館が洩（も）らすと、すかさず類子が、

「わ、いいなあ。私、一度はやってみたかったんですよ。いいチャンスだからやってみようかな。ね、ね、いっしょにやらない？」

　誘われた智久が無言のままぶるぶると首を振り、

「ただし、料金は一万四千円ですが」

　そう言われて類子がガックリ首を落とすのもおかしくて、車中は笑い声に包まれた。

さすがにまだまだおさまる気配のない猛暑のせいか、大吊橋を過ぎてしまうと観光客の姿はめっきり少なくなった。

「何と言ってもいちばんのシーズンは秋ですからね。紅葉の時季はそりゃあ綺麗ですよ」

「そうでしょうね。眼に浮かぶようだわ。麻生さんもそんなに焦って調査せずに、いい気候になるまで待てばよかったのに」と、弥生。

「まあ、所有者との交渉も早く進めたいでしょうし、冬の涙香展にとっても大きな目玉になるでしょうしね」

そして大館が説明するには、

「こちら岸は東西方向にのびる竜神湖の北側なんですよ。問題の場所は南側にあるんですが、ご覧の通り、あちらはほとんど道らしい道がないんです。ですので、こちら側から湖の先までいったん大回りして、渡れるところで川を渡ったあと、また逆戻りに折り返すというルートを辿らないといけないんですよ」

「ふええ。それは聞くだに大変そうだ。ついつい面白がって来るんじゃなかったかな」

いちばん体重を背負っている小峠がうんざり顔で車の天井を見あげた。

湖岸と急な崖に挟まれた道をうねうねと走り、どうやら湖の先っちょが見えてきたところで、大館が「あれが明山です」と左手に聳える山を指さした。そしてさらに渓流沿いの山道をうねうねと辿ると、休憩所らしい小広い場所に何人か観光客の姿が見え、二台の大きなワゴン車が駐車していた。

「そこの車も我々調査隊のです。ここからは歩きになります」

一同は銘々の荷物を担いで車を降りた。木々の梢がアーケードのように押し被さり、木洩れ日に煌くせせらぎが美しい。気温もさすがに駅に較べればかなり低かった。

「亀ヶ淵です。眼の前が明山、後ろが武生山。さて、行きますよ」

大館の先導で橋に向かおうとしたとき、

「あ――――っ!!」

素っ頓狂な黄色い声が折り重なって聞こえ、何事かと振り返ると、驚いたことに《隋宝閣》で会ったあの四人組がこちらを指さして大口をあけている。

「やだやだ。牧場君！」「嘘でしょ。信じらんない。こんな偶然ってある？」「あーっ、あの子もいっしょにいるゥ！」「それに、なあに。あの美女は」

そんなことを口ぐちに言いあっていたかと思うと、この機を逃すかとばかりに駆け寄ってきたので、智久も軽く頭をさげて迎えた。

「びっくりしました。もう、凄っごい偶然ですね。牧場さんは観光で？」

「あれ。というと、あなた方は単なる観光じゃないんですか」

智久に訊かれて、リーダー格のワークキャップが、

「もちろん観光は観光なんですけど――黒岩涙香という日本のミステリのルーツみたいな人の隠れ家が、つい最近この近くで見つかったという話を聞いて、調べてみたらとてもいいとこみたいだから来てみたんです」

それには大館が仰天の顔で、

「え？　君たち、あのときその話を聞いてたんだっけ？」

「あのとき？」と、不思議そうな顔をしたのは智久だけでなく、ワークキャップも怪訝そうに首を傾げて、

「何のことですか？」

「あのときじゃなかったのか。じゃあ、その話を誰に聞いたんだい？」

「大学のときにミステリ研の先輩だった人に。ツイッターでもちらっと見かけたくらいだから、その筋ではもうけっこう広まってるみたいですよ」

「そうなのか。まあ、今回の調査にも参加希望者は多かったからな。それにしても油

断できない時代だねえ」

　すると今度はワークキャップがその言葉を聞き咎めて、

「え。じゃあ、皆さんはその隠れ家の調査に来たんですか！　牧場さんも？」

「ええ、まあ、ちょっとした行きがかりで。……それより、あのときって……ああ、そうか。ミステリ・ナイトだね。そのとき、類ちゃんも皆さんと顔をあわせてたんだ」

「だって、牧場さんの彼女が同じミステリ・ナイトに来るっていうから、どんな子なんだろうとダメもとでアンテナを張ってたんですよ。そしたらいきなり隣のテーブルから、その子が牧場さんの彼女だって声が聞こえて」と、ワークキャップ。

　類子は類子で、

「この方たち、智久君の知りあいだったの？　え？　私がミステリ・ナイトに行くってことも智久君が？」

　渦巻くクエスチョンマークのせいで自然に詰め寄る恰好になり、

「いや、その、僕は別にそういう言い方をしたわけじゃなくて――」

　智久が仕方なく殺害現場に連れていかれたときのことを繰り返そうとすると、

「あ。そういえばあの事件、結局どうなったんですか？」

四人組の一人が言い出したので、智久の説明は大きくヨレざるを得なかった。ともあれ、行ったり来たりの末、全員がなりゆきをいちおう理解し終えた顔になったので、

「というわけで、僕たちはこれからあっち方向の山奥に行くんですよ」

「そうですか。それでは引き止めても悪いですから、これで」

いかにも名残惜しそうながら、意外にすんなり解放してくれたのでほっとした。

岸辺に寄ると、近くに小さな滝があった。竜神峡にはこのような小規模の滝がいくつもあるという。橋を渡って道なりにどんどん登れば明山の頂上に至るのだが、大館はすぐに左手の細道に折れ、さらにそこからも脇へと踏みこむと、そこはもうかろうじてそう称べる程度の獣道だった。

それでも生い茂る藪や繁みはある程度伐採され、地面もかなり踏み均されているのが分かる。要所要所、木の幹に白いテープを巻きつけた目印もあるので、これなら一人でもどうにか迷わずに行き来できそうな気もする。だけど、もちろんそれも明るいうちだけの話だろう。

かなりの急勾配を上ったり下ったり、足元の悪い箇所を滑り落ちないように注意しなければならなかったりで、ひと息つけるような平坦な場所はほとんどない。たちま

ち小峠が息を切らし、智久も日頃の運動不足が祟ってかなり辛そうだ。その点、類子はひょいひょいとスキップまでしそうな軽やかな足取りで、意外に弥生も涼しい顔を崩さず、緑の織りなす景観を味わう余裕まで見せている。訊くと、学生時代はテニス部で、今も週一でやっているということだった。

伐採されているとは言ってもやはりそれはある程度に過ぎず、しょっちゅう藪や繁みを掻き分けなければならないのもけっこう体力を消耗させる。十分も歩くともう小峠は汗だくで、顔じゅうダラダラと滝のように流れ落ちる様は見るも気の毒なくらいだった。

「ああ、すみません。ちょっとキツくて。ひと休みしていいですか」

いったいそれを何度繰り返しただろう。途中で支流の川に出たところで、

「もうあと三分の一くらいですから」

「ふえぇ。まだ三分の一もあるんスか。すみません。十分休憩をください！」

とうとう川辺にへたりこんでしまったので、ほかの者もリュックをおろして小休止した。

「でも、本当にいいところですね。涙香さんが気に入ったのも納得です。私もこんなところに別荘とか持てたらどんなにいいかと思うもの」と、類子。

「そうよね。これでインフラさえ何とかなれば」

「そういえば、当時はどういうルートで行き来してたんでしょうか。まさか、今の私たちと同じ道筋でなんてことは」

それには大館が、

「竜神ダムができたのが昭和五十三年ですから、それ以前は湖自体がなくて、ずっと川が続いていたわけです。だから、当時はその川沿いに道があったんだと思いますよ」

「あ、そうか。ダム湖ですものね」

「ええ。確か、鉱泉宿なんかもあったとか」

「へえ。じゃ、もしかしたら涙香はそこに湯治(とうじ)に来たのかも？——それにしても、大館さん、さすがに詳しいですね」

「いや、こういうのはみんな、最初に廃墟のニュースを聞きつけてくれた地元のミステリマニアの友人からの受け売りですよ。緑川(みどりかわ)というんですが、今回も初日からずっと泊まりこみで手伝ってくれてます。料理も得意なので、その点でも助かってますね」

「電気や水はどうしてるんですか」

そう訊いたのは弥生で、

「とりあえず真っ先に発電機と仮設トイレを運びこみました。燃料や水も当分は大丈夫です」

「それは心強いですわね」

井川はタバコを一服つけながらゆったりと風景を眺めまわしている。智久はと見ると、小峠ほどではないが汗びっしょりでペットボトルの水をがぶ飲みしているので、

「囲碁のためにも、もうちょっと体力つけておいたほうがいいんじゃない？」

「そうだね。もし富士山の山頂が対局場になったら死んじゃうかも」

智久が答えると、井川があははと笑って、

「それはおかしいな。立会人もうっかりご高齢の棋士に頼んだりすると、業務上過失致死に問われかねないわけだ」

「もし故意なら、新手のプロバビリティの殺人になりますね」

そんなことをひとしきり喋(しゃべ)っているうちに小峠の息もだいぶ整ってきたので、行軍を再開した。板を横にしただけの橋をギシギシいわせながら渡り、目印を頼りに細い獣道へ。

やがて梢の合間から再び竜神湖が見えたところで、

「あと六分の一。ここからは上りが続きまーす」

大館の声に、

「泣かない僕はいい子だもん」

既に汗でドロドロの小峠が泣きそうな顔で呟いた。

それでも木々の密度は次第に低くなり、行く手を阻んで繁っていた藪や繁みも徐々に両脇に引きさがっていった。要するに道が広くなったのだ。

「はい。これが最後の急勾配です。頑張って!」

急勾配どころではない。部分的にはほとんど這うようにして攀じ登らざるを得なかった。これにはさすがの類子も軽やかにとはいかない。少々息を切らして一番乗りで崖の上に出ると、途端に眼の前の空間がいっきょにひらけ、その開放感に思わず「わあ」という声をあげている自分がいた。

とはいっても、それほど広大なわけではない。もとは二百坪近い平地だったのだろうが、大小の草木が半壊した廃墟の周囲だけでなく、円錐状にひろがった瓦礫をも被いつくさんばかりに生い茂っている。そう。廃墟だ。石造りの洋館だが、それほど大きな建物ではない。中央部分だけ二階建てになっていたのが残った形から見て取れる。瓦礫の一部を脇にどかして、正面玄関から出入りしやすいようになっており、その前にいた麻生がこちらに気づいて大きく手を振った。

「ふいー、やっと着いたか」

「わあ、これ。凄ぉい」

「ああ、もうダメ。死んじゃう」

口ぐちにそんな声をあげながら後続部隊も到着し、最後に気息奄々の小峠がリュックを投げ出してひっくり返った。


現在、現地で作業しているのは麻生と永田のほか、地元のミステリマニアである緑川拓郎と榊美沙子、そして編集者の家田美津夫というメンバーだった。ただ、ミステリ界隈の人間だけでは発掘作業にはいかにも非力ということで、日中だけ業者に三人来てもらっているという。その業者の人たちにひとまず作業は任せておいて、地下のいちばん広い部屋に全員集合することになった。

半壊した正面玄関をくぐると、天井の穴は雨が降ったときのために青いビニールシートで厳重に覆われていた。玄関口の先は小広いホールになっているのだが、何しろ大きな瓦礫がゴロゴロしているのでゆっくり落ち着ける空間ではない。瓦解の具合ははいって右側と二階部分がひどく、左側はまだましだが、いずれにしてもここでは地上よりも地下のほうが安全だと麻生は笑った。

その地下への階段は、ホールのいちばん奥まったところにあった。銅の扉で閉め切られ、その前を瓦礫の山で塞がれていたので、これまで誰にも気づかれなかったのだという。その扉も今は開けっ放しにされ、太い電源コードが階段の脇をうねうねと這い下り、ところどころに照明も灯っていた。

恐る恐る踏みこんでみると、ひんやりした湿気が纏わりついてきたが、意外にそれほど不快な匂いはなかった。埃も少なく、蜘蛛の巣も天井あたりにしかないので、かなりきれいに掃除もしたのだろう。ただ、階段はかなり長かった。下りきった感覚では、一階との高低差は五メートルほどあるに違いない。

地階に降り立つと、そこは五メートルかける十メートルほどの縦長の空間で、そこが地下でいちばん広い部屋らしい。中央に下が大理石、上が板でできた長方形の大きなテーブルと、その周囲にこれまた立派な木製の椅子が十脚あり、それではひとつ足りないので、家田が折りたたみ式のパイプ椅子を運びこんだ。

部屋の四隅にもこれまた立派な戸棚類が置かれ、百年もの年月を感じさせないほど傷みも少ない。そしてその部屋を最も大きく特徴づけているのは、天井に描き出された巨大な円盤だった。外周の直径は四メートルほどだろうか。その内側に直径三メートル、さらに中心近くに直径一メートルほどの同心円が金色の線で描かれ、中心部はマーブル模様の淡い水色、その外側の幅広な帯は黒・白・赤・青の四色で襷（たすき）がけに色分けされ、いちばん外の帯は琥珀（こはく）色の地に、夥（おびただ）しい漢字がびっしりと白抜きで並んでいた。

「なあに、これ」

見あげながら思わず類子が大声をあげると、

「二十八宿（にじゅうはっしゅく）だね」

智久があっけらかんと答えた。

「なあに、二十八宿って」

「古代中国で考え出された、天の赤道を二十八の区画に分割した座標だよ。それぞれの区画には基準となる星座が位置している。もとは天体の運行を予測したりするためのものだったんだけど、干支や陰陽五行などと同様、大々的に占術と結びついてひろまったんだ。幅広の帯の部分が東の青龍（せいりゅう）の青、北の玄武（げんぶ）の黒、西の白虎（びゃっこ）の白、南の朱（す）雀（ざく）の赤に色分けされているよね。そして見た通り、青龍には角（かく）・亢（こう）・氐（てい）・房（ぼう）・心（しん）・尾（び）・箕（き）、玄武には斗（と）・牛（ぎゅう）・女（じょ）・虚（きょ）・危（き）・室（しつ）・壁（へき）、白虎には奎（けい）・婁（ろう）・胃（い）・昴（ぼう）・畢（ひつ）・觜（し）・参（しん）、朱雀には井（せい）・鬼（き）・柳（りゅう）・星（せい）・張（ちょう）・翼（よく）・軫（しん）のそれぞれ七宿がある。日本にも高松塚（たかまつづか）古墳やキトラ古墳の壁画に描かれているくらい古くから伝わってたんだ」

智久が淀みなく説明すると、一同は眼をパチクリさせたまま声もなく、ようやく麻生がひと息置いて、

「さすが」

その嘆息まじりの呟きが一同の気持ちを充分に代弁していた。

「そうなんだよ。僕もいったん町の図書館に立ち寄って、ようやくこれが二十八宿と知った次第でね。調べてみると、この色分けも実際の方角とぴったり一致していた。まあ、そうと分かれば、ここにこんなものがあるのも納得はいくんだがね。というのも、涙香には天文マニアの側面もあったからなんだが」

麻生に続けて、

「そう。一般的な認知度は薄いようだが、涙香は『暗黒星』などのSFも数多く翻案している。そもそも涙香の祖父が暦学家だったし、涙香の五男も天文学者になっているくらいだからね」

永田が解説を加えると、智久は「ああ、そうなんですか」と素直に感心した。

ともあれ、その色分けに従えば、彼らは階段を南側から北向きに降りてきたことになり、部屋の北側と西側にはドアのない戸口がぽっかりと開いていた。

「先がどうなっているか興味をそそられるでしょうが、まず冷たいものをどうぞ」

「それは何より有難いです」と、小峠が真っ先に椅子に腰をおろした。

用意されたアイスコーヒーとアイスティで乾杯し、そこで自己紹介となった。緑川と美沙子はともに四十代にはいったばかりということだが、二人ともそれよりずいぶん若く見える。緑川は茨城中心に会員数二十数名を擁する『イバラード』というミステリ同好会の創立者にして会長、美沙子も初期からの会員で、そうした浮き世離れした趣味に生きていることが若さを保持させているのだろうか。ただ、本業はコピーライターという緑川はちょっと喋っただけでもなかなか癖のある人物だと分かるし、本業がＯＬという美沙子は始終ニコニコして穏やかそうに見えるが、こちらはじっくり時間をかけて喋るに従って一筋縄でいかない部分が滲み出てくるというタイプだった。

　そして家田は『芳醇社』という東京の小出版社の編集者で、まだ入社したての二十三歳。ただ、社会人としては新米だが、高校の頃からいくつものミステリ同好会に顔を出し、何かイベントがあると聞きつければ率先してそのスタッフに加わって下働きを務めていたそうだ。先日、乱歩の中絶作である『悪霊』の話題が出たとき、大館が続編の競作の企画を持ちかけてみようと言っていた知り合いの編集者というのが彼だろう。

「今度のことはうまくいけば出版企画に持っていけそうだと思って参加させて戴いたんですよ。当然今回も僕がいちばん若いんだろうと思っていたら、暗号を解読したのが今を時めく牧場本因坊だというし、その彼女の女子高生も来るってことで、楽しみにしていました。あ、でも、立場的には僕がやっぱりいちばん下っ端ですから、ご用があれば何でも言いつけてください」

家田はそう言ってペコリと頭をさげた。

「いやあ、今回のことはミステリ界隈で何だか妙に大きなニュースになっているらしくてね。発掘調査に参加希望者というか、まあ要するにここを見てみたいという要望が多くて、人を絞るのに苦労したんだよ」

麻生の言葉に、

「大きなニュースになっているというのは、ついさっきも実感させられたところです」

大館はそう言って、亀ヶ淵での出来事を手短に説明した。

「そんなときに私みたいな部外者が紛れこんですみません」

首を縮める類子に、

「いやいや。武藤さんは僕にとってのラッキーガールだからね。是非いてもらわないと」

麻生は鷹揚に笑ったが、そこで井川が、

「その彼女が、また大きなメルクマールを提示してくれたかも知れないんですよ。彼女によれば、謎マニア、暗号マニアである涙香が連珠の珠型名に暗号を忍ばせただけで満足したはずがない。ほかにもいろいろ残した暗号があるんじゃないかというんです」

ニヤニヤした笑みを浮かべながら言うと、その場の反応は予想以上に大きかった。

「あ、そうか。それはありますよね！　うーん、そうだったら凄いな」と、編集者の家田。

「なるほど。つまり、涙香の残したすべてのものを、改めてそういう眼で検証しなおさなければならないわけか」

麻生が大きく腕組みして唸りだすと、永田も興味深げに頷き、

「言われれば、確かに可能性は少なくないかも知れませんね。涙香の残した暗号群か。さしずめ、《ダ・ヴィンチ・コード》ならぬ《ルイコウ・コード》というところかな。いや、実際、そういう眼で見るなら、例のアレも意味ありげに思えてくるでは

ないですか」

　その言葉に、緑川や美沙子もああという顔を見交わした。

「例のアレ？」

　類子が首をのばすと、それには麻生が、

「うん。まあ、今すぐ説明してもいいんだが――あとでこの地下全体を案内するときのお愉しみとしておこうかな」

「気を持たせますね。いったい何が見つかったのか、ますます期待が膨らんでくるじゃないですか」

　井川はそう言いながらも、自ら愉しみを取っておこうとでもいうような余裕を見せて、

「とにかく我が国のミステリの始祖になるくらいだから、涙香が当時随一の謎マニアだったのはもう間違いないところですね。そういえば都々逸にも謎かけの要素は多いですし」

　すると永田も、

「ええ。それは初代都々逸坊扇歌からの伝統ですね。扇歌はとにかく当意即妙な機転に長けていて、客からお題を頂戴して、それに即興で謎解き唄を返すのを得意中の得

意とし、《謎坊主》の異名まで与えられたそうですから。この芸で江戸一番の人気芸人となり、彼が牛込の藁店という寄席に出ると八丁四方の寄席の客足が途絶えてしまうということで、同業者から《八丁荒らし》とも渾名されたほどだったとか」

「それは凄いですね。その芸風が都々逸自体に今も脈々と受け継がれているというのも凄いですが」

大館が首を振って感心したとき、弥生が、

「それで思い出したけど、永田さんから聞いた美浦村の日和吟社の話を電車のなかでしたんです。それで、その吟社が戦後に黒岩涙香追悼俚謡会を催したとき、村の眼科医だった涙香の長男の日出雄氏から涙香愛用の組硯が贈られたという話もしたら、牧場さんから日出雄氏はいつから村に住んでいたのか、その吟社ができた経緯にも日出雄氏が関わっていたのかという疑問が出たんですよ。その後、そのあたりに関して何か分かったことはありますか」

するとそれには永田ではなく麻生が代わって、

「ああ、それね。いや、ちょっと誤解があったようだが、日和吟社が涙香の追悼俚謡会を催したとき、日出雄はその村に住んでいたわけではないんだよ。それに眼科医だったのも日出雄ではなく、その夫人の良恵だったんだ」

「あ、そうなんですか」と、智久も軽く首をのけぞらせた。

「うん。実は良恵夫人は美浦村の出身でね。戦時中に夫とともにこの村に疎開して眼科医を営んでいたんだよ。だから、日和吟社の発足に日出雄が直接関与していたというわけでもないんだ。ただ、自分たちの村の出身者が涙香の長男の嫁になったという縁が、創設した人たちのモチベーションを底上げした可能性は大いにあるだろうがね」

そしてその説明を受けて永田が、

「まあ、そういうわけだ。僕の見た日和吟社の資料が少々誤解を招きやすい書き方がされていたもので、てっきり日出雄が眼科医と勘違いしてしまった」

いささか悔しそうに肩をすくめてみせた。

「永田さんにしては珍しい勇み足でしたね」

邪気なく言う井川に続いて、大館がふと思い出したように、

「そういえば、涙香の凋落に追い討ちをかけたのが、その日出雄のためにと手がけた米屋の失敗じゃなかったでしたっけ」

「涙香の凋落？」

びっくりした顔の類子に、やはり麻生が、

「うん。『萬朝報』を立ちあげてからはずっと飛ぶ鳥を落とす勢いで来た涙香だったが、その彼も晩年には――といっても五十代にはいってまもなくなんだが――凋落の時期が訪れるんだ。その第一は大正三年、山本内閣が倒れたあと、大隈内閣を擁護したために世間の不評を買い、『萬朝報』の売上がみるみる激減していったこと。その第二が、生来体の弱かった長男・日出雄のために米問屋兼小売業の『増屋』を銀座に開業したんだが、店の監督がとんでもなく杜撰で、幹部は使いこみをするわ、店員も米の抜き取りをするわの乱脈ぶりに、二年で莫大な借金を抱えて潰れてしまったんだよ」

「ひええ」と、小峠。

「この借金の返済のため、涙香は笄町の自宅を売却せざるを得なかったんだ。莫大な蔵書も同時に処分したんだが、その量は手押し車で二十八台あったそうだよ」

するとそこで、

「うわあ、もったいない。そのときに生きていたら、とんでいって漁ったのに！」

身を揉むようにして誰よりも大きな反応を示したのは美沙子だった。その彼女をニヤニヤした顔で横目に眺めながら、

「さっき言い忘れてましたが、彼女は古書に関しては《茨城の女帝》と言われている

ので、この反応もむべなるかなとご諒解ください」

そう緑川が補足した。

「まあ、この手の話に胸が痛むのは古書マニアなら当然だね。ただ、安心してもらっていい——というのも変だが、売らずに転居先へ運びこんだ本でさえ、貨車で二台あったそうだからね。とにかく、涙香一家はいったん鎌倉に移り住み、それでは不便というので渋谷に家を借りたんだが、狆町の邸宅とは較べものにならない陋屋だった。そして気晴らしの意味もあったんだろう、半年間の洋行に出るんだが、その途中で体調を崩し、帰国したあとも次第に病状が悪化して、その翌年の大正九年に死去。まだ五十八歳の若さだった」

麻生が説明を終えると、

「そうなんですか。晩年はちょっとお気の毒だったんですね」

類子が神妙な声で言った。

「あれだけ世間の欲求を先読みすることに長けていた涙香なのに、後年はすっかりその勘が鈍ってきていたんですかねえ」と、大館。

「ともあれ、長男の日出雄にちゃんとした職を与えようとしたのが躓きになったというこのエピソードを真っ先に思い出すべきだったよ。そうすれば、日出雄が眼科医のはずはないとすぐに疑っただろうに――」

　永田はいったん事実誤認してしまったことがつくづく悔しいらしい。

「でも、今の話を聞いたおかげで、ひとつはっきりしたことがありますね」

と、そこで小峠が言い出したので、全員が驚きの顔を向けると、

「それは、涙香がこの隠れ家を建てたのは米屋が潰れる前だったということですよ」

「ああ、なるほど」と、大館が頷いたが、

「でもまあ、どのみち涙香がこの隠れ家を建てたのは、『聯珠真理第四版』で七桂五連の名称を暗号仕立てにしたときより前のはずですから、明治四十四年以前ということになりますが――」

　ぽつりと洩らされた智久の指摘に、小峠は「え？」と眼を瞬き、

「米屋が潰れたのは何年ですか？」

「没年の三年前の大正六年だね」

　途端に小峠は大きく頭を抱え、

「なあんだ。僕もここらで一丁と思ったが、新たな発見でも何でもなかったか！」

「牧場探偵に追いつくには道は遠いですね」

　弥生の言葉で、その場は笑い声に包まれた。

「ああ、そうだ。こんなので名誉挽回とはいかないですが、なるべくお早めにと言われたので、よければ今、どうですか」

小峠がそう言ってガサガサとリュックから取り出したのは例のバームクーヘンだった。

「ほほう。『九六一八』。涙香のキューに因んでというわけか」

包みを一見するなり永田が真っ先に言いあてると、

「さっすが。こういうのを名誉挽回というんだよな」

小峠は感服をあらわに首を振ったが、緑川と美沙子は何のことかという顔だ。二人は大館に依頼されて涙香の隠れ家の情報を嗅ぎつけたものの、もともとは特に涙香に関して詳しいわけではないのだろう。麻生が涙香とビリヤードに関する説明をひとくさりすると、

「なあるほど。そんなところにも涙香の言語遊戯センスが覗けているというわけですか」

緑川が頷いたところで麻生が、

「ああ、それで思い出したんだが、今、我々がこうしてテーブル代わりに使っているこの台。これはビリヤード台なんだよ」

それには智久も「あっ、そうなんですか」と声をあげた。そして言われれば、上の木製の板が蓋になっているのかと納得がいった。

「何しろ、涙香が生涯最も入れこんだ趣味が連珠なのは間違いないが、その次に来るのがビリヤードかというくらいだから、ここにビリヤード台を設置したのも当然といえば当然だね」

そしてそこで井川も、

「ちなみに本因坊秀哉（しゅうさい）もビリヤードが好きで、たびたび涙香と勝負をしたそうですが、腕は涙香のほうがはるかに上で、よく『碁でいじめられるからビリヤードでいじめてあげます』とからかわれていた、という秀哉の談話が残ってますね」

そんなミニ知識を披露した。

「へえ。秀哉先生もビリヤード好きだったのか。知らなかったなあ」

智久が言ったところでオズオズと類子が手をあげ、

「あのう。今、バームクーヘンを戴くのもいいんですが、私としてはそろそろ《例のアレ》というのを見てみたいんですけど」

「ああ、そうだね。皆さん、汗も引いたようだし、では、行きますか」

麻生が言うと、すっかり元気回復した小峠が「待ってました」と真っ先に腰をあげた。

既に述べた通り、その広間には彼らがはいってきた階段口のほかにドアのない戸口が正面北側と左手西側にあり、麻生が向かったのは北側の戸口だった。そこをくぐると、幅二メートルほどの通路が左右に続いていた。裸電球が岩膚(いわはだ)を照らし出し、濡(ぬ)れたように光っている。そして向かいの壁のやや左斜めにある方形の窪(くぼ)みにドアがあった。すっかり黒っぽく古びているが、上質そうな木製のドアだ。そしてちょうど類子の顔の高さあたりに青銅製らしい大きな金属板が嵌(は)めこまれ、『子』という文字が刻まれていた。

「うん？　十二支か？　とすると、さしずめこれが一号室というわけだな」

小峠の言葉に「ええ」と返して、

「では、まず、通路をぐるりとひとまわりしましょう」

麻生は通路の右手方向へと先導した。

通路はすぐに左へ折れ、またすぐに右へと折れた。その先の通路の中程の左側にさっきと同じようなドアがあり、同じような青銅板に果たして『丑(うし)』という文字が刻まれていた。

その前を通り過ぎ、右への角を曲がると、今度の区画はそれまでより長かった。左手に三つ、右手に二つ、ドアが互い違いに並んでいる。手前から、左に『寅（とら）』、右に『卯（う）』、左に『辰（たつ）』、右に『巳（み）』、左に『午（うま）』――。そんなふうに屈曲した通路を次々に辿り、それに従って部屋の番号は『未（ひつじ）』『申（さる）』『酉（とり）』『戌（いぬ）』と続いた。『戌』のドアの向かい側の壁にぽっかり開いているのは、最初の広間の西側の戸口だ。そして『亥（い）』の次に来たのはやはり『子（ね）』だった。どうやらそれで、ループ状になった通路をひとまわりしたらしい。

「これで地下のおおまかな構造がお分かりでしょうか。見てきた通り、『未』や『申』のあたりは浸水がひどくて、今も流れこんだ土砂の除去の最中というわけです。さて、では、実際に部屋にはいってみましょうか。この『子』の間は僕が使っている部屋なんですが」

麻生は言いながら『子』のドアを押しあけた。部屋は真っ暗だったが、麻生がすぐにドア脇のスイッチを入れると、五メートル四方ほどの空間が浮かびあがった。そしてそこには折り畳み式の簡易テーブルと椅子、衣服をかけるためのラック、寝袋、大きなリュックといったものが置かれていた。

新客の五人は前後して気づいた。今はいってきたドア、そしてそれ以外の三方の石壁に、ドアの外側とそっくりの青銅板が嵌めこまれている。ただ、そこに刻まれているのは大きな漢字一文字ではなく、詩のような文言だった。類子はとりあえず、真正面の北側の壁に嵌めこまれた青銅板に眼を走らせた。

露置く梢　陽も濡れて　　つゆおくこすゑ　ひもぬれて
畝の紫陽花　霧けぶる　　うねのあちさゐ　きりけふる
空見む虹を　手弱女と　　そらみむにしを　たわやめと
纖翳叶へ　まほろばよ　　せんえいかなへ　まほろはよ

もしかして、これが《例のアレ》ってやつ？　そう思いあたって、類子はちょっとどきどきしながら右隣の東側の壁の青銅板に眼を移した。

花ほころびぬ　眼にも艶　　はなほころひぬ　めにもえん
鳥渡る池　魚遊べ　　とりわたるいけ　うをあそへ
風の音及ぶ　道参れ　　かせのねおよふ　みちまゐれ
月照らすゆゑ　蟲さやぐ　　つきてらすゆゑ　むしさやく

「頭を花鳥風月で揃えてるな」と、呟く小峠。
そして三つ目は南側、ドアの内側に嵌めこまれた青銅板だ。

漁火燃えぬ　八重の珠　　いさりひもえぬ　やへのたま
睨めゐし炎　アセチレン　　ねめゐしほむら　あせちれん
そこはかとなく　沖けぶる　　そこはかとなく　おきけふる
往路を見据ゑ　手に夜露　　わうろをみすゑ　てによつゆ

そして最後は西側の壁——。

地引網にも　風ぞ吹く　　ちひきあみにも　かせそふく
俚謠の調べ　朧とて　　りえうのしらへ　おほろとて
熱夜間を抜け　夢三夜　　ねつよまをぬけ　ゆめさんや
梢戯れ　ゐるわいな　　こするゐたはむれ　ゐるわいな

「これには俚謡という言葉もあるし、涙香自身の作であるのは間違いなさそうですね」と、井川。

いずれも上段の四行は漢字仮名交じり文、下段の四行はその読み下し文だ。

歌人の弥生も興味深げに眼を走らせていたが、

「それぞれなかなか面白い詩ね。俗っぽい気配を漂わせつつも、それなりの格調も兼ね備えていて。――でも、これが暗号かも知れないって？　そうだったら凄いけど」

そんな新客たちの反応を愉しそうに観察していた麻生が、そこで智久に、

「どうですか。この詩から何か気づくことは――」

何だか少し含みのある口振りで尋ねかけた。するとそれまで古名人の新発見の棋譜でも見るような熱心さで青銅板を眺めまわしていた智久は、

「これは――いろはですね」

そんなことを口にした。

麻生が思わず「えっ！」と声をあげたが、永田や緑川の驚きも眉や頬周辺のひきつり具合から、二十八宿のときに劣らず大きかっただろうと推察できた。

「いや、これは驚いたな。ひと目でそれを見抜くとは、ウーン、さすが、さすがだ！」

何のことか分からない類子が「え？　いろはって？」

「だから、いろは四十七文字を一度ずつすべて使って作った詩。これらには『ん』もはいって四十八文字になってるけどね」

智久の言葉に、弥生も慌てて青銅板に眼を戻して、

「これがいろはになってるの？　だったら凄い！　そうなるとまた評価も違ってくるわ。どれもきちんと意味が通ってるし、言葉の流れもスムーズで、それほどギクシャクしたところもないし、何より詩としてのスタイルを保っているというのが――。よくこんなふうに作れるものだわ。ええ、素晴らしい技巧だと思います」

いささか興奮気味の賛辞に、麻生は自分が評価されたようなにこにこ顔でうんうんと何度も頷いた。

「へええ。涙香さんはいろはまで作ってたのか。まさに遊芸百般の異才ぶりですね。そしてここはいろはの部屋というわけだ。そうなると、ほかの部屋は――」

小峠が呟くと、まさしくそれを待っていたかのように麻生は「では、次に行きましょう」とドアに向かった。

『丑』の部屋は永田が使っているらしい。さっきとそっくりの正方形の部屋だ。そしてそこにも四方の壁とドアに青銅板が嵌めこまれ、同じような詩句が刻みこまれていた。

「えっ、えっ、えっ？」と眼をまるくする小峠。
類子は先程と同様、正面から順に右まわりにその詩を読んでいった。

のっぺらぼうに　雪女
鵺や化猫　鎌鼬
おとろしも居て　群れ歩く
酔ひ醒め忘る　身ぞ伏せよ

松桐坊主　櫻笑む
雨添へ得ぬを　追分と
搖れね牡丹に　紅葉來よ
猪鹿蝶や　色なせる

鈍色の空　淀みゐて
湖畔經巡り　骨數多
忘れ得ぬゆゑ　面影を

のつへらほうに　ゆきをんな
ぬえやはけねこ　かまいたち
おとろしもゐて　むれありく
ゑひさめわする　みそふせよ

まつきりはうす　さくらゑむ
あめそへえぬを　おひわけと
ゆれねほたんに　もみちこよ
ゐのしかてふや　いろなせる

にひいろのそら　よとみゐて
こはんへめくり　ほねあまた
わすれえぬゆゑ　おもかけを

遣る瀬なき憂さ　淵沈む
閻魔蟋蟀　すだく井戸
血糊落ゆるや　吾木香
明月合歓に　笑む小夜は
帯せで女　空寝べし

やるせなきうさ　ふちしつむ
えんまこほろき　すたくゐと
ちのりあゆるや　われもかう
めいけつねふに　ゑむさよは
おひせてをみな　そらぬへし

「これも全部いろは？　じゃあ、もしかしてあとの部屋も――」

「そう。ひと部屋に四首ずつ、それが十二部屋。都合、この地下には四十八首のいろはが展示されているんです」

麻生の言葉に、新客の五人全員があっと眼を剝いた。

「四十八首も！　それは凄い」と、井川。

「ええ。しかも、チェックしてみたんですが、その四十八首の冒頭の文字が全部違っているんです。つまり、四十八文字おのおのの文字からはじまるいろはをひと揃い作っているわけですね」

「ふええ。そんな超人的なことができるもんなのか？　信じられないな」

パズル作家の小峠も額に手を押しあてて、すっかり幻惑された態だ。

類子は「のっぺらぼうに」のいろはに「これ、妖怪づくしだ。面白ーい」と、手を叩いての大喝采。井川は井川で「松桐坊主」のいろはの前から足が離れず、

「花札といえば涙香の遊芸百般のうちでも上位にくるんだが、それにしても五光に猪鹿蝶、おまけに青短の牡丹と紅葉まで詠みこんであるとは、凄い――」

「念のため、追分というのは岐れ道のことよ」と、弥生が注釈した。

「とにかく、ひと通り見ていきましょう」

麻生の促しに従って、彼らは涙香の築きあげた言葉の王国を次々に周遊していった。ちなみに『酉』の部屋を大館と編集者の家田が、『戌』と『亥』をそれぞれ緑川拓郎と榊美沙子が使っているという。以下、各部屋の北から右まわりに並べていくと、

『寅』
蘗萌ゆる　朝ぼらけ　　ひこはえもゆる　あさほらけ
杣に踏み入り　和院來ぬ　　そまにふみいり　わゐんきぬ
捩れ訴へ　穢土の苦を　　ねちれうつたへ　ゑとのくを

眺めおろせし　世や捨てむ　　なかめおろせし　よやすてむ
「和院というのは、僧侶への親しみをこめた二人称よ」と、弥生が類子に向けて注釈した。

逆巻く波に　艪をあげて　　さかまくなみに　ろをあけて
漕ぎ出づる船　夢追はむ　　こきいつるふね　ゆめおはむ
得も知れぬ有爲　諳んぜよ　　えもしれぬうゐ　そらんせよ
割れ散りし帆や　旅の末　　われちりしほや　たひのすゑ

「こんなドラマチックなのもあるんだ」と、感じ入った様子の智久。

閉ぢぬる室に　遺體あり　　とちぬるむろに　ゐたいあり
鍵は机で　腕部なし　　かきはつくえて　わんふなし
砒素殘す魚　大繪皿　　ひそのこすうを　おほゑさら
眉根八重寄せ　目も見けれ　　まゆねやへよせ　めもみけれ

「これはミステリいろはですよ。密室に、死体切断に、毒殺まで盛りこんであるのが贅沢でしょう」と、大館が愉しそうに口を添えた。

珠聯ね居て　知恵ぞ選る　　たまつらねゐて　ちゑそえる
五聯を目指し　延び含み　　これんをめさし　のひふくみ
行け豈無理と　追へばよも　　ゆけあにむりと　おへはよも
顔色失せぬ　易き罠　　かほいろうせぬ　やすきわな

「これは連珠いろはだ。花札があって、連珠がないはずないですものね」
智久の言葉を受けて井川も、
「うん。ノビやフクミ、それに『追う』というのも連珠の用語だ」

『卯』
蘭草編む庵　訪なへば　　ゐくさあむいほ　おとなへは
桂紅葉す　錦繪の　　かつらもみちす　にしきゑの

眩暈ぞせぬや　瑠璃蝶よ　　めまひそせぬや　るりてふよ
尾根越え渡れ　雲路ゆけ　　をねこえわたれ　うんろゆけ

「これは綺麗。絵巻のよう。どうしてこんなふうにうまく作れるのかしら」と、弥生が賛嘆を惜しまなかった。

紫陽花植ゑし　花園を　　あちさゐうゑし　はなそのを
濡れ縁光り　夜目に見む　　ぬれえんひかり　よめにみむ
露置く窓邊　色透けて　　つゆおくまとへ　いろすけて
藁葺き屋根も　越せ螢　　わらふきやねも　こせほたる

「これも好き。いい感じ」と、類子。

ケンタウロスよ　星降らせ　　けんたうろすよ　ほしふらせ
琴座のベガも　笑み送れ　　ことさのへかも　ゑみおくれ
天ぞ指にて　螺子廻る　　あめそゆひにて　ねちまはる

夜話を紡ぎぬ　營爲なり　　やわをつむきぬ　えいゐなり

「ちょっと宮沢賢治（みやざわけんじ）を先取りした感じ？　涙香にはこういう感性もあったのね」

弥生が洩らすと、麻生がそれで思い出したように、

「そうそう、言い忘れていたが、この建物の屋上には天体観測のためらしい部屋もあったんだよ。残念ながら、大半が崩れ落ちてしまっているがね」

「そうなんですか。それは天体趣味も本物ですね」

手窓搖れぬる　やじろべゑ　　てまとゆれぬる　やしろへゑ
風鈴の音も　宵に冱え　　ふうりんのねも　よひにさえ
血多き背子ぞ　花慈姑　　ちおほきせこそ　はなくわゐ
愛を語らず　見つめけむ　　あいをかたらす　みつめけむ

「花慈姑、すなわち沢瀉（おもだか）の紋は武の象徴だそうです」と、補足したのは緑川だった。

『辰』

浥ひぬ塵　渭が城よ　　うるほひぬちり　ゐかしろよ
旅籠の柳　夢に青　　はたこのやなぎ　ゆめにあを
もそと御酔へ　酒盡くせ　　もそとおんゑへ　さけつくせ
吾ら見えず　船出でむ　　われらまみえす　ふねいてむ

「これは王維(おうい)の『送元二使安西(げんじのあんせいにつかいするをおくる)』——
　渭城(いじょう)の朝雨　軽塵を浥(うるお)し
　客舎青々柳(かくしゃせいせいりゅうしょく)　色新たなり
　君に勧(すす)む更に尽くせ一杯の酒
　西のかた陽関を出ずれば故人無からん
という漢詩をもとにしているんだが、いや、実にうまく翻案していると感心するね。ああ、ちなみに故人というのは、死んだ人でなく、古い友人という意味だ」
　永田の解説に麻生も、
「そもそも涙香は漢詩もいくつか作っているくらい、漢籍の素養も深いからね」

白露置ける　肌ほてり　　しらつゆおける　はたほてり

衾荒れねや　吐息もぞ　　ふすまあれねや　といきもそ
呻くせみ聲　燈の冱えぬ　　うめくせみこゑ　ひのさえぬ
吾女誓へ　室にゐよ　　わをんなちかへ　むろにゐよ

「これには再婚した栄竜への心情が滲み出ていると僕は見ますね」と、永田が笑みを含むような言い方をした。

銀鼠の雲　空に充ち　　きんねすのくも　そらにみち
轉走るや　稲光　　うたてはしるや　いなひかり
荊棘へ參れ　吼えつ來よ　　おとろへまゐれ　ほえつこよ
腑分けせむゆゑ　蒼褪めぬ　　ふわけせむゆゑ　あをさめぬ

「『轉』は『転』の旧字体で、『うたて』というのは自分の想いに関わりなく事態がどんどん進んでいくさま、あるいは異様にという意味の副詞よ」
弥生の注釈を受けて、
「かなりホラーですね」

智久が呟いた。

猫訪ひて　パラダイス　　ねこおとなひて　はらたいす
樓門を攀ぢ　星降る繪　　ろうもんをよち　ほしふるゑ
酒酌む夜話に　瑞枝搖れ　　さけくむやわに　みつえゆれ
藍染の絹　風舞へり　　あゐそめのきぬ　かせまへり

「これもちょっとユーモラスでいいですね」と、井川。

『巳』
瑠璃星蜻蜓　黑揚羽　　るりほしやんま　くろあけは
紅蝶及び　小紫　　へにてふおよひ　こむらさき
蝦夷蟬の和す　繭苞蛾も　　えそせみのわす　ゐつとかも
異なれ夢路を　種植ゑぬ　　いなれゆめちを　たねうゑぬ

「これは虫づくしね。私、どんどん涙香さんが好きになってきちゃった」と、類子。

女文字見え　表札に　　をんなもしみえ　へうさつに
そぼと降りぬる　萩の雨　　そほとふりぬる　はきのあめ
池ゆ聲せず　堰杙立ち　　いけゆこゑせす　ゐくひたち
寝藁置かれて　夜や丸む　　ねわらおかれて　よやまろむ

「『池ゆ』の『ゆ』は『〜から』を表わす格助詞よ」との弥生の注釈に、
「言っていいかしら。あたしはこういうしっとり系も好き」と、表明したのは美沙子だった。

風鈴の音よ　清けくも　　ふうりんのねよ　さやけくも
時つ隘路を　渡らひぬ　　ときつあいろを　わたらひぬ
夢散る前に　聲せしか　　ゆめちるまへに　こゑせしか
無爲ぞ覺えで　菫花　　むゐそおほえて　すみれはな

「これなんかもそう」と、美沙子。

明山臨み　吾れ居てむ　　めいさんのそみ　あれゐてむ
峡にも帳　朧月　　　　　けふにもとはり　おほろつき
梢を鳴らし　冷えぬく夜　こするゑをならし　ひえぬくよ
山路ゆ畝へ　風渡る　　　やまちゆうねへ　かせわたる

「おっ！　明山が出ましたね！」思わず声のトーンをあげた小峠に、
「涙香の心情が窺われて、興味深いわ」と、弥生が言い添えた。

『午』
玲瓏ならむ　風や鳥　　　れいろうならむ　かせやとり
さもスケルツオ　ノクタアン　さもすけるつお　のくたあん
道沿ひ沼邊　和して頌め　みちそひぬまへ　わしてほめ
音は繪に聞こゆ　畏怖を得よ　ねはゑにきこゆ　ゐふをえよ

「横文字がはいると、ぐっとハイカラになるのね」と、類子。

溫めの燗を　居待月　　ぬるめのかんを　ゐまちつき
蟲鳴く聲す　芹搖れて　　むしなくこゑす　せりゆれて
齋もほろ醉ひ　音沙汰は　　いみもほろよひ　おとさたは
嗤へ嘯け　豈得ねや　　わらへうそふけ　あにえねや

「こういう昭和情歌っぽい雰囲気もいいですね」と、それまでおとなしく控えていた家田が洩らし、
「明治の作なのに、昭和情歌はないだろう」と、永田にツッコまれた。

唐紅の　睦月笑み　　からくれなゐの　むつきゑみ
褪せぬ練り塀　聳えまし　　あせぬねりへい　そひえまし
幸に喜ぶ　歌湧けど　　さちによろこふ　うたわけと
奔馬老ゆるを　捨てめやも　　ほんはおゆるを　すてめやも

「しっかし、うまく作るもんだよなあ」と、呆れ顔の小峠。

王位繼ぎなむ　太子病み　　わうゐつきなむ　たいしやみ
夜に轉び吼ゆ　風荒べ　　よにまろひほゆ　かせすさへ
鵺を怖ぢけね　刃物取れ　　ぬえをおちけね　はものとれ
怨ありてこそ　狂ふらめ　　ゑんありてこそ　くるふらめ

「王朝ホラーですね。歴史上のモデルはいるのかなあ」

井川が首をひねったが、それには誰も答えなかった。

『未』と『申』の部屋は事前に言われた通り、土砂が流れこんでひどい有様だった。

ただ、青銅板は無事だったし、床もそれらに近づいて鑑賞するためのスペースは確保されていた。

『未』
檻褸はためく　この宵に　　らんるはためく　このよひに
諸神分けて　沖を越ゆ　　もろかみわけて　おきをこゆ
天つ星降れ　一葦ゆゑ　　あまつほしふれ　いちゐゆゑ

妖夢なす鳥　寝ぞさせや　　えうむなすとり　ねそさせや

「神話っぽいのも多いですね。これなんか、イメージにとてもひろがりがあるし、ロマンチック」と、類子。

黒ずみ割れぬ　青雲の　　くろすみわれぬ　せいうんの
山路と覺し　雪踏めり　　やまちとおほし　ゆきふめり
聲な絶え果て　尾根經ける　　こゑなたえはて　をねへける
黄泉比良坂　藍に染む　　よもつひらさか　あゐにそむ

「こういう嫋々(じょうじょう)とした歌も多いですね」と、弥生が洩らす。

理になむ沿ひて　石聯ね　　りになむそひて　いしつらね
風覆ふ如　山の上　　かせおほふこと　やまのうへ
蹌踉めく故を　案ずるも　　よろめくゆゑを　あんするも
先見えければ　轍率ぬ　　さきみえけれは　わたちゐぬ

「これも連珠のことを詠ってるんでしょうね」と、智久。

路面落ちぬる　花さへも　　ろめんおちぬる　はなさへも
寂寥を寄す　我が胸に　　せきれうをよす　わかむねに
今聲絶えて　脅威見ゆ　　いまこゑたえて　けふゐみゆ
空の星撞く　ビリヤアド　　そらのほしつく　ひりやあと

「うん。涙香とくれば、やっぱりビリヤードも出てこなくちゃね。天文趣味と絡みあわせているところも面白いな」と、井川。

『申』

んを含みゐる　四十八文字　　んをふくみゐる　よそやもし
天地人の　すべてなれ　　あめつちひとの　すへてなれ
眉塗り凝らせ　技覚え　　まゆぬりこらせ　わさおほえ
無碍に描きね　いろは歌　　むけにゑかきね　いろはうた

「ああ！」と、真っ先に叫んだのは智久だった。
「四十八文字すべての文字からはじまるいろはを揃えていると聞いたときから、『ん』はどうするのかと思っていたんですよ。なるほど。この処理の仕方はうまいですね。しかも、こんなに無理なく。つくづく凄いな」

深山拙く　この庵に　　みやまつたなく　このいほに
烏鷺して遊ぶ　戯奴は住む　　うろしてあそふ　わけはすむ
戰役かさね　血塗られよ　　せんえきかさね　ちぬられよ
酔ひゐる夢も　彼方追へり　　ゑひゐるゆめも　をとおへり

「囲碁いろはだ！　烏鷺(うろ)は囲碁の別称のひとつなんだよ」と、智久。
「戯奴(わけ)は　謙(へりくだ)った一人称」と、弥生が補足した。

聖域越えて　星の絶ゆ　　せいゐきこえて　ほしのたゆ
サロメ嘯け　寝間青に　　さろめうそふけ　ねまあをに

薔薇へもお寄り　知恵忘れ　　はらへもおより　ちゑわすれ
已んぬる哉と　首見つむ　　やんぬるかなと　くひみつむ

「ビアズリーの挿絵を添えたいところだな」と、永田。

夜櫻匂へ　色映えむ　　よさくらにほへ　いろはえむ
吾梢分け　參るなり　　あれこすゑわけ　まゐるなり
添ひ寝の乙女　露落ちて　　そひねのをとめ　つゆおちて
文様亂し　風吹きぬ　　もんやうみたし　かせふきぬ

「ああ、これも好き。綺麗綺麗」と、類子。

『酉』
犬子誘へ　虎落笛　　ゑのころさそへ　もかりふえ
魚追ひて吠ゆ　水透けぬ　　うをおひてほゆ　みつすけぬ
餘韻艶めき　背に至れ　　よゐんなまめき　せにいたれ

散る病葉や　褥編む　　　　ちるわくらはや　しとねあむ

「不思議なことに、『犬』は『ゐぬ』でなく『いぬ』なのに、『犬ころ』は『ゑのころ』なんですよね。『ゑのころぐさ』もそこから来ているんです」と、弥生。

な嗤ひそ雨　格五打ち　　　　なわらひそあめ　かくこうち
卍巴に　切り結ぶ　　　　まんしともゑに　きりむすふ
大野焼け絶え　夜を經ゐて　　　　おほのやけたえ　よをへゐて
色沍ゆる節　峰晴れぬ　　　　いろさゆるせつ　みねはれぬ

「これも連珠だ。格五は連珠の別称だからね」と、井川。

雀斑似合ひ　偏奇得ね　　　　そはかすにあひ　へんきえね
蓼抜ける文　これ置くも　　　　たてぬけるふみ　これおくも
一途和流の　徒を目なせ　　　　いちつわりうの　とをめなせ
歩し參らむ夜　八叉路ゆゑ　　　　ほしまゐらむよ　やさろゆゑ

「これはさっぱり意味が分からんなあ」

「そうねえ。抽象的な寓話みたいな」

「ユーモラスなようでもあり、気味が悪いようでもあり――」

一同はしきりに首をひねった。

隅へ急がむ　地を抉り　　すみへいそかむ　ちをゑくり
眼取られ暴る　大模様　　めとられあはる　おほもやう
技得て凌ぎ　つひに侵分　　わさえてしのき　つひによせ
浪漫委ねな　圍碁更けぬ　　ろまんゆたねな　ゐこふけぬ

「これも囲碁いろはだ。何だか情景が眼に浮かぶようだな」と、眼を細める智久。

『戌』
訪へば冬　黄泉の國　　おとなへはふゆ　よみのくに
笑顔あらむや　忘るめり　　ゑかほあらむや　わするめり

以後死を招き　蓮華絶え　　いこしをまねき　れんけたえ
瀬ぞゐて幸も　うつろひぬ　　せそゐてさちも　うつろひぬ

「前にも黄泉比良坂が出てきたが、こちらも伊邪那岐（いざなき）の黄泉の国訪問神話がベースだね」と、永田。

辨柄縞に　織りなせる　　へんからしまに　おりなせる
事の經緯を　讀みほぐす　　ことのけいゐを　よみほくす
血湧きつ殺め　實奪ひ　　ちわきつあやめ　さねうはひ
壞疽ゆ倒れて　室燃えぬ　　ゐそゆたふれて　むろもえぬ

「これもミステリいろは。しかも解決編かな」と、大館。

ゴンドラは搖れ　今めくに　　こんとらはゆれ　いまめくに
地圖揃へ得ず　惱み居ぬ　　ちつそろへえす　なやみゐぬ
淺瀬を渡り　星の畝　　あさせをわたり　ほしのうね

思ひ描きて　夜更けむ　　　おもひゑかきて　よるふけむ

「涙香さん、本当に星が好きなのね。どれも映像的で素敵」と、類子。

胸走りする　宵闇に　　　むねはしりする　よひやみに
剣を置きゐて　聲もなく　　　けんをおきゐて　こゑもなく
濡つ枝の散れ　さわと舞へ　　　そほつえのちれ　さわとまへ
違ふ夢占　色褪せぬ　　　たかふゆめうら　いろあせぬ

「胸走りは胸騒ぎと同じ」弥生の注釈に、
「シチュエーションはよく分からないですが、ドラマの印象的なワン・シーンという感じですね」と、家田が口を添えた。

『亥』
山を彩れ　鶸萌黄　　　やまをいろとれ　ひはもえき
夕風の海　藍鼠　　　ゆふかせのわた　あゐねすみ

笑めよ梔子　咲け鬱金　　ゑめよくちなし　さけうこん
手細瑠璃落つ　紅塗らむ　　てほそるりおつ　へにぬらむ

「これは色づくしね。妖怪や花札や虫もそうだったけど、どうしてこんなふうにうまく嵌めこめるのか不思議なくらい。つくづく、特異な才能ね」と、弥生。
「手細にはいくつか意味がありますが、ここでは頬かぶりなどに用いる絹の布か、あるいは腰帯のことでしょうか」と、補足したのは緑川だった。

森なせダイヤ　エメラルド　　もりなせたいや　えめらると
琥珀オニキス　地を埋む　　こはくおにきす　ちをうつむ
ワキン浴び濡れ　飲み干して　　わゐんあひぬれ　のみほして
櫓船彷徨へ　愉ぞ描け　　ろふねさまよへ　ゆそゑかけ

「海賊たちの歌って感じ？」と、類子。

迸る火よ　かくも冱え　　ほとはしるひよ　かくもさえ

藤色ありぬ　忘れめや　　ふちいろありぬ　わすれめや
玉響の聲　空蟬を　　　　たまゆらのこゑ　うつせみを
奈邊にぞゐて　起き寢けむ　なへんにそゐて　おきねけむ

「涙香は助動詞の『む』を『ん』と表記するのを意識的に排しているみたい。その意味で、『ん』という文字をどう組みこんでいるかという点に注目して眺めるのも面白いわ」と、弥生。

夢路の末や　渡瀬舟　　ゆめちのすゑや　わたせふね
高樓を抑へ　色染まり　うてなをおさへ　いろそまり
居ぬる群雲　見えけれど　ゐぬるむらくも　みえけれと
ほんに今宵は　月赫し　ほんにこよひは　つきあかし

「もちろん、語彙の少ない『ゐ』や『ゑ』をどう組み入れるかも苦心のしどころですね」
智久が弥生の指摘に応答した。

「はてさて、これでようやく全点鑑賞か」

小峠はもういささかお腹いっぱいという風情だったが、

「ああ、もっとじっくり時間をかけて鑑賞したいわ。それぞれの背景にあるものもきちんと調べないと」

弥生が言うと、麻生も百万の軍勢を得たという面持ちで、

「うん。そのために菱山弥生さんをお呼びしたんだからね。背景調査に関しては我々も協力を惜しまないので、どうか納得のいくまで取り組んでみてください。その上で家田君にお願いして、世に出しましょう」

すると家田も小躍りしそうな勢いで、

「ああ、それはもう願ってもない。是非是非宜しくお願いします！」

と、頭を膝にくっつけんばかりに低頭した。

「いやはや、それにしても、最初の部屋でこれがいろはだと見抜くとは、牧場さんは本当に凄いよ。僕らには事前にヒントが与えられていたから分かったが、それでもいろはだと思いあたるまでにずいぶん時間がかかったからねえ」

麻生は「ヒント？」と首をひねる智久に、

「うん。明治三十六年、『萬朝報』は『国音の歌』と称し、懸賞つきで新しいいろは

歌を公募したんだ。これがずいぶん大きな反響を呼んでね。一万を超える数の応募があったそうなんだよ。憚(はばか)りながら涙香研究家としてはこのことはごく常識的な知識なんだが、牧場さんは知らなかったはずだね」

「いえ、そういえば山田風太郎の『明治バベルの塔』にそんな記述があったような。今まですっかり忘れてましたが。——そうか。涙香はいろはにも大きく関わっていたんだ」

智久も改めて涙香の多面体ぶりに感服するように首を振ってみせた。

そして一同は通路を都合ふたまわりして広間に戻ったが、

「ではここで、不肖、この緑川拓郎から、いろはの歴史に関してレクチャーさせて戴いていいでしょうか」

面々がもとの席に戻るのを見計らって、おもむろに切り出した。

「今日の到着組の皆さんも既にお察しでしょうが、僕は涙香に関して特に詳しいわけではありません。ですが、麻生さんからこの隠れ家で涙香のいろはが見つかったと聞いて、いろはに関しては自分なりにかなり詳しく調べてきました。皆さんにもひと通りいろはの歴史を踏まえてもらっておいたほうが何かといいのではないかと思い、僭越ながら教授役を買って出た次第です。宜しいでしょうか」

「それはもちろん大歓迎ですよ」「愉しみ愉しみ」などといった声を受け、「それでは」と緑川は気取った空咳をして、
「まず、本家本元の『いろは』から。

いろはにほへと　ちりぬるを
わかよたれそ　つねならむ
うゐのおくやま　けふこえて
あさきゆめみし　ゑひもせす

というのがその全文で、漢字を交じえて意味を分かりやすくすると、

色は匂へど　散りぬるを
我が世誰ぞ　常ならむ
有為の奥山　今日越えて
浅き夢見じ　酔ひもせず

となります。実は『ゆめみし』の部分の読み下しは『夢見し』と『夢見じ』の二説あるのですが、ひとまずここでは『夢見じ』を採りました。

さて、この『いろは』の特徴は言うまでもなく、当時の日本語のすべての文字を一回ずつ使い、全体として意味のある詩句に仕あげられていることです。念のためにですが、当時の仮名表記では清音と濁音は区別されていませんでした。で、こうした『すべての文字を一回ずつ使って作られた意味のある文』のことを、世界的には《完全パングラム》といいます。つまり、『いろは』は日本語——特に昔の日本語における完全パングラムの代表例であるわけです」

そこで小峠が、

「へえ、完全パングラムか。ということは、外国にもそれぞれ似たものがあるわけだ」

「ええ。例えば英語ではCwm fjord veg balks nth pyx quiz. とかJumbling vext frowzy hacks PDQ. というのがあります。ドイツ語では"Fix, Schwyz!" quäkt Jürgen blöd vom Paß. とか。とにかく日本語はすべての文字に母音が含まれているため、非常に完全パングラムが作りやすい言語と言えますね」

「じゃあ、もうひとつ質問。わざわざ《完全パングラム》という言い方をしてるってことは、不完全なパングラムもあるってこと？」

「ええ。単に《パングラム》というと、すべての文字を使うという必要条件さえ充たせばOKで、各文字を複数回使ってもかまいません。ただ、その場合も全体の文が短いほどいいとされるので、その意味で各文字を一回しか使わないのが完全パングラムとなるわけです。まあ、日本語のように完全パングラムを作りやすい言語では、単にパングラムというだけで完全パングラムを意味させる場合が多いので、僕も以後は完全パングラムの意味でパングラムという言葉を使うことにしましょう。

さて、本家の『いろは』に話を戻しますが、7＋5のセットを四回繰り返すこの形式は『今様』と称ばれています。当時としては非常に現代的な形式だったわけですね。古くから手習いの手本とされ、また『いろは順』として長らく仮名の配列に利用されてきたために、今も広く普及、定着しています。恐らくこのクラスの長さとしては、いちばん多くの日本人に知られている詩歌でもあるでしょう。

文献上では、承暦三年、すなわち一〇七九年に成立した『金光明最勝王経音義』に取りあげられたのが初出です。作者は不明ですが、古くからこの『いろは』は弘法大師空海の作と言い伝えられてきました。これには恐らく二つの理由があって、ひとつは平安後期の僧、覚鑁が、『いろは』は『大般涅槃経』の無常偈『諸行無常、是生滅法、生滅滅已、寂滅為楽』を意訳したものと唱え、この解釈が広く流布したこと。もうひとつは、そもそも歌の内容の素晴らしさ、格調高さから、こんな奇蹟的なものを作るのはとても人間業とは思えない、弘法大師ほどの大天才でなければとても無理だという畏敬の念が働いたのは間違いないでしょう。ただ、現代の言語学的な考証からは、『いろは』は十世紀末から十一世紀中葉に成立したと見られ、平安初期の空海が作者でないことはほぼ定説となっています。

さて、この『いろは』が日本語パングラムの第一号作品かというと、実はそうではありません。もっと古く、文献上では十世紀の『源順集』が初出の『あめつち』というのがありました。

あめつちほしそら　やまかはみねたに
くもきりむろこけ　ひといぬうへすゑ
ゆわさるおふせよ　えのえをなれゐて

というのがそれで、

天・地・星・空・山・川・峰・谷
雲・霧・室・苔・人・犬・上・末
硫黄・猿・生ふせよ・榎の枝を・慣れ居て

と解されています。『いろは』との大きな違いは文字数が四十八になっている点で、これは『あめつち』が創作された当時はア行のエとヤ行のエの発音が区別されていたためなんですよ。歌としてはごくごく素朴だし、最後のほうは調子も乱れて、いささか意味不明でもありますね。

ところで、この『あめつち』創作の発想のもとになったのは中国の『千字文』の存在でしょう。千字文というのは六世紀の梁の武帝が周興嗣に作らせた漢文の長詩で、四字一句の二百五十句で構成され、千の異なる漢字が一回限り使われているんです。文字は書聖と称ばれる王羲之の書から模写され、これによって書道の手本の定番として広まり、早くから日本にも伝わっていました。内容は天文や地理から政治や歴史まで森羅万象にふれ、しかも韻文になっているのだから恐ろしいですね。もとより漢字は何万という数があるので『完全』パングラムの作成はほぼ不可能ですが、千字文がその地平を目指した極めて超絶的な作品であることには誰も異議を唱えないでしょう。そしてこの千字文の第一句が『天地玄黄(てんちげんこう)』で、つまり『天地(あめつち)』ではじまっているんですよ。結局、『あめつち』は千字文を手本として、そのささやかなパスティーシュとして作られたわけですね」

「フーム、千字文か。はるか昔から世の中には途轍(とてつ)もない超人がいたということだな」

小峠がつくづく感服という面持ちで唸った。

「さて、『いろは』に先行するパングラムとして、天禄(てんろく)元年、すなわち九七〇年、源順の弟子である源為憲(ためのり)の『口遊(くちずさみ)』に取りあげられた『大為爾(たゐに)の歌』というのもありました。

たゐにいて　なつむわれをそ
きみめすと　あさりおひゆく
やましろの　うちゑへるこら
もはほせよ　えふねかけぬ

というのがそれで、

田居に出で　菜摘む我をぞ
君召すと　求食り追ひゆく
山城の　うち酔へる子ら
藻葉干せよ　え舟繋けぬ

と解されています。『いろは』とは逆の5＋7のセットの繰り返しで、『あめつち』に較べれば格段に歌らしい技巧が施(ほどこ)されていますが、なぜかほとんど世に広まることはありませんでした。

さらに、はるか古代から伝わるものとして、

ひふみよいむなやこともちろらねしきるゆゐつわぬそをたはくめかうおえにさりへてのますあせゑほれけ

という意味不明な文言の『ひふみ祝詞(のりと)』や、

天地開闢け　あめつちひらけ
神生り坐して　かみなりまして
常世安国　とこよやすくに
尊き得る御物　たきえるおもの
我食む経ぬ営　われはむへぬゐ
夷狄滅せ亡ぶ　ゑそうせほろふ
豊栄治稲　ゆさをいね

という『天地の歌』もあるんですが、仮名遣い的に怪しい部分もあるし、恐らくもっと後世に偽作されたものでしょう。

ともあれ、いったん『いろは』が登場すると、そのあまりの完成度の高さがこれに挑戦しようという発想さえ失せさせたのか、長らくパングラム界における独占状態が続くことになりました。そしてようやく江戸時代にはいり、儒学者の細井広沢が仏教色の濃い『いろは』に対抗して、儒教色を盛り込んだ新作を作れないものかと思い立ち、苦心惨憺の末に出来あがったのが『君臣歌』でした。

君臣　親子夫婦に　　きみまくら　おやこいもせに
兄弟群れぬ　井鑿り田植へて　　えとむれぬ　ゐほりたうへて
末繁る　天地栄ゆ　　すゑしける　あめつちさかゆ
世を侘びそ　舟の櫓縄　　よをわひそ　ふねのろなは

ただ、残念ながら『田植へ』の『へ』は『ゑ』でなければならないので、正当な仮名遣いの上からはこれは不完全作ということになってしまうんです。万学に通じ、有名な書家でもあった広沢にしてこうですから、このことから逆に、江戸期には仮名遣いが相当に乱れていたことが窺えますね」

　するとそこで弥生が、

「でも、それは無理ないことだと思うわ。歴史的仮名遣いというのは発音と表記がぴったり一致していた上古から平安初期までの表記法を念頭に置いたものだけど、既に平安中期から日本語の発音体系がどんどん変わってきたため、当然のように仮名遣いの乱れも生じてきているんだから。鎌倉初期の大歌人の藤原定家（ふじわらのていか）がその乱れを憂いて、この語句のこの文字はこう表記せよと示した《定家仮名遣い》を体系化し、普及したけど、定家が多く参照したのは平安後期の文献だったため、いろんな点で問題があったしね。結局、歴史的仮名遣いを学問的にきちんと定めたのは江戸前期の僧侶にして国学者の契沖で、本居宣長らがこれを完成させたのよ。だからいま私たちが歴史的仮名遣いと言っているのは、この《契沖仮名遣い》をさらに精密にしたものにほかならないの」

さすがに歌人らしく、仮名遣いの歴史にも詳しいところを見せた。

「これはこれは。今を時めく言葉の紡ぎ手からのご指摘、痛み入ります。ただ、少々誤解を招く言い方をしてしまったかも知れませんが、細井広沢は江戸時代にはいったばかりではなく、もっと下った中期の人物なんですよ。実際、彼が『君臣歌』を作ったのは一七二〇年ですが、契沖が『和字正濫抄』を著したのは一六九五年だったかと」

それは会心の反論だったのだろうが、

「あ、そうなの。そうなると、これはやっぱりチェックを怠った広沢さんの失点かしら。――ただ、調べてみないと分からないけど、当時は契沖仮名遣いに対する反発も根強くあったようだから、広沢さんが定家仮名遣いの支持派だった可能性もあるわね。確か、『植ゑ』でなくて『植へ』とするのは定家仮名遣いの通りだから」

弥生のその言葉で、何となく痛み分けのようなかたちになった。

「では、その問題はひとまず持ち越しとして、続けさせて戴きましょう。細井広沢が先鞭（せんべん）をつけてからは、国学者を中心に続々と挑戦者が登場します。例えば国学者の谷川士清（たにかわことすが）の『天地歌』。

天地分き　神さぶる　　あめつちわき　かみさふる
日の本成りて　礼代を　　ひのもとなりて　ゐやしろを
大嘗会斎場　占設けね　　おほむへゆには　うらまけね
これぞ絶えせぬ　末幾世　　これそたえせぬ　すゑいくよ

同じく国学者の田中道麿（たなかみちまろ）による『住江歌』。

住の江なる　田居に早乙女　　すみのえなる　たゐにさをとめ
早稲植ゑぬ　稲刈りてよ　　わせうゑぬ　いねかりてよ
落穂拾へ　子等其従しも　　おちほひろへ　こらそゆしも
麦蒔け　粟生作れや　　むきまけ　あはふつくれや

そして先程も名前の出た、かの本居宣長も『雨降歌』を作っています。

雨降れば　堰を越ゆる　　あめふれは　ゐせきをこゆる
水分けて　康く諸人　　みつわけて　やすくもろひと
下り立ち　植ゑし群苗　　おりたち　うゑしむらなへ
其の稲よ　真穂に栄えぬ　　そのいねよ　まほにさかえぬ

さらに儒学者の秦鼎（はたかなえ）の『諸種歌』。

諸種こら　能く植ゑて　　もろたねこら　よくうゑて
栄えなむ　家住居　　さかえなむ　いへすまゐ
繁り遊びぬ　春冬に　　しけりあそひぬ　はるふゆに
千歳を積めや　吾れの大君　　ちとせをつめや　われのおほきみ

ほかにも戯作者の式亭三馬（しきていさんば）や狂歌師の鹿都部真顔（しかつべのまがお）など、多士済々の諸家がチャレンジし、いずれも苦心が偲（しの）ばれますが、調子が悪かったり仮名遣いが怪しかったりで、やはり宣長の作が一頭地を抜いていると言えるでしょう。

さて、ここでどうしても紹介しておきたいのは、未足斎六林なる大奇才の存在です。彼は尾張藩士でありながら、即興で詩歌、連歌、文章、謡、小唄のみならず、いろは歌まで作って興行していたというから全く驚きの人物ですね。この常人離れした当意即妙ぶりは、先程伺った都々逸坊扇歌にも通じるでしょうか。彼は自作のいろは選集『つの文字』も残しており、これには俳人の横井也有、狂歌師の大田蜀山人から送られたいろは歌も収録されているんですよ。その珍本のなかから『藤尾勾当への琴歌』を。

春頃植えし　相生の　はるころうえし　あいおゐの
根松ゆくゐ　匂ふなり　ねまつゆくゐ　にほふなり
齢をすへや　重ぬらむ　よわひをすへや　かさぬらむ
君も千歳ぞ　めでたけれ　きみもちとせそ　めてたけれ

ただ、この歌では『あひおひ』であるべきところを『あいおゐ』とするなど、いずれの歌も仮名遣いが細井広沢のレベルをはるかに超えてデタラメなんですが、本人もそれを自覚していて、お見逃しあれと断っているのがまた愛嬌というか。ともあれ、こういう異能の快人物がヒョコヒョコ登場するから江戸時代というのは愉快ですね」

　緑川がそこまで語ると、

「うーん、面白い！　そういう歴史に埋もれた快人物の列伝を本にしたい！」

　編集者の家田が身を揉むような仕種(しぐさ)で叫んだ。

「それは是非お願いするとして――話はようやく明治期に追いつきます。先程麻生さんが言われた明治三十六年の『萬朝報』による新いろは歌の公募ですね。これこそ我が国のパングラム史における途轍もなく大きなルネッサンスでした。その際、さすがの慧眼(けいがん)というか先見の明というか、『ん』を含む四十八文字を条件としたのがコロンブスの卵で、これによって現代いろはの幕が開かれたと僕は思います。四十八文字とすることで、（7＋5）×4＝48となり、七五調の今様形式がぴったり完成するんですから。かくして、その第一席に選ばれたのが坂本百次郎(さかもとひゃくじろう)の通称『とりな歌』です。

鳥啼く声す　夢覚ませ　　とりなくこゑす　ゆめさませ
見よ明け渡る　東を　　みよあけわたる　ひんかしを
空色栄えて　沖つ辺に　　そらいろはえて　おきつへに

帆船群れゐぬ　靄の中　　ほふねむれゐぬ　もやのうち

いやはや、これは格調も高く、情景歌として図抜けた出来栄えで、さすがに万を超える応募作から選び抜かれたに相応しい風格ですね。ほかにも赤松景福作の、

飛鳥山姫　紅葉植ゑ　　あすかやまひめ　もみちうゑ
今日紅の　濃き色に　　けふくれなゐの　こきいろに
染むる手業は　覚えぬを　　そむるてわさは　おほえぬを
昨夜白露　たねとせり　　よんへしらつゆ　たねとせり

あたりが僕は好きですが。ともあれ、以降、新いろはといえば、『ん』を含む四十八文字で作るのが主流であり、伝統となりました。

さて、さらにどんと時代は下って、昭和二十七年に『週刊朝日』で新いろはが公募されました。入選作のうち、西浦紫峰の『新濡燕』、

お江戸町唄　風そよろ　　おえとまちうた　かせそよろ

青柳けぶり　ほんに澄む　　あをやきけふり　ほんにすむ
三昧の音締へ　つばくらも　　さみのねしめへ　つはくらも
恋ゆゑ濡れて　ゐるわいな　　こひゆゑぬれて　ゐるわいな

この洒脱さには拍手を送りたいですね。また、西本翔蔵の『ビールを飲めば』も、口語と文語の混在が少々気になるものの、その朗らかな歌いぶりには思わずにんまりしてしまいます。

ビールをぐっと　飲み干せば　　ひゐるをくつと　のみほせは
青いロマンス　胸に燃え　　あおいろまんす　むねにもえ
歌声やわし　霧濡れて　　うたこゑやわし　きりぬれて
幸夢かなへ　夜更け空　　さちゆめかなへ　よふけそら

もう一首、桑原孝金の『花の野辺』も紹介しておきましょうか。

乙女花摘む　野辺見えて　　をとめはなつむ　のへみえて

われ待ちゐたる　夕風よ　　われまちゐたる　ゆふかせよ
うぐひす来けん　大空に　　うくひすきけん　おほそらに
音色もやさし　声ありぬ　　ねいろもやさし　こゑありぬ

さて、同じ企画を昭和五十一年に『週刊読売』も主催し、その入選作から久保道夫（くぼみちお）の愛すべき一首『雪の花嫁』を。

雪の故郷　お嫁入り　　ゆきのふるさと　およめいり
田舎畦道　馬連れて　　ゐなかあせみち　うまつれて
藁屋根を抜け　田圃越え　　わらやねをぬけ　たんほこえ
葉末に白く　陽も添へむ　　はすゑにしろく　ひもそへむ

ちなみに、このときの落選作で、塚本春雄（つかもとはるお）の『芭蕉』というのがあるんです。

名も不易　奥の細道　　なもふえき　おくのほそみち
馬と絵師　座寄せ和す囲炉裏　　うまとゑし　さよせわすゐろり

旅に病んで　眠らぬを　　　　たひにやんで　ねむらぬを
あはれ何処へ　夢駈ける　　　あはれいつこへ　ゆめかける

いろいろ調べているうちに、この塚本春雄というのが、かの現代短歌の巨星、塚本邦雄（くにお）のご令兄であることをひょんなことから知って、いやもう、これにはびっくりしましたねえ」

　これには弥生も思わず腰を浮かせんばかりに、

「えっ、塚本邦雄のお兄さん!?　塚本のお兄さんがいろはを作ってたの？　そんなの、聞いたこともなかったわ。凄い発見じゃないですか——」

　その驚きように緑川もしたりという面持ちで、

「いやあ、この発見にそれだけリアクションしてくれる人がいるというだけで大満足ですが、それがまた菱山弥生さんというのが嬉しいですね。いや、大袈裟でなく、生きていてよかったと思いますよ」

　言いながらしみじみその喜びを噛（か）みしめるような素振りまで見せて、

「とにかくこうした過程を経て、いろは作りはひそやかながらも確実に定着し、今はネットを探索すれば自作のいろはを掲載しているサイトにいくつも行きあたるし、ツイッターでも同好の人たちが日々作品を発表しあっていたりという状況なんですよ。とまあ、そんなところで僕の講義もそろそろおしまいなんですが」

するとそこで智久が、

「じゃ、そのあとをちょっと僕が引き継いでいいですか」

そんなことを言いだしたので、類子だけでなく、ほかの者も何だろうという顔で視線を集めた。

「二〇一〇年に亡くなったんですが、プロの囲碁棋士に中山典之(なかやまのりゆき)七段という人がいたんです。中山さんは世界各国を巡って囲碁普及に尽力した方で、珍瓏(ちんろう)という盤面全部を使った詰碁作りが大得意な異能の人でもあったんですが、ペンを執(と)っても碁界随一の名文家で、棋士でありながら囲碁ライターも兼業し、数多くの著作を世に送り出しました。とりわけ『実録囲碁講談』は今も繰り返し読み返している僕の愛読書です。で、その中山さんがふとあるとき、俺にもいろはが作れないだろうかと思い立ち、苦心惨憺して何とか一首ひねりあげたというんですね。そしてその後はたちまち病膏肓(やまいこうこう)、酒の肴(さかな)にいろはをひねるという日々を続け、物故までの十七年足らずで何と千首のいろはを作ったというんですよ」

その話に、「うへぇ。千首!」と家田がそっくり返った。

「中山さんは私家版で『囲碁いろは歌』を出したんですが、いま聞いたところでは、これが未足斎の『つの文字』に続く、個人のいろは作品集として史上二番目の本のようですね。のちには『囲炉端歌百吟』という立派な本も出してます。とにかく中山さんのいろはの大きな特徴は千首のほとんどが囲碁を織りこんでいることなんですが、僕も緑川さんに倣って、ここでは囲碁テーマ以外のものを紹介しておきましょう。

迂人庵あみ　日も落ちぬ
手まくら常よ　花に風
聴けやゐろり辺　夢の声
誰そ故郷を　忘れ得む

うしんいほあみ　ひもおちぬ
てまくらつねよ　はなにかせ
きけやゐろりへ　ゆめのこゑ
たそふるさとを　わすれえむ

ところで中山さん以上の豪傑はさすがに出ないだろうと思っていたんですが、ちょっと調べてみたところ、さにあらず。その後、中村菜花群（なかむらなかむら）という人が『新いろは歌一人百首』などのいろは集を何冊も出していて、既に数千首作っているというから上には上がいるものですね。その中村氏の可愛らしい一首を憶えているので、それも紹介しておきましょう。

行く末知らぬ　細道は　　　ゆくすゑしらぬ　ほそみちは
迷路の様に　枝分かれ　　　めいろのやうに　えたわかれ
猫　お前さん　なぜ独り　　ねこおまへさん　なせひとり
月青む夜も　更けてゐる　　つきあをむよも　ふけてゐる

ともあれ、そういうわけで、僕には僕なりにあの青銅板の詩がいろはじゃないかとピンとくる伏線があったんですよ」

智久はそう内幕を明かしたが、よくできたマジックのタネを明かされたとき同様、それで賛嘆の気持ちが割り引かれはしなかっただろう。

「中山さんのその話は僕も聞いたことがあったのにな。とにかく、珍瓏作りが得意という点からしても、いろは作りにはその種のパズル脳が必要なんだろうね」

井川の台詞(せりふ)に、

「あややっ。それは俺へのプレッシャーか？　こちとら旧仮名の知識もないし、とてもそんなものは作れそうにないからな」

小峠が溜息まじりに肩をすくめた。

「ともあれ、これではっきりしたね。涙香がいろはを作りはじめたのは公募してみて集まった『とりな歌』などの作品に刺激を受けてのことだろうし、この地下の構造を見れば、初めから自作のいろはの展示を念頭に設計したに違いないから、涙香がこの隠れ家を建てたのは、『萬朝報』でいろはを公募した明治三十六年よりあとで、『聯珠真理第四版』で暗号を組みこんだ七桂五連の珠型名を発表した明治四十四年より前——この期間内のことだろうとね」

麻生が欣快極まりないという面持ちで得た結論を宣言した。

そこでふと類子が眉をひそめた。そしてしきりに首を傾げるのに弥生が気づいて、

「どうしたの？」と声をかけると、

「智久君、自分でもいろはを作ってみなかった？」

「え？」と眼をまるくする智久。

「だって、身近な人がそういう凄いことをやってるのを知ったら、とりあえず自分でもやってみようと思うのが智久君じゃない？」

そんな指摘をされて、智久は見ていておかしくなるくらいに口をもごもごさせた。

「ああ、やっぱり作ってるんですね！　是非披露してくださいよ」

一同にせっつかれて智久はしぶしぶという顔で、

「実は、中山さんに倣って囲碁いろはをひとつだけ――。

石音へ即　二段バネ　　いしおとへそく　にたんはね
荒らせ貪れ　キリチガヒ　　あらせむさほれ　きりちかひ
悩み増すゆゑ　目も虚ろ　　なやみますゆゑ　めもうつろ
和を得で更けぬ　囲碁の夜　　わをえてふけぬ　ゐこのよる

いやもう、格調も何もなくて恥ずかしいだけの出来なんですが」

首を縮めて恐縮する智久に、

「いやいや。何だか自然に口もとが綻(ほころ)んでくるようなユーモアがあっていいじゃないですか」

井川が実際口もとを綻ばせながらそう言った。

「そうよ。仮名遣いもちゃんとしてるし。さすがなものだわ」

智久はたまらずぐるぐると手を振りまわして、

「とにかく話を戻しましょう。涙香があしていろはも作っていたという話に――」

麻生が笑って頷き、

「そうそう。何よりの驚きはその点だからね」

そこから話題は再び涙香中心に戻ったが、それをぼんやり聞きながら、類子はしばらく別のことを考えていた。

涙香がひとつの暗号で満足しなかっただろうと思えるのと同じで、智久もたった一首のいろはで満足したわけがない。きっと、もっといくつも作っているはずだ。そのなかにはもっととっておきの自信作もあるに違いない――と。


部屋割りは『寅』『辰』『午』にそれぞれ弥生、井川、小峠が、『卯』『巳』に類子と智久がという振りあてがあらかじめ決まっていた。そうしてそれぞれの荷物を部屋に運び入れると、弥生は既に麻生が書き写していたいろはのリストを受け取り、広間のテーブルの一角に陣取って、熱心に検討をはじめた。

「問題はやっぱり『酉』の間のこの歌ね」

雀斑似合ひ　偏奇得ね　　そはかすにあひ　へんきえね
蓼抜ける文　これ置くも　　たてぬけるふみ　これおくも
一途和流の　徒を目なせ　　いちつわりうの　とをめなせ

歩し參らむ夜　八叉路ゆゑ　ほしまゐらむよ　やさろゆゑ

弥生はその文字列をしなやかな指先でこつこつと叩き、

「これだけ明らかにほかの歌と違うもの。読み返せば読み返すほど、暗号としか思えなくなってくるわ」

「ですよね。僕らもそう思って、六人がかりでさんざん頭をひねったんですが、どうにもこうにもさっぱりいい知恵が浮かんでこなくて。そうなるともう頼みの綱は牧場さんしかいないということで、祈るような気持ちでお待ちしていたというわけなんです。あ、いえ、急遽参加が決まったパズル作家の小峠さんにも、もちろん大いに期待していますよ」

慌ててそうつけ加えた大館に、

「いやいや、僕なんかパズル作家としていいとこ二流でしかないですからね。まあせいぜい頑張ってはみますが、期待は全面的に牧場本因坊のほうにお願いしますよ」

小峠は掌を上にして、両腕を丁重に智久に差し向けた。

「そんなふうに言われると困っちゃうなあ。七桂五連の珠型名のときはたまたまの思いつきからうまくいったんですけど、今回も柳の下に泥鰌(どじょう)とは——。だいいち、これが本当に暗号だとして、珠型名の暗号と較べて格段に難しそうですからね。いえ、実のところ、このいろはを眼にしたときからずっとあれこれ考えてはいたんですが、どうにもとっかかりがつかめないでいるのは皆さんと同じなんです」

智久の言葉に弥生が眉をひそめて、

「え？　考えていたって……この文面をそっくり憶えていたの？」

「ええ。写真記憶は割と得意で。四十八首、いちおう頭に入れたつもりです。囲碁ではけっこうこれが役立ってるんですが」

事もなげな返事に、類子と井川を除くほかの面々も眼を見張ったが、いっぽう、いささか驚き慣れたという気配も見て取れた。

「そうか。所詮、頭の作り自体が我々凡人とは違うんだ。こりゃあ対抗しようなんてのがそもそも不遜なんだな」

小峠の言葉に智久は「いやいやいや」と手を振ったが、実際、智久としてはそんなところを驚いたり褒められたりしてもひとつも嬉しくはないだろうと類子は思った。

「初めは珠型名の暗号の要領で、各節の頭の文字――あるいは二番目とか三番目とかを拾いあげていくタイプのやり方かとも思ったんですが、あれこれ考えてもなかなかうまくいかないし、その方式にしても文面が奇妙で暗示的すぎるというのが気になって、どうもそうじゃない、この文意そのものに意味があるんじゃないかとどんどん思えてきたんです。ただ、ソバカスが似合うとか、蓼抜ける文とか、和流の徒を『目なせ』とか、いったい何を表わしているのかさっぱり分かりませんよね。しかも、何しろいろは仕立てなんですから、この文言のすべての部分が暗号に関与しているとは限らない。というより、全文を暗号に参画させるなんてことはほとんど不可能でしょう。暗号に必要な部分がいくつかあって、余った文字は適当にそれらしく並べただけという可能性が高いはずです。DNAにおけるコード領域とジャンク領域のようなものですね。だから、どこが意味のあるコード領域で、どこが意味のないジャンク領域なのか、まずそれをどうやって見分ければいいのかというところで立ち往生しているのが現状なんですよ」

「遺伝子の喩えが出てくるというのもびっくりだな。いやしかし、そんなふうに問題の所在を整理されるとなるほどだね。確かにこれは珠型名の暗号よりははるかに難しそうだ。だが、知のトップ・アスリートたるもの、そうなるとますます闘志が湧くのではないかと推察するのだが、いかがかな」

永田が向けた問いかけに、

「その通りです」

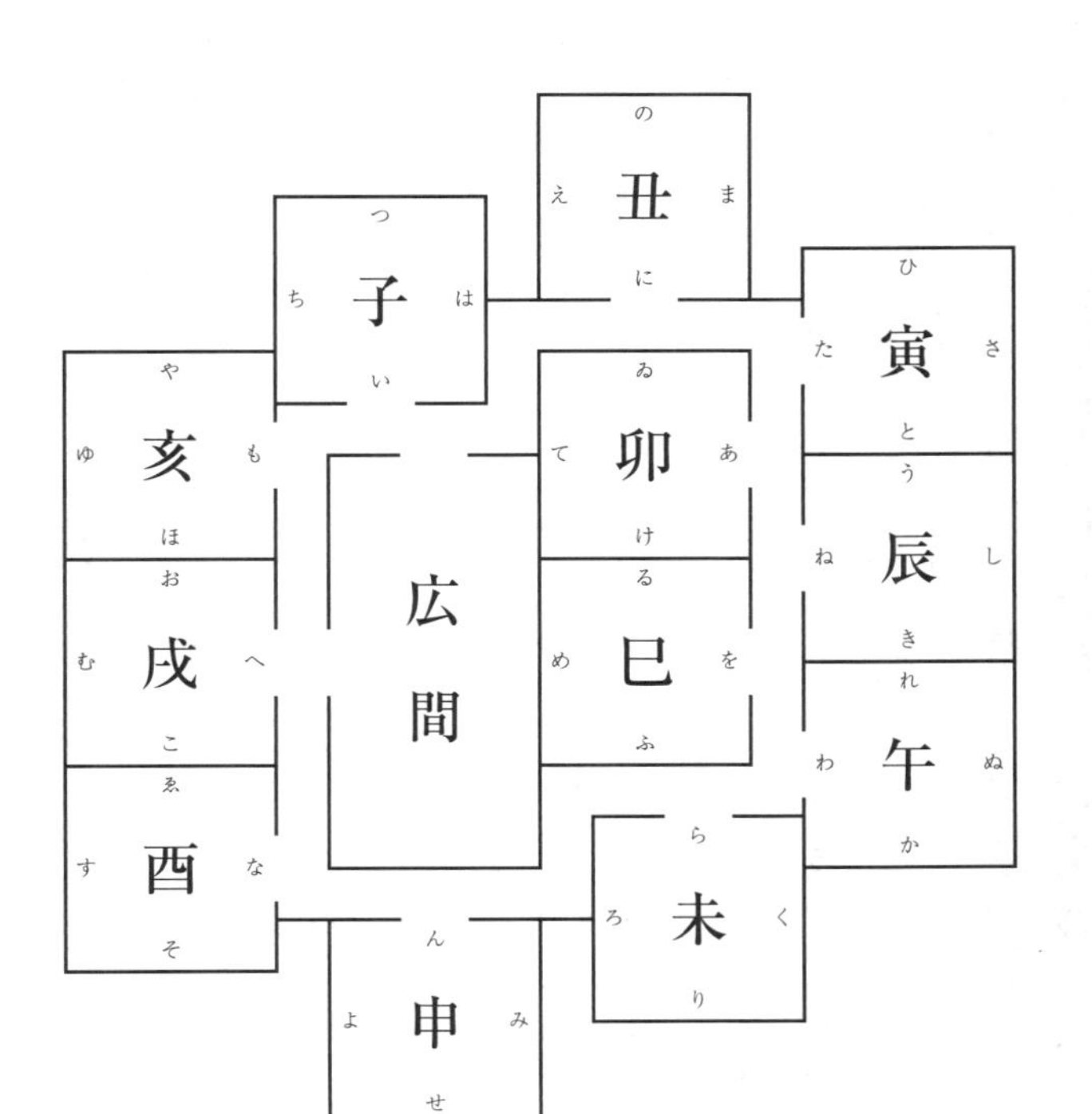

の
え
丑
ま
に
つ
ち
子
は
い
ひ
た
寅
さ
と
や
ゆ
亥
も
ほ
ゐ
て
卯
あ
け
う
ね
辰
し
き
お
む
戌
へ
こ
広
間
る
め
巳
を
ふ
れ
わ
午
ぬ
か
ゑ
す
酉
な
そ
ら
ろ
未
く
り
ん
よ
申
み
せ

類子が代わってきっぱり答えたので、たちまち周囲から笑いが湧き起こった。

智久は頭を掻き掻き、

「ただ、僕も思っていることはあるんです。そのひとつは、涙香はどうして四十九番目のいろはを隠しておかなかったんだろうという疑問です」

類子は「え。どういうこと？」と首を傾げたが、小峠はすぐにしたりという顔で大きく頷いた。

智久は地階の見取り図を示しながら、

「つまり、展示されている四十八首のいろはは異なる四十八文字からはじまってるよね。だったら、その四十八文字で四十九番目のいろはが作れるじゃない。各部屋のいろはの頭を順番に辿っていけば、その四十九番目のいろはが浮かびあがるというふうにね。せっかく異なる四十八文字ではじまるいろはを揃えてるんだから、僕が涙香なら絶対そうするな。いや、四十八文字ではじまるいろはを揃えた以上、涙香もその趣向を考えなかったはずはないんだ。なのに、各部屋と各いろはの頭の文字を配列したこの図からは、いろはらしいものは浮かびあがってこないよね。まさか、四十八首作ったところで息切れして、もうそれ以上作れなかったというわけじゃあるまいし。いや、いくら涙香だって、全くのスタート時点から異なる四十八文字ではじまるいろはを揃えようという目標があったわけじゃなくて、いろいろ作ってある程度数がたまってくるうちにそんなアイデアが浮かんできたはずだから、実際には涙香はもっと数多くのいろはを作ってるはずなんだ。だから弾に不足があったわけじゃない。だったらなぜ？　それが僕にはどうにも不可解なんだよ」

智久がそこまでいっきに言うと、

「うん。僕らもそれは考えて、ずっと不思議だった。だから、もしかするとこの配列もランダムに見えるけどそうじゃなくて、ある辿り方をすれば実は四十九番目のいろはが浮かびあがってくるんじゃないかとさんざん頭をひねったんだが、結局ダメだったね」

麻生が残念そうに述懐した。

「でも、仮にこの配列がいろはを隠したものでないにせよ、ランダムでないのは確かだと思います。涙香がその趣向を取らなかったならなおさら、この配列にはそれ以上の大きな意味があるに違いないんです」

智久がきっぱり言い切ると、得も言われぬ説得力があった。

「なるほど。で、考えていることのもうひとつというのは？」

緑川の問いに、

「この『雀斑似合ひ』のいろはに戻るんですが、もしかすると、青銅板の上段、つまり漢字交じりで書かれたほうを額面通りの意味内容と信じていいものかという疑問です」

「え？　それはつまり——どういうことですか？」と、家田がネジ回しのように首をひねりながら突き出した。

「それはこういうことです。例えば本家本元のいろはですが、これをこんなふうに表記してみるとどうでしょう」

そう言って智久はシャーペンを取り、いろはリストの一枚の裏に何やらスラスラと文字を書き連ねていった。

異路は二歩経ど　蕃椒塗るを
我が涎ぞ　唾音鳴らむ
兎猪置く屋間　狭壺得て
痣消ゆ女見し　餌火燃せず

「どうですか。これでも読み下しは『いろはにほへと　ちりぬるを　わかよたれそ

つねならむ　うゐのおくやま　けふこえて　あさきゆめみし　ゑひもせす』と、本家のいろはと全く同じなんです。これ、以前にお遊びで作ってみたものなんですけど、こんなところで役に立つとは思わなかったな」

一同は呆れ、面白がり、そして舌を巻いた。

「なるほど。蕃椒をチリと読ませてねえ」

「歴史的仮名遣いもしっかりと」

「ああああ。涙香だけじゃない。牧場さんもダ・ヴィンチ並みの超多面体的天才だ！　僕は牧場さんのことも本にしたくなっちゃいました！」

そう喚きだす家田を尻目に、

「つまり、これと同じことで、パネルの上段は適当な漢字をふりあてるなどして、見かけの意味を偽装しているんじゃないかという気がするんですよ」

「ちょっと待って」「ふん、ふん」「うーん、そうか」と、ほかの面々がついていくのが精いっぱいのなかで、

「とすると、例えばこんなことが考えられます。『蓼抜ける文』というのは、ある文章から『た』と『て』を消し去ることじゃないか。これはクイズでよくある手ですよね。また『雀斑似合ひ』というのは、例えば『其は数に合い』、つまり、あるものに

数字を結合させるという意味じゃないかとか、いろんなふうに解釈できるんですよ」

「ふぇえ。立ち往生とか言いながら、ずいぶんあれこれ考えてるでないの」

小峠がぶるぶると首を横に振ってみせたが、

「ただ、そんなふうに考えてもやっぱり先に進めないいんですよ。だって、それが本当に正しいかどうかはともかく、数字を結合させるにせよ、『た』と『て』を消し去るにせよ、そういった操作を施すべき素材の語句なり文章なりがまずあっての話ですからね。そして、もし『た』と『て』を抜き去るという操作が本当なら、その素材となる語句なり文章なりには当然『た』と『て』が含まれているはずでしょう。でも、そんな語句なり文章なりがこのいろはのどこから浮かびあがってくるのか、僕にはどうにも見当がつかないでいるんです」

「なるほど。素材となる語句・文章には『た』と『て』が含まれているはず、か」

腕組みして頷く井川に、

「まあ、そもそもとんでもない見当違いかも知れないですけどね。——あ、そうか！」

いきなり何かに気づいたように大声を張りあげたので、類子が「なあに」と訊くと、

『た』と『て』を抜くんじゃなくて、『縦抜ける文』かも。それだと、素材となるのは縦横にひろがりのある文字列か。例えば、それこそさっきの見取り図の文字配列？　そしてそこから縦の一行を消し去るんじゃなくて、逆にその部分だけ抜き出すのかな。……うん？　でも……ああ、やっぱりうまくいきそうもないか」

智久はそんなふうに忙しく自問自答し、額に手を押しあてて考えこんだ。

「そうか。縦を抜く、ね。ほかにも可能性はあるのかな」

「矛(ほこ)と盾(たて)の盾というのはどうですか」と、家田。

「可能性がないではないだろうが、どういう意味なのか、やっぱり分からんね」

「うーん、ダメか」

「だいたい、『目なせ』という言葉ってあるんですか」

「ないと思うわ」

「では、この『徒を目なせ』という部分は、『と』を『め』になせということではないでしょうか」と、井川。

「ああ、それはいい発想だね。『と』を『め』に変換するわけか。そうすると、その素材となる言葉には『と』が含まれているわけだ」

「結局、もとの言葉には『た』と『て』と『と』が含まれている？　うーん、そういう逆算式のやり方では、なかなか展望が開けそうもないなあ」

「何か、根本的な発想の転換が必要なんですかね」

口ぐちにそんなやりとりが続いたあと、

「そういえば、本家のいろは自体が暗号仕立てになっているという話があるじゃないですか」

家田がそんな話題を持ち出した。

「ああ。いろはを七文字ずつ分かち書きすれば、行の最後に『とかなくてしす』つまり『科なくて死す』という遺恨の言葉が浮かびあがるというやつだね。それをもって、いろはの作者を源　高明としたり柿　本人麻呂としたりと諸説紛々だが」

麻生に続いて永田も、

「浄瑠璃の『仮名手本忠臣蔵』のタイトルも単に四十七士をいろは四十七文字に準えただけでなく、『科なくて死す』も踏まえて名づけられたというから、この暗号説自体、古くから人口に膾炙していたようですね」

と、口を添えた。

「それに関して、牧場さんはどう思いますか」

家田からすっかり暗号の権威のように見解を求められて、智久は居心地悪そうに眉

根を上下させつつ、

「個人的な意見としては……たまたま偶然でしょうね」

やんわりとながらあっさり切って捨てた。

嵐の前

　発掘作業に携(たずさ)わってくれている業者三人は日が暮れる前に引き払い、夕食は緑川拓郎(みどりかわたくろう)の手料理に舌鼓を打った。類子(るいこ)は部活の合宿なら何度も経験があるが、年齢もまちまちの人たちといっしょにこうして泊まりこむのもまた楽しくて、旅の疲れも何のその、ついつい夜遅くまで歓談につきあった。特に印象的だったのは美沙子(みさこ)で、素面(しらふ)のときはさほど口数は多くなく、どっしり構えた感じなのだが、アルコールがまわればまわるほど調子が出てきて、古書漁(あさ)りの武勇伝に花を咲かせたり家田(いえだ)を顎(あご)で使ったり。かと思えば、「ああ、つくづくカッコいい」「やっぱイケメンはいいわぁ」「もういちいちサマになってるんだから」などと臆面もなく賛辞を並べたてて智久(ともひさ)を戸惑わせるのだった。

　家田が弥生(やよい)の歌集を持ってきていたので類子はそれを借り、就寝前に読んでみた。

間男の creampie に聖性を見出せし夜半雨降りやまず
毟りたるとりどりの花嚙み砕き猛き隈するサーカス嬢は
漆黒のオルフェ像には隆隆と茎怒り立つ麗人の閨
宙空に八分音符の符尾描く如くサキュバス足を組み替ふ
見も知らぬ男根移植されし身の弓なりかなし磔刑の姫

そんな作品世界にびっくりし、どきどきし、充分理解できたという自信はないものの、とても惹きつけられた。

翌八月二十一日。類子が目覚めた午前十時過ぎには既に業者が来て、とっくに作業を開始していた。地下から上にあがると館の前に簡易テーブルが置かれ、麻生と大館は発見された様ざまな物品の整理を、永田はノートパソコン、緑川はスマホを開いて何やら検索中らしく、井川と小峠が対局しているミニ盤でのチェスを智久と弥生が興味津々で観戦していた。その弥生に真っ先に読んだ歌集の感想を伝え、「もうすっかりファンになっちゃいました。これから全部集めて読みます！」と勢いこむと、

「こんな可愛らしいファンができて嬉しいわ。でも、家田君が持ってきたのはいちばんトンガってる歌集だから、ほかのおとなしめのものを読んでもガッカリしないでね」

そう言って軽く笑ってみせた。

地下では電波が届かないのは類子も昨日のうちに確認済みだ。地上に出た途端に彼女のスマホにも着信がいくつも表示され、しばらくその返信に忙殺された。

「昼食はどうしますか。昨日言ったように蕎麦屋でも行きますか」

大館の問いかけに小峠が渋い顔で、

「いやあ、できればあんな山道はなるべく往復したくはないんですが」

「では、買い置きのカップ麵もたんまりありますから、そちらですませますか」

「ああ、それは有難い。では、僕はそっち組で」

小峠は胸を撫でおろしたが、

「ただ、ここには風呂がないですからね。はいりたいときは町の銭湯に行くしかないので、その点はご了承を」

途端に再び渋い顔に戻り、

「あややっ。そうか。その問題があったか。とすると、どのみちずっと往復せずにすますわけにはいかないんだな」

　そこで井川が、

「お前の場合、せっかく銭湯に行っても、帰りの山道でまた汗だくになってしまう問題もあるな」

　その指摘に小峠は頭を抱え、ウーンと唸（うな）りながら天を仰いだ。

　結局昼は全員がインスタント食品ですませ、智久が日立（ひたち）市のホテルに向かうときに、駅まで送りがてら、銭湯なり図書館なりに立ち寄ろうということになった。それまでのあいだ智久は涙香（るいこう）のいろはについて頭を搾（しぼ）り、その没頭する姿を美沙子は「ああ、何て絵になるの」とうっとり眺（なが）めるいっぽうで、弥生は「明日は大事な対局なんでしょう。その前に別のことでそんなに頭を使っていいの？」と真顔で心配したが、

「それは大丈夫です。いつもあんなものですよ。かえっていい調整になるんじゃないですか」

　類子が代わって答えると、

「さすが、智久君のことは何でもよく分かってるのね」

　ちょっと冷やかし気味の言葉が返ってきた。

　その智久のケータイに連絡がはいったのは、そろそろ出発の準備に取りかかろうと

しているところだった。

「あ。そうなんですか！」

すぐに智久が嬉しそうな大声をあげたので、類子だけでなく、廃墟前のテーブル近辺にいたほかの者も何事かとそちらに顔を向けた。

「なあに。何、何？」

通話が終わってすぐに類子が尋ねると、

「例の《隋宝閣》の事件だけど、被害者の身元が分かったんだ。昨日の電車で思いついたことを楢津木さんに伝えたところ、ズバリ的中だったよ」

「ああ。あのときの電話がそれだったんだね。それで、思いついたことというのは？」と、井川。

「うん。あのとき類ちゃんが、正調俚謡という名称はすっかり途絶えてしまったとばかり思っていたら、今も地方で細ぼそと生き残っていたのに驚いたという意味のことを言ったのを憶えてますか。あの言葉がヒントになって、ビビッときたんですよ。この前、麻生さんのところに集まったとき、井川さんが連珠の歴史を詳しくレクチャーしてくれましたよね。そのなかに、三世名人の高木楽山が昭和六年に黒の四々禁と十五道盤の使用を提唱し、それによって連珠界がいくつにも分裂したりして紛糾が続いたけど、ようやく昭和四十一年に各団体が大同一致し、めでたく新ルールで統一されたという話があったでしょう。それを思い出して、なかにはその後もあくまで旧ルールに固執する一派が細ぼそといたんじゃないかという疑問が湧いたものですから、類ちゃんのスマホで検索してみたところ、確かにそういう団体が今でも残っているというじゃないですか。それで思ったんです。《隋宝閣》の事件のあの被害者は、殺害される前に囲碁を打っていたのではなく、十九道盤・黒四々有効の旧ルールの連珠を打っていたんじゃないかって」

「あっ」という声が井川から洩れた。

「うん。あるよ。そういう連珠団体はごくごくマイナーだけど確かにある。――そうか、なるほど。言われれば、被害者が対局していたのは囲碁でも五目並べでもなく、旧ルールの連珠だった可能性もあるわけだ。で、とにかく、実際に被害者はその一派の人間だったんだね？」

智久はこくりと頷いて、

「ええ。十九道盤・黒四々有効ルールの連珠団体に、最近連絡が取れなくなっている会員がいないかを丹念にあたってみたところ、《池袋聯珠会》という同好会からそれらしい人物が浮かびあがってきて、顔写真の照合から間違いないことが確認されたそうなんです」

するとすぐ後ろにいた美沙子に、

「まさにドンピシャじゃないの。さっすがぁ！」

背中を思いきりどやしつけられて、智久はしばし咳こんだ。

「ケホン……ええっと、その——とにかくその人物というのは七十五歳の身寄りもほとんどない独居老人で、練馬区の小ぢんまりした家に何十年も前から住んでいたそうです。以前は小さな食品会社勤務で、生涯独身。週に一回ヘルパーさんが通ってきてるんですが、本人が家のなかに人がはいるのを嫌うので、せいぜい庭の手入れと生協から届く食品等の管理だけをしていたとか。近所づきあいもあまりなく、趣味が連珠だったことは昔の仕事仲間にも全く伝えていなかったようです。段位は自称五段ですが、旧ルール連珠界でも特に名が知られていたわけではない。《池袋聯珠会》には六年前に入会し、以降、池袋の碁会所で毎週土曜に行なわれている例会にはほぼ皆勤賞で通ってきていたのが、急にぱったり姿を見せなくなったので、どうしたのかと皆で心配していたそうです」

「ふうん。かなり頑固で気難しそうな人物像が浮かびあがってくるね。ちなみに、名前は？」

「菅村悠斎。いかにも雅号みたいですが、これが本名だそうです」

途端に、それまでふんふんと興味津々に話を聞いていた麻生が、

「菅村悠斎——!?」

大きく両眉を曲げて叫んだ。

「え？　知ってる名前なんですか？」

大館の疑問に、

「ああ。あのとき君はいなかったっけね。先月の頭に涙香展の準備会のパーティがあっただろう。そのとき、たまたま年配の人としばらく喋るなりゆきになったんだが……ちょっと待ってくれないか」

驚く一同を尻目に麻生はジャケットからカード入れを取り出し、遽しく裏表をひっくり返していたが、

「あったあった。うん、やっぱりそうだ。菅村悠斎！　珍しい名前だから憶えていたんだよ」

取り出した名刺には確かにその名前が印字され、その横に「伝統聯珠五段」とあった。

「間違いないですね。そのパーティには僕も顔を出しましたが、あそこにその事件の

被害者も来ていたとは！　これは驚きだな。いったいどういう伝手だったんだろう。もう少し詳しく教えて戴けませんか」

　井川の要請に応えて麻生は、

「そうか。連珠家というからそれで涙香を敬愛しているんだろうとは思ったんだが、伝統聯珠というのは涙香が定めた旧ルールの連珠という意味だったのか。そのあたりの事情に疎いものだから、むこうは喋っていて、もひとつピントがあってないと思っただろうな。それこそ井川君とならピッタリ話が嚙みあっただろうに。――それはまあともかく、悠斎氏は涙香の翻案小説の愛読者でもあったようで、ひとしきり『死美人』や『武士道』の話をしたね。どこかで集会の情報を聞きつけて、一人でとび入り参加したのか、誰かに誘われて来たのかは分からんなあ。そうそう。最後に悠斎氏、自分も涙香展のために、ひとつメモリアルになるものを進呈したいと洩らしてね。それは聞き捨てならないのでいったい何か訊き出そうとしたんだが、はっきり準備が整えば連絡さしあげるので、何であるかはそれまでしばらくご猶予をと、さらりと躱されてしまったんだよ」

　すると永田も、

「ええ。途中から会話に加わったので、それは僕も憶えてますね」

「ああ、永田さんも悠斎氏と顔をあわせてたんですね」

口を窄める大館に、麻生はうんと頷いて、

「今にして思えば、何を持ち寄ろうとしていたのか、もっと喰いさがって訊き出しておくべきだったな。もしも新発見の資料や稀少なコレクションだったとしたら、悔やんでも悔やみきれないからねえ」

それには美沙子が、

「ああ、それは気になる、気になるゥ！」

身を揉むようにして声を絞り出した。

「それにしても、こんな偶然があるんだろうか。牧場君が現場に駆り出された殺人事件の被害者が、麻生さんの主催する涙香展の準備会のパーティに列席していたなんて。しかも、いっぽうでは牧場君が涙香の残した暗号を解き、そのおかげで発見できた涙香の隠れ家で、牧場君の推理によって被害者の身元が判明した報告を聞くなんてね。何だかすべてが涙香さんの掌のなかでの出来事のような気がしないか？」

井川に言われて小峠も、

「ああ。俺もそんな気がしてきたよ。ただ、それもこれも牧場本因坊という超人的な頭脳の持ち主あっての話だがな」

つくづく畏れ入ったという面持ちで首を振った。

「とにかく、そうなると、そんな悠斎氏と真剣勝負していたくらいだから、犯人も旧ルールの連珠の打ち手――それも、恐らく段持ちということになるんだろうな」

井川の言葉に、

「そうでしょうね。これで容疑者候補の数はぐんと絞られるはずです。楢津木さんもその線で集中的に捜査するということだったので、早晩犯人を炙り出せるんじゃないでしょうか」

智久もひと仕事終えたような安堵と満足の混じった表情を見せた。

だが、そうしているあいだにも出発の時間が迫ってきていたので、驚きや感心も早々に切りあげ、全員で山道へと足を踏みおろした。

麻生と大館と緑川の車に分乗して常陸太田駅へ。そこで智久を見送り、あとは分乗しなおしてそれぞれの目的地に分散。そして全員が再び廃墟の地下に戻ったのが夕刻の六時半。それより遅くなると宵闇のなかで山道を踏破しなければならず、さすがに危険なのでそれは避けようというルールが取り決められているのだ。

夜は広間に集まり、気ままなお喋り。麻生や大館は資料の整理、弥生もいろはの考察を続けながらたびたびその会話に加わった。各人の前にはマジックで銘々の名前が書かれた紙コップが置かれている。紙コップは使い捨てても充分な数があるが、出るゴミを極力減らすために、なるべく洗って何度も使うようにしているのだ。何人かは缶のままビールを傾け、酒豪の美沙子は焼酎やらウイスキーやら何でもござれで、家田をつかまえていくらでもある古書漁りの武勇伝に花を咲かせるのも昨夜と変わらぬ情景だった。

地下にはもともとトイレがなく、一階のホールの脇に設置された仮設トイレを使うしかない。広間での夜会がお開きになって各部屋に引き取ったあとの夜中、小用のために通路に出ると、途端にひっそりと闇を孕(はら)んだ地下空間にいることが意識され、百年も前に涙香さんもこの通路を何度となく辿(たど)ったのだという実感とともに、その息遣いが今もどこかに貼りついて残っているような気がして、にわかにかすかな肌寒さに囚(とら)われたりするのだった。

さらに明けて二十二日。智久の対局日だ。類子は対局の前に連絡を入れたり進行状況や結果を調べたりせず、いつものようにただ智久が戻るのを待つだけだった。午前中は井川や家田を誘って竜神峡(りゅうじんきょう)を散策したり、午後は弥生たちとともに暗号いろは（らしきもの）と頭をひねって格闘したりして時間を過ごした。

「それにしても、つくづくいいところですね。見晴らしはいいし、竜神峡の景色も幻想的で素敵だし、さすがに涙香さんが避暑地として選んだだけありますね」

類子が言うと、

「いや、涙香には避暑というつもりはなかっただろうな」

少し離れた折り畳み椅子でノートパソコンを操作していた永田が口を出した。

「え。どうして？」と類子が訊くと、

「それは涙香が常日頃、避暑というものが大嫌いだと公言していたからだよ。暑いなら暑い、寒いなら寒いを黙って受け入れるべきで、避けたり泣き言を言ったりするのは意気地なしだという美学の持ち主だったんだな。それどころか、寝苦しい夜に十キロほど早足で歩きまわって汗だくで戻り、わざと体を疲れさせてグッスリ寝るとか、真冬のさなかでも毎朝冷水浴をし、時には氷が張っているのもおかまいなく、頭から被ったうえにざんぶと浸かったというから畏れ入るばかりだね」

「真冬に氷風呂を？　ひええ、ぶるぶる」と、小峠。

「痩せ我慢じゃそこまでできないね。よほど性根がストイックにできてたんだろうな」

井川の感嘆に永田が頷いて、

「まあ、負けん気も並はずれていたのは確かだろうね」

「私もそれくらいの負けん気があれば、もう少し強くなれてたんだろうけど」

類子も自分に引き較べて呟いたが、そこで美沙子が、

「そういえば、アントニオ猪木も糖尿病の自己療法で毎日氷風呂にはいってたとか」

と、妙な知識を披露した。

そのとき突然、

「おやおや。ちょっと雲行きが妙ですよ」

一同からいちばん離れたところでラジオを聞いていた大館が大声をあげた。

「昨日、太平洋上で新たな台風が発生して、それがどうやら日本を直撃しそうなコースを辿ってるっていうんです。しかも、去年の台風十七号と同じクラスの超大型だとか」

真っ先にえっと眉を曇らせたのは麻生で、

「こんなときに直撃はかなわんな。無事に脇へ逸れてくれればいいが。で、日本に来そうなのはいつ頃だって？」

「どうも二十四日あたりのようです」

「二日後、明後日か。万一に備えて準備はしておいたほうがいいだろうな」

麻生は振り返ってしげしげと廃墟を眺めまわした。

類子のスマホに連絡がはいったのは午後五時の少し前だった。結果は智久の中押し勝ち。今回が三番勝負の第二局で、既に一局目は智久が勝利しているので、これで見事覇王位獲得だ。

類子の「おめでとう」に智久は「有難う」とさらりと返し、既にいろいろ雑事も終わったので、これからすぐに帰る。スタッフの人に車で竜神大吊橋まで送ってもらえることになったから心配なく、と言って電話を切った。

そのことをみんなに報告すると、

「これで優勝？　さっすがぁ！」

「まあ、やってくれるとは思っていたけどね」

「それにしても、ここのところ絶好調だった矢沢五段に土つかずの二連勝とは」

「とにかく、おめでとう」

「おめでとう」

ひとしきりそんな賞賛と祝福の言葉を浴びせかけられ、その場にいない智久の代わりにお礼を言うのもくすぐったくて妙な具合だった。

　再び智久から連絡がはいったのは六時少し前。今、竜神大吊橋の前で、これから頭を冷ましがてら歩いて帰るから、出迎えはいいという。そのことを麻生に伝えると、

「歩いて来るって？　竜神ダムから亀ヶ淵まででも四キロ近くあるんだよ。そこから折り返し、山道で二キロ。牧場君のヤワ足で大丈夫かな。血がのぼった頭を冷ましたいという気持ちは分かるような気もするが」

　そう言って心配そうな顔をしたが、

「大丈夫ですよ。散歩は好きでよくしてますから。碁のことを考え過ぎてしょっちゅう電柱にぶつかったり、車に轢かれそうになったりしてるみたいですけど。その点、あの道は車が走ってないぶん、逆に安全なくらいです」

　類子は笑って手を振った。

　それから二十分後、類子はいち早く対岸の道を歩く智久の姿を見つけた。竜のように曲がりくねった竜神湖自体の幅が、この付近だとせいぜい三十メートル。この高台から対岸の道までが二百メートルほどだろうか。

「あ、手を振ってる。おーい！」

　類子も負けずに大きく手を振り返し、廃墟前の平地にいた大館と弥生と家田の三人が「青春だねえ」と微笑ましく顔を見あわせた。

智久の姿が再び見えなくなってから三十分ほどたち、

「もう亀ヶ淵を過ぎたかな。私、やっぱり迎えに行こうっと」

類子が椅子から腰をあげると、

「ああ、それがいい。ただ、今日は緑川君が夕食に腕を揮う日だから、あまり途中で道草を食わないようにね」

「道草なんてしませんよーだ」

大館に下唇を突き出してみせ、山道におりる岩場へと向かった。

険しい山道は上りよりも下りのほうが慎重さを要する。下手して足を滑らせでもしたら、よくて突いた手の皮がズル剝け、悪くすると尾骶骨を尖った岩に直撃なんて悲惨なことにもなりかねない。急ぐ必要はないのだし、一歩ごとに足場を確かめ、ゆっくりゆっくりおりていったので、アップダウンの少ないところまで辿り着くのにけっこう時間がかかった。

そこからは軽がると足を運ぶ。しっかり軍手も用意してきたので、顔に押し被さってくる藪も何のそのだ。そうしてもうすぐ、初日にいったん休息した沢に出ようとしたとき、ドスンという何か大きな鈍い音とともに、

「キャッ!」

先の方向から鋭い悲鳴が聞こえたのでぎょっとした。

智久の声だ！　そう思うと体のほうが自然に反応した。弾けるようにダッシュして、沢への急な下り坂もいっきに駆けおりる。見渡したが川辺に智久の姿はない。板を渡しただけの橋を走り抜け、そこから再び山道へと駆けあがる。そうして道を塞ぐ木々の枝や笹の葉を掻き分けながらしばらく走ったところで、地べたに尻餅をついた智久の姿が眼にはいった。

「どうしたの⁉」

「ああ、類ちゃん――」

智久は一瞬ほっとした表情になったが、次の瞬間、きつく顔を顰めた。見ると、智久が横に投げ出した足から血が流れ、その傍らにはひと抱えもある大きな岩が転がっている。

「ああ、大変！」

慌てて駆け寄り、怪我の様子を確かめようとした。ズボンの裾が大きく裂け、そこを捲ると脛の外側がいちめん皮も肉もギザギザの血まみれになっていた。

「どうしよう、どうしよう！」

身も世もなくうろたえる類子に智久は、

「自分で動かしてみたんだけど、大丈夫、骨は折れてないみたいだから」

「だって、こんなに血が！　ああ、こんなものしかない！」

ポケットからハンカチを取り出したが、そんな大きさではとてもまにあわず、せめて膝下をきつく縛って止血を試みた。

「どうしたの。この岩が落ちてきたの？」

「うん。あそこから。危なかったよ。慌ててとびのこうとしたけど、まにあわなくて」

智久が指さす頭上を見ると、崖の上から大きく岩棚が迫り出している。

「あの高さから？　ホントに危なかったんだ。よかった」

類子は身を縮めて胸を撫でおろし、そして今度は全身の力を呼び戻そうとするかのように足を踏ん張って、

「よし。じゃあ、おぶさって！」

言いながらくるりと背を向けた。

「え。自分で歩けるよ」

「ダメよ。無理しないで。また足を滑らせでもしたら、もっとひどいことになっちゃうじゃない。さあ、早く！」

「うーん、じゃあ、悪いけど」

智久が素直におぶさると、類子は「よいしょっと」と担ぎあげた。

「重くない？　大丈夫？」

「こんなの軽い軽い。練習でも智久君よりずっと重い女子部員を背負って、校庭を何周もさせられてるんだから」

そう言ってずんずんと歩き出した。沢への下りは慎重にも慎重を重ねたが、その先は練習の延長だと思えば何でもない。だが、さすがに最後の岩場はたちまち息が切れ、途中でぶるぶると足が震え、力まかせに登りきったところで智久ともどもひっくり返ってしまった。

「あ。類子ちゃん！　どうしたの」

たまたまその場にいた弥生が驚きの声をあげ、永田も何事かと駆け寄ってきた。

「智久君が落石で怪我したの。誰か、手当てしてあげて！」

その訴えに慌てて永田が廃墟に舞い戻り、大声で急を報(しら)せてまわったので、たちまちその場は大騒ぎになった。

男どもはたいがいオロオロするばかりだったが、いちばん落ち着いていたのはオーバーオール姿で現われた美沙子だった。傷口の状態を確かめ、自分が持ってきた薬缶(やかん)

の水で血を洗い流し、麻生が持ってきた救急箱から軟膏を選び出してガーゼに塗りつけ、包帯できっちり巻き固めて手際よく処置をなし終えた。

「これでよしと。大丈夫。見た目は派手だけど、そんなに深い傷じゃないから。本人の申告通り、骨にも異常はなさそうだし。今日はもう遅いからアレだけど、明日、念のために病院で診てもらえばＯＫ」

そう太鼓判を捺す様には貫禄さえ感じられた。

「彼女、今の仕事の前は看護師をしてたんですよ」

エプロン姿の緑川の説明に、

「ああ、そうなんだ。道理で。これは頼もしい」

小峠が分厚い手で片頬をさすりながら言った。

「落石があったんだって？」

永田の問いかけには智久が、

「そうなんです。亀ヶ淵からの山道の途中で、上に岩棚が迫り出した場所があるでしょう。実は僕も歩くだけで精いっぱいで、頭の上にあんな岩棚が突き出ていることに気づいてなかったんですが、その上からこれくらいの岩が」

と、大きさを示してみせた。

「それはひとつ間違うと命も危なかったねえ。囲碁界の至宝である牧場君がそんなことになっていたらと思うと、今更ながらにぞっとするよ。また崩れ落ちてこないとは限らないから、よく調べておかなきゃいかんな」

　胸を撫でおろす麻生に大館が、

「でも、岩棚の上なんてそんな危なそうな場所、素人の僕らが下手に調べに行って大丈夫でしょうか」

「それはもちろん、業者さんたちに頼んでね」

「ああ、なるほど」

「しかし、めでたく覇王戦に優勝した矢先に、ずいぶんひどいめに遭ったもんだね。まあ、そのおかげで類子ちゃんにおんぶして運んでもらえたわけだから、悪いことばかりじゃなかったかな」

　井川のからかいに、

「それと怪我とでチャラってわけには――」

　と智久は口を尖らせたが、

「そうですか。僕なら類子さんにおんぶしてもらえるなら、それくらいの怪我も厭(いと)いませんけどね」

家田がそう言って一同の笑いを誘った。

ともあれ、もう夕食の準備は整っているということで一同は地下の広間に落ち着き、緑川の調理したパエリア、シチュー、キノコのホイル焼き、チーズフォンデュという品じなに舌鼓を打った。

「いやあ、いつもながら見事な腕前だねえ。こんな場所でこんなご馳走（ちそう）を味わえるとは、有難い、有難い」

大館に続けて麻生も、

「全く。これなら充分店を出せるだろうに」

「そういえば、ミステリ作家の日影丈吉（ひかげじようきち）はプロの料理人でもあったんですよね」と、家田。

「ええ。帝国ホテルの料理長だったとか」

弥生が返したところですかさず永田が、

「おっと。一部、経歴にそう書かれてはいるが、それは間違いだね。フランスに留学して、帰国後、フランス料理の研究・指導にあたり、また料理文化アカデミーでレストランやホテルのコックにフランス語を教えていたんだが、その生徒のなかに後の帝国ホテル料理長の村上信夫（むらかみのぶお）がいたことから、そのへんが混同されて伝わってしまったらしいんだな」

と、煩（うるさ）いところを見せた。そしてその永田が、

「ところで、涙香がここを建てた時期についてなんですが――」

麻生に向きなおって言い出した。

「涙香がここを建てたのは彼の性向からして、避暑が目的でないのは明らかでしょう。やはり誰にも知られぬ隠れ家を持ちたい、そこで自分だけの楽園を築きたい願望としか考えられないですね。そしていろは公募の明治三十六年から『聯珠真理第四版』の四十四年までの期間という制約から――いや、その制約を取りはずして考えても、彼にその願望が最も強く生じたであろう時期は、四十一年以前の数年間でしょう。少なくともそれ以降は、どうしても隠れ家を持ちたいという強い願望は失われたはずですからね。そしていろは四十八首を作成する期間も考えれば、この隠れ家を建てた時期は明治三十九年から四十一年のあいだに絞っていいのではないですか。これは『萬朝報（よろずちょうほう）』は好調であるいっぽう、それまでほとんど途切れなく続けられてきた彼の連載がどんどん滞（とどこお）りがちになり、中絶も二作続き、ついに長い休筆期間にはいっていく時期と重なっていますしね」

「うんうん、なるほど」と頷く麻生に、

「明治四十一年以降は隠れ家を持ちたい願望が失われたはずって——その年に涙香さんに何があったんですか」

　類子が何気なく尋ねると、

「うん。そう。最初の妻である真砂子との離婚だよ」

　麻生は妙に歯切れの悪い口振りで答えた。そして代わって永田が、

「この離婚にあたって、涙香は『萬朝報』に前代未聞の離婚広告というのを掲載しているんだよ。『広告　私し共両人夫妻の関係を継続し難き事情相生じ候に付共議の上互に離縁致候　此段辱知諸君に謹告仕候也　黒岩周六　右妻たりしのぶ子こと通称真砂子　明治四十一年九月』というのがその全文だ。ちなみに『のぶ子こと通称真砂子』となっているのは、涙香の母の名も信子だったので、妻に内外でその通称を使わせていたことによる。そして涙香がわざわざこんな広告を出した本意は、すべての知人や関係者に向けての『我々はもう赤の他人になったのだから、彼女から援助を求められても聞かないでもらいたい』という忠告だったに違いないんだよ」

「援助を求められても？　どういうことですか」

　首を傾げる類子に今度は麻生が、

「うん。まだ若いお嬢さんの前では言いにくいんだが、この真砂子夫人はとんでもな

い悪妻でねえ。家庭を全く顧みず、博打が大好きであちこちに借金を拵え、おまけに身持ちが悪いというのか多淫というのか、役者や芸人としょっちゅう泊まり歩き、涙香が贔屓にしていた力士の荒岩とまでねんごろになる乱脈ぶりだったんだよ」

「うわ。そうだったんですか！」

類子は思わず眉を八の字に曲げたが、さらに永田が、

「しかし、真砂子にも同情の余地がないでもない。それは涙香にも暗部というべき側面があったからだよ。真砂子との結婚期間、涙香は真砂子の母親である鈴木ますも同居させていたんだが、問題は涙香とこのますとの関係なんだ。そもそも涙香とますが知りあったのは、彼がまだ記者生活をはじめてまもなくの頃、ひとときますの下宿屋で暮らしたことによる。一度結婚に失敗しているますは女盛りで、若い涙香——当時は黒岩大と名乗っていたんだが——はたちまちその情人となった。のちの遊芸百般の先駆けともなる花札を手ほどきしてくれたのもますだ。『萬朝報』の創刊にあたっても身を砕いて尽力するなど、実質夫婦同然の関係と言っていい。だが、十以上年が離れていることに世間体を憚ってか、ますは涙香を娘の真砂子と結婚させ、その上で涙香との同居生活にはいるんだ。恐らく、その後も二人に男女の関係は続いていたのではないだろうか。いささか下司な言葉でいえば、親子丼というやつだ」

「ひええ」と、次に声をあげたのは家田だった。

「従って、もともと涙香は真砂子にさほどの愛情を抱いていなかったと考えていいだろう。真砂子も初めのうちは事情を呑みこめていなかったかも知れないが、二人の関係を知ったときはさぞショックだったに違いないね。まして、経済的に裕福になるに従って涙香も茶屋通いの足がどんどん繁くなるに至っては、まともでいられなくなるのも当然というわけだ。また涙香は涙香で、家庭内の空気が冷え切るにつれ、もともときつい性格だったますへの気持ちも義理立て以上のものではなくなっていったに違いない。自身がさんざんやってきたスキャンダラスな記事を逆手に取られ、他社からそのあたりの事情を事細かに暴き立てられたこともあったが、涙香はいっさい反論も弁解もしなかったそうだ。そして涙香がついにたまりかねて離婚に踏み切ったのは、ますが亡くなった一年後、母親の一周忌に真砂子が荒岩の弟子と遊び呆けて戻ってこなかったときだというね」

「凄ぉーい。完全な家庭崩壊ね」と、美沙子。

「まあ、そういうわけで、真砂子と離婚するまでの期間、涙香にとって家庭は全く安息の場所ではなかったんだよ。だからこそ芸者栄竜に愛情と安らぎを求めたにせよ、それでも別途、自分だけの隠れ家を持ちたいという願望も強かったんだろう。実際、翌々年に芸者の栄竜、本名すがと結婚してからは角が取れて、ずいぶん柔らかくなったと家族の証言があるからね。そしてその時点で、この隠れ家への執着もいっきょに解消してしまったんじゃないのかな。だからすが夫人にはその存在を伝え、一、二度くらいは連れて来たことがあったかも知れないが、さらに七年後の増屋の廃業の際にあっさり売却したんじゃないかと今は想像しているんだがね」

ひと通り語り終わったらしい永田の話に類子が、

「うーん、涙香さんにはそういう側面があったんですね。これまでどんどん涙香さんが好きになってきてたのにィ。これって、涙香ファンには常識的なことなんですか？」

すると麻生が、

「いや、普通のファンはどうだろう。まあ、そこまで知っていればマニアの類いかな。ただ、何度か話に出た山田風太郎の『明治バベルの塔』が、涙香のこうした暗部にもふれているので、そっちから知ったというケースはけっこうあるかも知れんね。

――そうそう。これも一般のファンにはあまり知られていないだろうが、栄竜との再婚後の明治四十四年、朝報社内の入念舎から『淑女かゞみ』、翌年には『婦人評論』と改題される雑誌が創刊されて、前々から婦人教育の重要性を感じていた涙香はそこに次々と女性問題に関する論説を発表していったんだ。その代表作が『小野小町論』で、歴史ミステリのような興趣を添えつつ、生涯仁明天皇以外の男性に心を移さなかったとして、小野小町の一途さを高く賞賛している。そしてこうした問題意識に、もちろん彼の特殊な女性経験が大きく投影しているのは間違いないね」

「へえ。でも、それって結局女性に貞操観念を訴えかけるものなんでしょう？　男性側の貞操観念についてはどうなんですか」

「まあ、そちらへの言及はほとんどないね」

類子は大きく胸を反り返らせ、

「そんなあ。それって不公平。時代的に仕方ないかも知れないけど、そこは涙香さんの限界だったんじゃないですか？　だいたいどっちが浮気をするかといえば、はるか昔から男の浮気のほうが圧倒的に多いに決まってるのに」

そう言ってぎろりと智久のほうを横目で見た。するとすかさず井川がその所作を受けて、

「おや、牧場君も脛に傷が？——ああ、本当だ。こんなに大きな傷が」

「何言ってるんですか、もう」

膨れっ面をする智久に一同の笑い声があがったが、特に家田にやたら大ウケだっ

た。

　二十三日。崩れ落ちた土砂の撤去と清掃もそろそろ完了ということで、この日は業者たちの作業の最終日となっていた。そして仕上げの作業も終わり、機材の片づけもすませたところで、麻生は山道の途中の岩棚の上を調べてほしいと依頼した。「分かりました」と、彼らが廃墟を出たのが昼過ぎ。そして戻ってきたのは一時間ほどのちだった。

　彼らの報告によると、岩棚は硬い一枚岩だし、その上に転がり落ちるような岩も見あたらない。十五メートルほどひっこんだところには岩くれがゴロゴロしているものの、そこから自然に岩が転がってきて落ちるような危険性もほとんどないだろうということだった。

　その報告は少なからず一同を驚かせた。

「そんな。だったら昨日の落石は何なの!?」

　類子の大声に、智久も無言ながら怪訝（けげん）そうに首をひねった。

　そして業者たちは「ここから岩棚の上までの短いルートも見つけました。途中の沢への上り下りもあまり高低差がなくて、下のルートよりずっと楽でしたよ」という報告をつけ加えた。

業者たちを送り出したあと、

「もしかして、誰かが故意に岩を落としたなんてことはないでしょうね」

真っ先にその疑問を口に出したのは井川だった。

「まさか」

ぶるんと首を横に振る麻生に続けて大館も、

「そうですよ。だいいち、誰がそんなことを？　もしそうなら通り魔としか考えられないですが、そんな人間がこんな人も滅多に来ないような場所に出没しますか？」

「ああ。だからきっと、たまたまひとつだけその岩が端っこにあったんだよ」

小峠の言葉に、

「それならいいんだけどね」

井川はひとまず矛を収めたが、モヤモヤと燻った気分はそのまま残った。

ともあれ、問題は智久の怪我の状態だが、本当は念のために病院で診てもらうのがいちばんいいにせよ、まだ痛みの残っている今の彼の足で亀ヶ淵まで歩かせるのは酷だし、誰かが背負っていくのも大変な上に危険だしで、ひとまず美沙子の処置だけで経過を見ようということになった。

嵐

そして夕刻が近づくにつれ、次第に空模様が怪しくなった。それまで晴れ渡っていた空にどんどん黒い雲が湧き出し、あれよあれよという速さで流れ過ぎていく。見晴らしのいい高台からその様を眺めていると、少し恐いくらいだった。

上空だけでなく、地上でも風が強くなってきた。木々が身をくねらせるように波打っている。時どき突風が髪を嬲って走り過ぎ、廃墟の天蓋を覆っているビニールシートをバタバタとはためかせた。

「台風が来るのは明日じゃなかったのかね」

おもむろにシートの点検にかかった麻生に、

「ええ。今でも予報はそうなんですが、全国的に意外に早く影響が出てきているみたいです」

大館も慌てて駆け寄りながら答えた。

緑川が腕を揮うのは一日置きのローテーションなので、この日は智久への気遣いもあり、全員外食には出ず、ありあわせのもので夕食をすませた。食後、コーヒー・タイムにはいる前に小用で一階から降りてきた家田が、「もう降り出してます」と報告した。それを受けて大館が、

「もしかすると、『明山ニ嵐新タナリ』というのはこの台風を予言していたんじゃないだろうな」

冗談ぽく呟くと、

「この台風が足尾台風と同じくらいの被害をもたらすというのかね。まさか、縁起でもない」

麻生が苦笑まじりに肩をすくめた。

緑川が淹れたコーヒーが振る舞われ、何人かにはアルコールもまわると、昼間に井川の呈した疑問が再び話題にのぼった。そしてそれを切り出したのは小峠だった。

「あれからずっと考えてたんですが――。ええ、例の落石のことですよ。僕自身、たまたまひとつだけ端っこにあった岩が落ちたという説を唱えはしたんですが、仮に、もしも、万が一、ひょっとしてあれが人為的なものだったとすると、その理由とし

て、ここの発掘調査の妨害というのは考えられないだろうかって」

その言葉に麻生が眼を瞬(またた)いた。

「発掘調査の妨害？　どうしてそんな」

「理由はもちろん、ここを発掘調査されるとマズいことがあるとしか考えられないですが」

「マズいこと？　涙香の隠れ家が明らかになることがどうしてマズいんだね」

大舘も、

「そうですね。涙香の恥になるようなものがここにあって、遺族とか熱狂的なファンが既にそのことを知っていた――なんてこともありそうもないですし」

「だよなあ。岳母との関係をスッパ抜かれただけで普通なら充分以上に恥ですから、この上少々何があったって。だいいち、既にそんなものの存在を知っていたなら、さっさと処分してしまえばいいはずでは」

家田も言ったところで、あっと声をあげたのは弥生で、

「涙香に関係があるとは限らないですよ。ミステリでよくあるパターンじゃないですか。犯人が死体をある場所に埋めておいたら、そこで工事とかが行なわれることになって、慌ててそれを阻止しようとするっていう――」

「ああ、ナルホド。それはありますね！」

家田がパキンと指を鳴らすと、

「うん。僕もそれを考えていたんですよ。まあ、見つかって困るのは死体に限らないでしょうが」

小峠も心強そうに頷いた。

「しかし実際、それらしいものは見つかってないが」

麻生の疑問にも、

「すぐに見つかるような場所ではないんでしょう。でも、犯人にとってはいつ見つかってしまうか気が気でない――」

すると井川がうーんと唸りながら、

「ということは、こういうことか。犯人はこの廃墟かその近くに、死体かそれに準ずるものを隠した。しかし、彼はそこが黒岩涙香なんて有名人縁のものとは知らなかった。そしてつい最近、涙香の隠れ家発見のニュースを何かで聞きつけ、その場所がまさしく自分が選んだ隠し場所であることを知った。そこで慌てて駆けつけたが、既に我々調査隊が現場に陣取ってしまっていて、こっそり忍びこんでモノを処分するような隙もない。そこで調査自体の中止は無理でも、せめていったん中断に追いこんでおいて、その隙にモノを処分するために、人命に関わるような大きな事故を起こそうとした――」

「うん。それはよく整理されてる。まあ、おおよそそういうことだ」

そこで類子が憤然と、

「じゃあ、そんなことのとばっちりで、たまたま智久君が狙われたってこと？　大きな事故ほど都合がいいなら、死んでもいいつもりでやったってことね？　冗談じゃない！」

きつく握りしめた拳を振りあげた。

「どうしたの、智久君。さっきからずっと黙りこんじゃったままで。ここが推理のしどころでしょ。それとも、殺していいつもりで岩を落とされたってことで、今になってビビっちゃった？」

言われた智久は両手を頭の後ろにやり、

「今になってということはないよ。殺意の有無がどうあれ、あのときはひとつ間違えば命がなかったのは確かだから」

大きく椅子に凭れかかりながら返した。

「とにかく、涙香の隠れ家発見なんて、一般のニュースにはなっていないでしょ。たまたまにしろ、そんなマニアックな情報を聞きつけたのなら、犯人はかなりのミステリ・ファンじゃない？　それも、あたしみたいにファンクラブに加入しているレベルの」

美沙子の言葉に、

「そういえば、このあいだ亀ヶ淵で会った女の子たちもそうだったようだしね」

大館の相槌に、

「ふむ。犯人はその種のネットワークを持っているミステリ・ファンか」

井川が腕組みして唸ったが、智久がクシャクシャと髪を掻きまわしながら、

「小峠さんの線に沿ってということなら、もうひとつ可能性があげられるよ。犯人は隠れ家発見のニュースなんてまるで知らなくて、ただ久しぶりに現地の様子を見にきたところ、何者かよく分からない僕らが陣取っているのに驚いた。そのあとはさっきと同じ、というのはどう？」

「ああ、そうか。となると、犯人はミステリ・ファンという縛りもなくなっちゃうね。結局、これで犯人を絞りこむ手立てはゼロに逆戻りか」

「それで、どうします？」

大館の問いかけに、

「どうするって？」と、麻生。

「警察に相談しますか？」

「警察にか。うーん」

「ただ、今のこれだけの状況で、まともにとりあってくれますかね」と、緑川。

「まあ、望みは薄いだろうな。たとえ本格的に調査してみても、何者かが故意に岩を落とした確証が見つかる可能性はわずかだろうし」

　小峠に続けて弥生も、

「ですよね。どこの誰とも分からない犯人がここに死体を隠したなんてミステリじみた話、笑ってすませられるのがオチですよね」

　小さく肩をすくめてみせた。

　とはいえ、このまま何もしないでまた何かあったらというので、いちおう明日になったら通報だけはしておこうかということになった。

「ところで、これからはきちんと戸締まりしないといけませんね」

「そうだね。今回だけでなくて、これから先のこともあるから、早急に鍵を作っておかないといけないな」

　大館と麻生のやりとりに、

「そういえば、この上のドアの鍵はどんなふうになってるんですか」

　と井川が尋ねると、

「今まではコンベアを設置していたので開けっぱなしだったからね。いや、錠はついているんだが、肝心の鍵がどこにも見つからなくてねえ。ただ、内側からは把手をひねってロックできるシステムだから、とりあえず今回の調査期間のあいだは大丈夫だよ」

「この階の個室もみんな同じシステムですね。鍵はやっぱり見つかっていないんですか」

「いや、そちらはあった。鍵は一本で、すべてのドアに共通だ。ただし、錆びついてか、泥が詰まってか、まともに鍵がかかるのは『寅』と『卯』と『亥』の三部屋だけなんだがね。うん、ちょうど女性に使ってもらっている部屋だ。その鍵を僕が持っているというのも何だから、榊さんに預かってもらっている」

　すると美沙子が「ああ」と言ってその鍵を取り出し、

「あたし、夜中は酔っぱらっちゃって使いものにならないことが多いから、これ、弥生さんに預けておくわ」

「必要になることはあまりないでしょうけど、それじゃ、いちおう」

弥生が受け取ったところで智久が、

「さっき、上のドアに関して、今回の調査期間は大丈夫と言われましたが、鍵がない以上、全員がここを空けるのは避ける必要がありますね」

言われて麻生は頭の後ろをぴしゃりと叩き、

「あ、そうか。確かに留守番を置いておく必要があるね。とにかく早いうちに鍵屋さんに来てもらって、鍵を作っておかないと」

そこで類子が口を尖らせるようにして、

「もし犯人が死体か何かを、この建物じゃなくて、近くの土の下にでも埋めているなら、私たちが寝てるあいだにさっさと処分してくれればいいのに」

その呟きに家田が、

「ああ、そうですね！　そうしてくれたらもう安心だ！　犯人にそう呼びかける貼り紙でも出そうかな」

勇み声をあげたが、

「バカ言ってんじゃないの。わざわざこっちが犯人の存在に気づいたことを報せてどうすんのよ。ますます警戒させるだけでしょ。だいたい、隠し場所が近くの土の下じゃなくて、やっぱりこの建物内部かも知れないんだし」

既にかなりアルコールのはいった美沙子に一蹴され、「そうか」と頭を掻いた。

「確かに、死体ならこの建物内部にあるとは思えないが、それ以外のものなら可能性は捨てきれないな。もしそうなら、いったい何なんだろう。麻生さん、心あたりはありませんか」と、井川。

「はてねえ。ここでいろんなものが見つかってはいるが、そのなかにそんなものが紛(まぎ)れこんでいるとは思えないんだが――」

「その点についても牧場さんの意見を聞きたいな」

美沙子が水を向けたが、智久は依然、頭の後ろで手を組んだまま、

「うーん、どうなんでしょう。僕は基本、暗号いろはのことで頭がいっぱいで」

そんな彼の前のテーブルには、件(くだん)のいろはを書きつけた紙がひろげられている。

雀斑似合ひ　偏奇得ね
蓼抜ける文　これ置くも
一途和流の　徒を目なせ
歩し参らむ夜　八叉路ゆゑ

そはかすにあひ　へんきえね
たてぬけるふみ　これおくも
いちつわりうの　とをめなせ
ほしまゐらむよ　やさろゆゑ

「大きな対局が終わってすぐなのに、ご苦労さま。でも、その超人的頭脳をもってしても進展なし？　涙香さんも、牧場さんにこれだけ脳味噌搾ってもらえて本望でしょうね」

「解かれてこそ本望でしょうから。しかし、難しいです。これが『酉』の間にあることも意味があるのかなあ。やっぱり何か、前段階となるものが抜けてるとしか思えないんだけど――」

そこで類子が、

「そうなると、やっぱりアレじゃないの。四十九番目のいろはってやつ」

「それも繰り返し考えてるんだけどね。とにかく四十八首揃えたってことは、絶対四十九番目があるはずなんだよなあ。意味の通った歌を求めるのがそもそも間違いなんだろうか。それにしたって、どういう順番で繫がるかの手がかりがないと――」

「この前の見取り図は今ないの？　だったら書いてみて。全部憶えてるんでしょ」

「うん、いいよ。ええっと、『子』から順番に〈つ・は・い・ち〉、『丑』が〈の・ま・に・え〉、『寅』が〈ひ・さ・と・た〉……」

そして前回と同じ図面が出来あがった。

「へえ。智久君、北から右まわりに記憶してるのね。面白ーい」

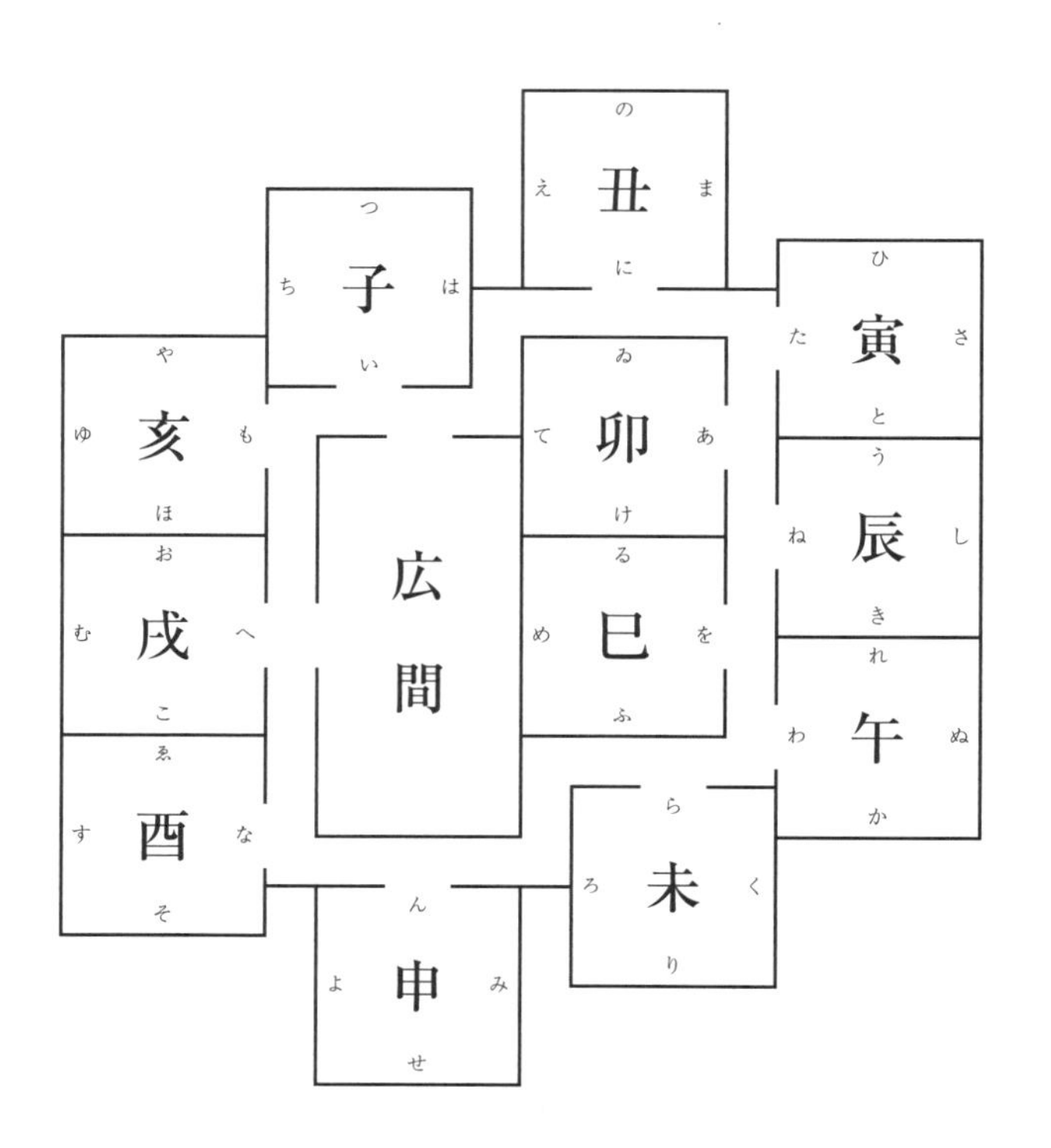

の
え
丑
ま
に
つ
ち
子
は
い
ひ
た
寅
さ
と
や
ゆ
亥
も
ほ
ゐ
て
卯
あ
け
う
ね
辰
し
き
広間
お
む
戌
へ
こ
る
め
巳
を
ふ
れ
わ
午
ぬ
か
ゑ
す
酉
な
そ
ら
ろ
未
く
り
ん
よ
申
み
せ

その言葉を智久が「え？」と聞き咎めて、

「類ちゃんならどんなふうに憶えるの？」

「もちろん憶えてはいないけど、私は最初にいろはに出会ったとき、どの部屋でもドアの内側から右まわりに見ていったから」

「ドアの内側から順に？　そうか。それが普通なのかな。この広間の天井の図案のせいで、事前に頭のなかの地図に方角づけがされてたもんだから」

そう呟いてその図と睨めっこしていたが、ほんの数秒で、

「あっ！」

智久は額に手をやって小さな叫び声をあげた。

「どうしたの？　何か見つけた？」

「これ。この『午』『未』『申』の部屋を類ちゃんの順番で拾っていくと、〈われぬからくりろんみせよ〉。これ、意味が通じそうじゃない。ああ、どうして今まで気がつかなかったのかな」

その指摘に、ほかの者も我勝ちに図面を覗きこんできた。

「ええっと。初めからその順番で、七五調に書き分けていくと……」

いちつはにえの　またひさと
あけてゐねうし　きをふめる
われぬからくり　ろんみせよ
なそするゑへこむ　おもほゆや

「ああ、そうだ。この読み方も一度は試してみたんだ。だけど、最初のほうがまるで無意味に思えたものだから、これはダメだと、すぐに途中でやめてしまったんだよ。そのとき、最後まで読み通していればよかったんだ！　馬鹿だなあ」

智久は拳固(げんこ)でポカポカと自分の頭を叩いた。その勢いに弥生がハラハラした顔で、

「やめてやめて。大事な頭にそんなことをしたら。――でも、最初のほうはやっぱり意味がよく分からないわね。最後は『思ほゆや』で間違いないでしょうし、『するゑ』も旧仮名遣いから『末』に違いないわ。そしてこの『ゐ』は――和語でこんなふうに続く言葉は思いあたらないから――『ゐねうし』？　もしかすると『いにょうし』かしら！」

そしていつも携帯している辞典を急いで引いていたが、

「やっぱりそうだわ！　これは『囲繞(いにょう)し』よ！」

「囲繞って？」

首をひねる類子に、

「まわりを取り囲むという意味よ」

「『きをふめる』の『ふめる』は、多分、足で踏むの『踏む』ですよね。『われぬからくり』の『われぬ』はカチ割るの『割る』でしょう。『ろんみせよ』の『みせよ』も眼で見るの『見る』に違いない。そうすると――」

遽しく言って、智久は先程のひらがな歌を漢字交じりに修正していった。

いちつはにえの　またひさと
あけて囲繞し　きを踏める
割れぬからくり　ろん見せよ
なそ末へこむ　思ほゆや

「『きを踏める』の『き』は季節の『季』かな」と、小峠。

「『あけて』は箱を開けるの『開けて』か、夜が明けるの『明けて』か。ああ、家を空けるの『空けて』もあるな」

家田が言うと、

「『あげて』という読み方もあるわよ。手を上げるの『上げて』や、天ぷらを揚げるの『揚げて』――」

弥生がつけ加えた。

「『ろん』は異論反論の『論』ではないかな」と、永田も口を添え、

「『なそ』はズバリ『謎』かしら。それとも『何ぞ』、あるいは『汝ぞ』とも考えられるわね。それに『へこむ』も、助詞の『へ』に『来む』が続いているのか、それとも動詞の『凹む』なのか。もし『なそ』の『そ』が係助詞の『ぞ』だとしても、助動詞の『む』は連体形も『む』なので、係り結びかどうか区別がつかないのは痛いわねえ」

弥生が残念そうに肩をすくめた。

「係り結びか。懐かしい響きだなあ。確か、係助詞のうち〈ぞ・なむ・や・か〉だと、あとに続く活用語は連体形で、〈こそ〉だと已然形で結ぶんでしたよね。ああ、已然形って言葉を口にするのも何年ぶりだろ！」

機嫌よくそんなことを言う家田もかなりアルコールがまわっているようだ。

「いちおう、小峠さんと永田さんの説を取り入れてみましょうか」

智久は新たに漢字を交えて書きこんだ。

いちつはにえの　またひさと
あけて囲繞し　季を踏める
割れぬからくり　論見せよ
なそ末へこむ　思ほゆや

「いやあ、いっきょにずいぶん解明が進んだじゃないか。凄い凄い！　さすがなものだねえ」

麻生はもうすっかり有頂天(うちょうてん)といった態(てい)だが、

「いえ、まだ突破口の場所が見つかっただけです。ここから先の迷路がまだまだ大変でしょうから」

智久は右手の薬指の先を眉のあたりにコツコツとあてて考えこんだ。

「わお。超人的頭脳がフル回転モードに突入？　さすがのオーラ。絵になるわあ」

美沙子が両肘をつき、指を組んだ上に顎を乗せて、うっとりとその姿を眺める。

「結局、今回も突破口を見つけるきっかけを作ったのは類子さんだったね。やっぱり来てもらって正解だったよ」

「ですね。それでなくとも、女性は多いほうが華があっていいですよ」

大館も眼の下を赤くして頷いたが、

「華は牧場さん一人で充分。何なら写真集でもいいわ。ねえねえ、家田君、やっぱり牧場さんの本を作って。たっぷり写真入りの。あたしが五十冊買うから」

美沙子の言葉に、家田が真剣な顔で腕組みし、「確かにそれはイケそうですね」と洩らした。

「だったら、僕は菱山さんの本が欲しいな。作品とご本人の写真をいっぱい使った、フォト・ブックみたいなやつ」と、小峠。

「じゃあ、僕は類子さんで。剣道少女が主人公のフォト・ストーリーになってて、物語にあわせて菱山さんの短歌が添えられるというのはどうですか」

井川もそんなことを言い出し、

「わあ、困ったな。ここだけでそんなにポコポコ企画が出て。僕一人じゃ手に負えない」

家田が頭を抱える仕種がおかしくて、広間は笑い声に包まれた。

そんなふうなので、死体をこの近辺に隠した犯人の存在というのも、全員あくまで話半分の感覚でいるのが実際のところだろう。ミステリ・ファンを自任している集まりなので、どうしてもそんな凶々（まがまが）しい可能性を寄ってたかってふくらませずにいられないのだ。まあ、私自身も充分その一人であるのに間違いないのだが。――と、類子はそう思った。

　ともあれ、しばらくそんな雑談が続いていたが、それもまるで耳にはいらないように考えこんでいた智久は、

「問題はやっぱり一行目なんだよなあ。『いちつはにえの』の『いち』『に』は数字だと思うんですよ。だけど、『つは』は唾液の『唾（つば）』や刀の『鍔（つば）』でまだいいんですが、『えの』というのが……。『えの』なんて単語があるんでしょうか」

　と、弥生に尋ねかけた。

「聞いたことないわね」

「そうすると、『の』は格助詞なのかな。『え』は入り江の『江』か、把手の『柄』か、枝の『枝』か……。絵画の『絵』は旧仮名だと『ゑ』になるから違いますよね」

「『またひさと』というのも何かしらね。『股』と『膝』？　それとも『また』は『未（ま）だ』かしら」

「僕は『また』は反復や同じくの『亦（また）』だと思うんです。『ひさと』で既に『さ』を

使ってしまって、数字の『三』が使えないので、その代わりに『また』にしたんじゃないかと。結局、この行は『つは』『えの』『ひさと』あるいは『ひさ』を順序だてて列挙してると思うんですよ」

「ああ、なるほど。『さ』をほかで使っているので、数字の『三』が使えなかったか。いろは故の制約ね」

「その次も分からないんだよなあ。『あけて囲繞し季を踏める』。開いて囲む？　上げて囲む？　わざわざ『囲繞』なんて言葉をひっぱってきてるんだから、この《囲む》というのに大きな意味があるに違いないんだけど。開いて囲む？　上げて囲む？……ウーン。いったい何だろう」

智久は腕を頭に巻きつけるようにして煩悶した。

「ああ、そうやって苦悩している姿も素敵。碁の対局でもそういう姿をよく見られるのかしら。もし、テレビやネットで放送されることがあるなら教えて。これからは絶対欠かさず視るから」

組んだ手を頬に押しあてる美沙子に、

「だったら碁も覚えないと。内容が分からないままずっと観戦するのも辛いだろう」

緑川がからかいの言葉を投げたが、

「それは大丈夫。あたし、スポーツもたいがいルールは分かってないけど、ファンの選手さえ出てれば飽きずにずっと見ていられるから。――でも、せっかくだから覚えてみようかな。牧場さんが手取り足取り教えてくれるなら、だけど」

「いいですよ」と、智久は気軽に答えたが、

「贅沢言ってるんじゃないよ。いいです、いいです。こんな酔っぱらいの戯言」

緑川が慌てて手を振った。

「ああん、ひどい。せっかく牧場さんが快く了解してくれてるのにィ。いいわよ。今度の会誌の編集、手伝ってあげないから」

「駄々をこねるんじゃないの。この間、牧場さんは百年の時を隔てて涙香と知恵較べしなきゃいけないんだから」

その殺し文句はなかなか効いたらしく、美沙子は「じゃ、しょーがないかぁ」と、テーブルにころんと顔を寝かせた。

「それはそうと、智久君、足の調子はどう？」と、類子。

「うん。化膿もしてないようだし、順調じゃないのかな。実は足首もちょっと捻ってたみたいなんだけど、そっちもだいぶ楽になってきたしね」

「足首も傷めてたの？　ダメじゃない。そういうの、ちゃんと言っておかないと。軽

く見てるとあとあとまで尾を引いちゃうかも知れないんだから」

「はあい」

素直な返事にみんな笑ったが、ひとり美沙子だけが「ああ、羨ましい関係」と胸の奥底からの溜息とともにこぼした。

「バカらしいからトイレ行こっと」

美沙子はそう言って立ちあがったが、もう足取りもヨロヨロしている。

「大丈夫ですか？　いっしょに行きましょうか」と類子が声をかけたが、

「ヘーキ、ヘーキ」

手でチョイチョイとあしらって階段をのぼっていった。そしてまわりの心配をよそにしばらくして戻ってくると、

「もうすっかり土砂降り。風も凄いし。ケータイやスマホで外と連絡を取るのはあきらめたほうがいいわね」と報告した。

「ネットで調べ物など、もってのほかか」と肩をすくめる永田。

「明日は一日中、もっと凄いんでしょう。どのみちそんな状態だと道も危なくて歩けないし。ずっと監禁状態ですね」

弥生の言葉に、

「まあ、ホント言うと、風呂は三日四日はいらなくてもいい派だからいいんだけどな」

小峠がプチ・カミングアウトした。

「犯人もこんな状況で外をウロウロするのは大変でしょう。いったん引きあげたんじゃないですかね」

「そうであってくれればいいんだが」

コーヒーを啜（すす）りながらゆったりタバコをふかす大館に、その場の総責任者であるだけに、麻生はやっぱり心配が晴れないようだった。

そうして九時をまわった頃、四十九番目のいろはを穴があくほど見つめていた智久が「うん？」と首をひねった。

「すみません。漢和辞典、いいですか」

弥生からそれを借りて急いでページをめくっていたが、

「ああ。やっぱり！　そうか。そういうことか。だとすると――」

再び額に手をあてて考えこもうとする智久に、類子が我慢しきれず、

「なあに、何、何？　解けたの？　教えて！」

「いや、まだこっちの暗号いろはだけだけど。肝腎なのは、この『きを踏める』とい

う文句だったんだ。この『き』は『季』でも『木』でも『気』でもなく、文字通りの『き』だったんだよ。初めに列挙した『つは』『えの』そして『ひさと』じゃなくて『ひさ』が、それぞれ『き』を踏むということなんだ。つまり、『つはき』『えのき』『ひさき』とね」

智久は言いながら、それらの言葉を書き出した。

「『つはき』『えのき』『ひさき』……？　ああ、そういうこと。で、もしかして、初めの二つは『椿（つばき）』と『榎（えのき）』？」

「そう！　そして今調べてみたんだけど、『ひさぎ』という言葉があるんだね。植物名。キササゲ、またはアカメガシワの古名と言われるが未詳、だってさ。こんな字を書くんだ」

そう言って開いた漢和辞典を差し出し、《楸》という漢字を指し示した。

「あ」という声が周囲から折り重なった。

「ね。ここまでくれば分かるだろう。『あげて囲繞し』の『あげて』は《こぞって》という意味の『挙げて』だったんだよ。『つは』『えの』『ひさ』がこぞって円をなしながら『き』を踏む。結果、『椿』『榎』『楸』という漢字が浮かびあがるというわけさ。まあ、『きを踏める』の『き』は、結果的に『季』をも暗示していたわけだけどね。いったんそうなると、『割れぬからくり論見せよ』という行は、それらしい意味あいを持たせながらも直接的な操作にはあまり関係のないジャンク領域じゃないかと思えるよね。そして最後の『なそ末へこむ思ほゆや』の『なそ』は『何ぞ』、『へこむ』は『～へ来む』に違いない。つまり、《いったい何が最後に来ると思うか》という問いかけになる。そうすると、その答えはもうほかにはあり得ない」

智久がそこで回答を待つように言葉を止めたので、

「『柊（ひいらぎ）』ね！」

類子は大きな声でそれに応えた。

「ご名答。結局、この暗号いろはが指し示しているのは『柊』という言葉だったんだ」

その結論に、真っ先に弥生が「凄ーい」と大きく手を叩いた。

「いやもう、さすがというか敬服のほかないというか。四十九番目のいろはを見つけて戴いた上に、その暗号まで解いてしまうとは――」

麻生も今度こそ有頂天の興奮を包み隠さなかった。

「だけど、柊？　何のことだろう。この近くに柊の木がありましたっけ？」

首をひねる家田に、

「実際の木だとしたら、涙香の頃から百年もたってるんだ。まだ残っているかどうか」と、永田。

「じゃ、何か柊に関するモノがあるのかな。上の崩れた階に柊の部屋があったとか？」

その言葉に麻生や大館がぎょっと眼を見張ったが、

「いえ、多分、そういうことではないでしょう。ここまでが暗号の前半で、ここから後半にはいるんだと思います。つまり、ここで登場した『柊』という言葉をもとにして、例の『雀斑似合ひ偏奇得ね』という暗号いろはが初めて始動する仕掛けになってるんですよ」

智久の言葉に、

「ああ、そうか。四十九番目のいろはと、あの雀斑いろはで、二段仕立ての暗号になっていたのか！」

家田が大声をあげた。

「じゃあ、じゃあ、その後半は？　もう解けたの？」

頭をくっつけんばかりに身を乗り出す類子に、智久は、

「やっとキーワードが分かったばかりなのに、そんなせっかちな。まあ、さっきから

考えてはいるんだけど、やっぱり難しそうだよ。『雀斑似合ひ』を『其は数に合い』と解するとして、『柊』を『数に合わせる』というところからして、まず分からないからね」

　頭を掻きながら言って、

「実はここ最近、次の『偏奇得ね』というフレーズは『偏消えね』――つまりある漢字の偏を取り去る意味じゃないかと見当をつけてたんだ。仮名遣いも『きえね』であってるしね。で、その操作を『柊』にストレートにあてはめると『冬』になる。でも、前段階の暗号いろはのなかで、いったん『冬』という漢字から『柊』を導き出してるんだから、ここでまた木偏を取り去るのも妙な具合じゃない。その意味でもきっと、いったん『柊』という漢字に『数に合わせる』操作をしておいて、その上で偏を取り去るんじゃないかと思うんだ。だけど、肝腎の『数に合わせる』という部分がいったいどういうことなのか――」

　ちょっと弱気な表情を浮かべてみせた。

「なるほど、なるほど。偏を取り去る、ですか。いやいや、そんな顔をされることはないですよ。牧場君のことだ。ここまでくれば、もうあとは時間の問題でしょう。こちらは大船に乗った気持ちで待つばかりですから」

麻生の言葉に、

「そうですね。とはいえ、涙香としても宝捜しの暗号とは訳が違うし、現に、連珠の珠型名にこめた暗号は解かれるのに百年かかったわけですから、この暗号もそうやすやすと解かれては立つ瀬がないでしょうが——。でもまあ、いったん牧場さんにロック・オンされた以上、時間の問題というのは間違いないですね」

大館も謎の解明を信じて疑わない素振りだった。と、そこで、

「もう。みんなすっかり牧場さんを頼りきっちゃって。ちょっとは自分が出し抜いてやろうって気概はないの？　これだけミステリ・マニアが雁首揃えていながら、情けないんだから」

美沙子が眠そうに瞼を弛ませながらもそんな管を巻いた。

「ウーム、それは耳が痛いな」

渋い顔をする小峠に井川も、

「そうだよ。ましてお前はパズル作家でもあるんじゃないか。多分、このなかで暗号を作ったことがあるのはお前くらいだろう」

「作るのと解くのとでは全然違うって。俺は解くほうは全然得意じゃないの」

「少なくとも、暗号を作る側の気持ちは僕らより分かるはずだろ。そういう視点から

見えるものもあるんじゃないのか？」

「そう言われてもなあ。涙香さんの暗号作りのパターンなり癖なりをぴしゃりと指摘できりゃいいんだろうが、そういうのは創作能力よりも分析能力に長けた奴に聞いてもらわないと」

そして小峠は大きく体をひねり、

「そもそもいろは作り自体がパズルみたいなものスよね。そのいろはに関してはこれだけの分析材料があるんだから、弥生さんには涙香の言語感覚なりロジックの組み立て方なりが、ある程度分析できてるんじゃないですか」

水を向けられた弥生も困った顔をして、

「それはどうかしら。正直、自分なりにはある程度つかめたような気はしてるけど、それを言葉で表わすのは難しいわ。それに、それを暗号のほうにまで応用して考えるなんて、とてもとても」

こちらに向けた手をぶるぶると振ってみせた。

「まあ、みんなもこれまでそうだったように、それぞれいちおうチャレンジはしてみるんだろうがね」

永田の言葉に智久も、

「ええ。ここまで煮詰まれば、あとは閃きの問題だけじゃないかと思うので、是非皆さんも考えてみてください」

そんなふうに呼びかけた。


後続の五人が到着した当初は夜遅くまで酒盛りが続いたが、日がたつにつれて切りあげの時間は次第に早まってきている。その夜も珍しく美沙子が真っ先に潰れ、「私たちもそろそろ」と女性陣が引きあげにかかるのを潮に、十時過ぎにいったんお開きのかたちになった。

その機会を見計らってか、井川が一階の扉の錠に関する夜間のルールをはっきり決めておきませんかと提案した。

「夕食のとき、全員が地下に揃ったのを確認してロックをかける。それ以降、トイレに出た者は戻ってきたとき、必ず忘れずにロックをかける。これでどうですか」

永田もそれに頷いて、

「うん。それは異論ないね。そういうふうに取り決めておけば、トイレに出たとき、ほかの者にロックをかけられて閉め出されてしまう事態も防げるわけだ」

ただ、夜中に一人でトイレに出るのはなるべく避けるに越したことはないと、そこで大半の者が順繰りに一階と往復し、智久も階段だけ井川の助けを借りて用を足した。類子もそれに加わったが、天井を覆ったビニールシートが終始バフバフと狂ったように音をたて、ホールのなかほどにまで横殴りに雨が吹きこんで、凄まじい有様だった。仮設トイレのなかには麻生が百円均一のショップででも購入したと覚しいミニサイズの懐中電灯が吊りさげられていて、映し出される自分の影が周囲の壁を這いまわるのにも脅かされた。

美沙子は少し前にトイレに行ったから無理に起こさずともいいだろうということで、類子と弥生、緑川の三人で『亥』の部屋に運びこんだ。着替えさせるのはとても無理なので、オーバーオールの恰好のまま苦労して寝袋のなかに寝かせておいて部屋を出ると、「念のため」と、弥生が外から鍵をかけた。この階のどの部屋の扉の錠も、外からは鍵で、内側からはT字型の真鍮の把手をひねってロックするシステムで、外から鍵をかけられても内側からあけられるので、閉じこめられてしまう心配はないのだ。

緑川はそのまま隣の『戌』の部屋にはいり、類子たちも自分の部屋に戻ろうと広間の前を通りかかったとき、なかには井川と小峠だけが残ってまだお喋りを続けていた。

弥生と類子は「おやすみ」「おやすみなさい」と言い交わし、それぞれ『寅』と『卯』の部屋に引き取った。類子はドアにロックをかけ、パジャマに着替えて寝袋にもぐりこみ、スマホで涙香の『幽霊塔』の電子書籍を読んでいたが、五分もしないうちに眠くなってきたので電源をオフにして胸元に引きこんだ。

何年も前に夢中でやっていたゲームのＢＧＭがずっと耳元で鳴り続けていたような気がする。ホラー味の濃いゲームだった。暗い画面。大きな壺。そのなかでグツグツと緑の液体が煮え滾る。天井から吊りさがる何本もの太い鎖。ゆっくり回転するいくつもの歯車。壺が傾き、煮え滾った液体が鉄の受け皿に注がれる。跳ねとぶ細かな緑の玉。驚いて走りまわるネズミたち。ガサガサ、ゴソゴソ、ガサガサ、ゴソゴソ……。

その動きが直接体を這いまわっているような感覚に襲われて、はっと眼が覚めた。眼が覚めても光ひとつない真っ暗闇だった。肌を這いまわっていた感覚はもうない。しつこく耳元で鳴り続けていた曲もきれいに消え去り、耳鳴りのするような静寂のなかに自分の呼吸音だけが響いていた。

胸元を探ってスマホを取り出して確かめると、三時十二分。もちろん午前だ。いったん寝つくと滅多に途中で眼が覚めないのに、正体不明の何者かがこちらを狙っているという想像のせいで、やっぱりちょっと神経が昂ぶっているのだろう。

今も嵐は吹き荒れているのだろうか。ここからだと何も聞こえない。類子はもう一度眠りにつこうとしたが、どうやらすっかり眼が覚めてしまったらしく、一分もしないうちにこりゃダメだとあきらめて起きあがった。

明かりをつけ、そのままぽつねんと立ちつくす。尿意はさほどないが、咽が少々渇いていた。正面のいろはを刻んだ銅板が眼にはいる。

蘭草編む庵　訪なへば　ゐくさあむいほ　おとなへは
桂紅葉す　錦繪の　かつらもみちす　にしきゑの
眩暈ぞせぬや　瑠璃蝶よ　めまひそせぬや　るりてふよ
尾根越え渡れ　雲路ゆけ　をねこえわたれ　うんろゆけ

もしかすると、涙香のいろはのなかでこれがいちばん好きかも知れない。絵巻のようだと弥生が評した通り、本当に何て映像的で綺麗なんだろう。
できれば四十八首——いや、隠された暗号いろはを含めて四十九首だが、どういう順番で作っていったのかを知りたいと思った。初めからいきなり四十八文字からはじまるいろはを作ろうと考えたわけではないだろうから、初めの文字がダブった作品もかなりあったに違いない。多分、軽く百首くらいは？　もしかするとその倍くらいも？　そしてそこから四十八首を厳選したのだろう。篩い落とされた作品はもう残っていないのだろうか。なかには出来の悪い作品もあるかも知れないが、できればそれらもみんな読んでみたい。きっと弥生も大喜びする貴重な資料になるはずだから。

だいたい、出来の悪いのは処分しちゃって、いいものばかりこうしてズラリと並べてみせるなんて、涙香さん、それはちょっとズルいんじゃないの？——類子はそんなふうに思ったのが自分でもおかしくて、小さく口の端をつりあげた。

飲み物は広間にまだいっぱいある。類子は真鍮製の把手をまわしてロックをはずし、ドアをあけた。通路にはところどころに電灯がさがっているが、それでも薄暗かった。床も壁も濡れたように光っている。ドアを半開きにしたまま出て、通路をひたひたと歩く。空気もひんやりと湿気ていた。

斜め向かいに『寅』の部屋。北東の角を左に曲がり、右側に『丑』の部屋。そして突きあたりを再び左に、そしてすぐに右に曲がると、広間の戸口が左手に見える。ドアのない、あけっぱなしの戸口。その奥から明るい光が洩れている。いつもは最後の人が照明を消していたように思うが、今夜は用心のためにつけっぱなしにしておいたのだろうか。広間にはいり、隅に置かれたポリ袋のところへ行くと、なかには缶とペットボトルの飲料がまだどっさりとはいっている。類子はそのなかからジンジャエールを選び、テーブルに置きっぱなしだった自分の名前の書かれた紙コップに注いで飲んだ。

ついでだから、トイレにも行っておこうかな。この時間に一人で外に出るのはヤだけど、またトイレのために眼が覚めるのはもっとヤだし。類子はそう考えて階段に足を向けた。階段の電灯もつけっぱなしで、通路と同様、斜めの空間が薄暗く照らし出されていた。薄く積もった土や砂が足の下でシャリシャリと音をたてる。まさか、例の正体不明の犯人が上にいるなんてことはないよね。そんなことを想像して、小さくぶるっと身震いした。

いや、あり得ないことじゃないかも知れない。そいつが私たちの思っているよりずっとずっと執念深いとすれば。こんな嵐くらいものともしないで、猛獣のように身をひそめ、殺害のためのいちばんいいチャンスをじっと待ち続けているかも。

嘘よ、嘘。そんなことってありっこない。だいいち、そんな犯人の存在自体、まるで空想の産物に過ぎないんだし。そんなバカな考え、やめ、やめ。さあ、ビクついてないで、さっさとドアを――。

のばしかけた手がビクッと止まった。真鍮製の把手が縦向きになっている。ロックがあいた状態になっているのだ。どうして？　どうして？　いつのまに？　もしかして、犯人が錠をこじあけて侵入した？

しかしすぐにそうじゃないと気づいた。きっと誰かがひと足先にトイレに出ているのだ。類子はほっと胸を撫でおろし、重い扉を押し開いた。途端に吹き荒れる風の唸りが耳にとびこんできた。就寝前に出たときと較べても、格段に風雨が勢いを増している。横殴りに吹きこむ雨がさらに風で舞いあげられて、細かい靄となって渦を巻いていた。

渦巻く靄のむこうに十メートルばかり離れた仮設トイレが見える。思った通り、天井近くにいくつかあいた穴から懐中電灯の光が洩れていた。人が使っている証拠だ。使用中だから待つしかない。類子は扉をしめて広間に引き返し、テーブルに残されていた緑川のものらしい文庫本――涙香の『死美人』だった――をパラパラ流し読みして時間を潰した。

十分たってもまだ戻ってこない。ずいぶん時間がかかってるのね。まあ、そういうこともあるだろうけど。

さらに五分過ぎ、十分過ぎ、そうしてトータル三十分近くたったところで、もうこれは尋常じゃないと腰をあげた。

急いで階段をのぼり、再び扉を押しあける。仮設トイレの天井近くの穴から、さっきと同じように光が洩れていた。もしかして、なかで倒れてる？　類子は吹きこむ雨を避けながら走った。その勢いでドアをドンドンと叩く。

「なかにいるんですか？　大丈夫ですか？」

大声で呼びかけたが、返事はない。

「あけますよ。いいですね？」

ドアの把手に手をかけて手前に引くと、ロックはかかっておらず、抵抗なく開いた。いや、むしろ途中からは勢いよく開いた。それはなかにいた人物がドアに凭れかかっていたせいだった。その人物はしゃがみこんだ恰好のまま後ろ向きに倒れ、類子の足元に仰向けに転げ出た。

思わずわっと叫びをあげた。その人物は美沙子だった。ずんぐりした体。見慣れたオーバーオール。しかしその顔は眼も口も半開きのまま、蠟人形のように表情が動かなかった。

類子はさらに大声をあげてとびのいた。そして慌てて再び近づき、相手の顔に恐る恐る手をふれた。気味悪い感触が指先にひろがり、そしてその気味悪さは通常の人の体温よりかなり低いせいだと思いあたった。

半開きの眼球はうっすらと膜が張ったようだ。口の端から顎にかけて白い泡がこびりついている。

途轍もない恐怖が全身を抱きすくめた。尻餅をつきそうになるのを懸命にこらえ、類子は弾けるように逆戻りした。心臓が物凄い速さで鼓動しているせいか、自分の体が思い通りにならず、スローモーションのようにしか動いていない気がした。だから階段を駆けおりるときも、足が縺れて転げ落ちずにすんだのが不思議なくらいだった。

階段をおりきるとそのまま広間を素通りし、いちばん間近の麻生の『子』の部屋のドアを叩いた。ノブもまわしたが、内側からロックがかかっている。

「起きて！　助けて！　誰か！　美沙子さんが——！」

思いっきりの大声をあげておいて、次に永田の『丑』の部屋に急いだ。そこもドアにロックがかかっていたので、同じことを大声で叫んで、次の弥生の『寅』の部屋に向かう。そんなことを繰り返しているうちに通り過ぎた方向からドアの開く音が聞こえ、すぐに「何だって」「どうしたんだ」と、麻生や井川や小峠が次々あちこちから顔を出して集まってきた。そして縺れる舌で類子が説明すると、それぞれが今まで見たこともないほど顔を強張(こわば)らせ、「えっ、えっ？」「そんな」「まさか！」と身の置きどころなく狼狽(うろた)えた。

「上のトイレか。井川君、いっしょに来てくれるか」

「は、はい」

「お、俺、みんなを起こしてくる！」

類子は類子で智久が気になり、『巳(み)』の部屋のドアを「起きて、起きて！」と喚(わめ)きながら叩き続けた。叩きながら、もし智久までどうにかなっていたらという切迫感がどんどん咽元(のどもと)までこみあがってきて泣きそうになったが、しばらくしてドアが開き、智久が寝呆け顔を出したので、「ああ、よかった！」と、思わずしがみついた。

「ちょ、ちょっと。どうしたの」

「美沙子さんが上のトイレで倒れてるの。きっと、死んでる！」

「何だって!?」

そうしているあいだにやってきた弥生や永田も類子の言葉に息を呑んだ。

「とにかく、行こう！」

「智久君、足は？」

「もうだいぶいいよ。大丈夫だ」

そうしてその場の四人が広間に向かい、階段をのぼると、一階ホールには小峠とともに大館と家田の姿もあった。仮設トイレの脇に麻生が茫然と立ちつくし、少し離れて井川がこちらに背を向けて立っている。そしてトイレのドアからずり落ちるようにして倒れた美沙子の上に、深く項垂れて屈みこんでいるのは緑川だった。

緑川は両膝をつき、肩を窄めるようにして固く身を縮めている。ゆっくり近づいていくと、垂れた頭を抱え、髪を掻き毟り、嗚咽の混じった声で何事か呟き続けていた。その言葉が聞き取れるかどうかという手前で類子は足を止めた。なぜだか聞き取ってはいけないような気がしたのだ。麻生がこちらに沈鬱な顔を向け、ゆっくり首を左右に振った。その仕種で、やはり美沙子は死んでいるのだと察知できた。

しばらくして井川がこちらに向きなおった。手にしたスマホをポケットにしまいながら、

「電波が悪くて切れぎれだったんですが、どうにかこうにか一一九番に繋がりました。ただ、何しろこの風の音でむこうの言葉がほとんど聞き取れないので、こちらの状況を一方的に喋るしかなくて――。警察にはそちらから連絡しておいてほしいとも言っておいたんですが、果たしてきちんと伝わったかどうか」

困惑顔で報告した。

「そうだな。確かにこの状況では――」と、麻生。

「ああ、えらいこった、えらいこった」

小峠がオロオロと首を左右に巡らせる。

「死因は何でしょうか。美沙子さんは何か病気を抱えていたとか？　それとも、まさか」

その智久の言葉が耳にはいったらしく、緑川が幽霊みたいに髪の乱れかかった顔をあげ、病気があったなんて話は聞いていないと首を振った。

「もしかして、殺された……？」

その言葉を最初に口に出したのは家田だった。

「ちょっといいですか」

智久は軽く足をひきずるようにして近づき、「ごめんなさい」と言いながら美沙子の頭の後ろに手を添え、顔の向きを右に左に傾けた。そして全身を手で探りながらゆっくり眺めまわし、最後に美沙子の顔に自分の顔をくっつけんばかりにして匂いを嗅いでいたが、

「傷らしい傷はどこにもないようですね。口のまわりに嘔吐のあとがあります。便器

のなかにも少し。素人だから嗅ぎ分けなんてできないですが、もしかすると毒かも知れませんね」

言いながらそっと立ちあがった。

「毒!?」

その言葉が口ぐちに繰り返され、その場に改めてパニックがひろがった。

「そ、それじゃ、や、やっぱり僕らを狙ってる犯人が――」と、家田。

「でも、どうやって服ませたんだ。まさか、なかに忍びこんで?」

永田もすっかり青褪めた顔で首を振る。

「え? え? え? 奴はなかに侵入できるのか。そんな、そんな――」

小峠も頭を抱え、大きく崩れ落ちた玄関口のほうに怯えた眼を向けた。

「美沙子さんを見つけたのは君なんだね」と、智久は類子に確認して、

「とにかく、いったん広間にひきあげませんか。そこでいろいろ状況を確かめあいましょう」

「美沙子さんはどうするの?」と、弥生。

「変死には現場保存が第一だし、下手にあの階段を運びおろすのも危ないし、気の毒だが、ひとまずそのままにしておいたほうがいいんじゃないかね」

永田の言葉に、

「じゃ、せめて何か上にかけるものを取ってきます」

家田が慌ててすっとんでいった。

そうこうしているうちに、みんなすっかり霧雨を浴び続けたように濡れそぼってしまっている。家田が持ってきた美沙子の寝袋を遺体の上にかけると、立ち去り難くしている緑川を連れて全員次々に階段を下った。扉を鎖(とざ)すと嵐の咆哮(ほうこう)はふっつりと消え去り、重苦しい沈黙がひたひたと広間を占領した。

「この嵐のなかで、本当に救急隊や警察がここまで来れると思うか？」

「どうかな。あの山道だ。道が塞がってる可能性もあるし。レスキュー隊や自衛隊ならともかく、望みは薄いように思うが」

「だよな」

小声だったが、小峠と井川のやりとりが大きく響いた。

類子はぐったり椅子に腰をおろした。興奮と疲労が綯(な)い交(ま)ぜになって貼りついているようだった。そんな彼女を尻目に智久が真っ先にしたことは、テーブルに置かれている紙コップの点検だった。そのなかから美沙子の名前が書かれているコップをハンカチでくるんで手に取り、鼻を近づけてクンクンと嗅いでみる。眉をひそめ、首を傾

げながら、同じことをほかのコップでも繰り返していたが、なぜかいっそう深く眉間に皺を刻んだかと思うと、

「念のため、ここのコップはみんな使わないことにしましょう。飲み物も、既に栓があいているものは口にしないほうがいいと思います」

そう言ってガサガサとポリ袋を探り、新たな紙コップの包みを取り出した。

「じゃあ、類ちゃん」

智久に促され、類子は自分が目覚めたあとの経緯を喋った。喋っているうちにどんどん早口になり、先へ先へと上滑りになりそうになるのを智久が宥めたり引き戻したりしてくれていたが、その途中ではっと気づいて、

「あ、私、そのコップでジンジャエールを飲んじゃった！　それには毒なんてはいってなかったのよね。別に何ともないもの」

言いながらも胸を押さえてオロオロと智久に眼で縋ったが、

「大丈夫だよ」

ポンポンと肩を叩かれてほっと安心し、最終的には精いっぱい詳しく説明できたと思う。

「なるほど、そういう順序で僕が起こされたわけか」

そうして智久は少し考え、

「確認ですが、大館さんと家田さん、それに緑川さんも小峠さんに起こされたんですね」

その質問に、三人が神妙な顔で頷いた。

「類ちゃんが目覚めたのが三時十二分。それからこの部屋に来てジンジャエールを飲み、いったん一階にあがり、またここに戻って三十分近く待った。ということは、遺体を発見したのは三時四十五分頃だろうか」

「うん。そんなものだと思う」

類子の答えに、

「起こされたときにスマホを見たんだけど、三時五十一分だったよ」

大館が言い添えたので、

「じゃあ、遺体発見時は四十七、八分あたりかな。問題は美沙子さんが亡くなった時刻だけど、類ちゃんの感覚では通常の体温よりはっきり低かったんだよね。僕がさわった感覚でもそうだけど、すっかり冷えきってる感じでもなかったな。まるっきりの勘でいえば、あそこの気温から考えて、一時間くらい放置された感じじゃないかと思うんだけど、どうだろう」

「うん、そう。そんな感じだと思う」と、類子。

そこで永田が、

「さらに問題なのは、犯人はいつ毒を仕込んだのかという点だね。いや、そもそも犯人はどうやってこの地下に侵入したのか――」

先程の疑問を改めて提示した。

「こういうことは考えられませんか。そいつはこの建物の近辺に死体か何かを隠したとき、階段上の鍵も見つけて持ち帰っていたとは」

大館の言葉に、

「ああ、なるほど。そいつはあるな。だとしたら、寝ずの番でもしない限り、奴はここに出入り自由なのか」

麻生が心労で押し潰されそうな顔で慨嘆した。するとそこで弥生がはっと思いあたったように、

「でも、だとすると大変だわ。そいつはもしかしたらまだこの地下にいるかも知れないじゃないですか！」

その指摘に、類子もビクッと顔をあげた。

奴がここにいる？　そんなことって――。でも、考えれば充分あり得ることだ。そ

の恐怖が瞬間的に伝染したようにそれぞれ怯えた顔を周囲に巡らせた。そんななかで真っ先に大館が「僕、ちょっと見てまわってきます」と腰をあげると、「あ、僕も」と家田もつき従った。

「じゃあ、僕はこっちから。家田君は左まわりで」

そうして二人が戸口から出て、ものの三分もたたないうちに、

「誰もいませんでした」

「ええ。例の『未』と『申』の部屋も」

戻ってきた二人が報告した。そしてそれによってどれほどほっとしたか、類子は自分でも驚くほどだった。だからきっとほかの者もそうなのだろう。いや、むしろ類子や弥生よりも、麻生がいちばん心から胸を撫でおろしているふうだった。

「いや、安心したよ。犯人が聞き耳を立てているかも知れない場所で事件のことを検討するというのもぞっとしない図だからね。では、肝腎な問題をもう一度問いなおしておこう。犯人はいつ毒を仕込んだのか――」

当初は血の気なく青褪めていた永田も、すっかりいつものもったいぶった言いまわしが戻っている。ほかの者もそうなると生来のミステリ・マニアの血が騒ぎ出したらしく、すぐに井川もそれを引き取って、

「それを考えるためにも、もうひとつの問題をはっきりさせておく必要がありますね。美沙子さんが毒を服んだ時刻ですよ。そもそもどんな種類の毒だったのか。口から摂取したのは間違いないでしょうが、即効性と見なしてしまっていいのでしょうか。もし遅効性なら、必ずしも飲み物からではなく、僕らもいっしょに食べた夕食に仕込まれていた可能性も出てきますからね」

その指摘に類子はぎょっとして、

「え。遅く効く毒？　だったらやっぱり私のコップに毒がはいってて、まだ効果が出てない可能性もあるってこと？」

類子が再びオロオロ胸元を押さえると、それには智久が開いたケータイにちらりと眼をやりながら、

「心配ないと思うよ。今が四時十五分。君がジンジャエールを飲んでから一時間はたってるよね。少なくともそれだけの時間、効果があらわれないような遅効性の毒ではないと思うし、そもそも君は毒を服んでいないはずだから」

事もなげに言ってのけた。

「え？　どうしてそんなことが言えるの？」

「それは、美沙子さんの口と吐瀉物からかすかにオレンジの匂いがしたからだよ。き

っとこれなんだ。君はこれを飲んではいないよね」

智久はそう言って、オレンジ・ジュースが三分の一ほど残った五百ミリリットルのペットボトルをハンカチでつまみあげてみせた。

「こいつに毒が仕込まれてたのか！　しかし、どうやって？」と、大館。

「未開封の状態で毒を仕込むのは難しいでしょうが、既に開封されていても、キャップがきつく閉まっていればそのことに気づかない場合が多いんじゃないですか。そもそも美沙子さんは未開封かどうかを気にしていなかったかも知れないですし」

類子はその説明にほっとしながら、

「じゃあ、美沙子さんのコップにはその匂いが残ってたのね」

そう念を押したが、智久は微妙な表情で首を横に振った。

「え？　違う？　ほかにも匂いが残ってるコップがあったの？」

「いや、オレンジ・ジュースの匂いが残ってるコップはひとつだけだよ。だけど、それは美沙子さんのじゃないんだ」

「どういうこと？　じゃ、そのコップは誰の？」

「僕のだった」

さらりと返ってきた智久の言葉に、「ええっ!?」という声が折り重なった。

「智久君のコップに？　でも、どうしてそれで美沙子さんが？」

「簡単なことだよ。美沙子さんは僕のコップでジュースを飲んだんだ」

「あ」

類子は思わず口元を押さえ、弥生も同じ仕種をした。

「意図的にか、そうでなかったのかまでは分からないよ。でも、そういうことだったんだ。美沙子さんは咽が渇いて眼が覚めた。そしてこの広間に来て、このボトルをあけ、僕のコップでオレンジ・ジュースを飲んだんだ。ボトルと僕のコップが置かれていた位置もすぐそばだったしね。ただ、それだけだと毒がジュースに混ぜられていたか、コップのほうに仕掛けられていたかは分からないけど、まあ、この残りのジュースを調べさえすればはっきりするし」

そこで井川が、

「警察が調べれば一発だけど――これだけ時間が過ぎて警察も救急隊も来る気配がないということは、やっぱり道が鎖されてしまっている可能性が大なんだろうな。そうなると素人の僕たちには確認のしようがないね。まさか、試しに飲んでみるわけにもいかないし」

最後は冗談まじりに言うと、

「熱帯魚でもいれば、そいつを水槽に流しこむという手もあるんだがな」

小峠が残念そうに肩をすくめた。

「とにかく、そのコップ類とペットボトルは貴重な証拠品だね。大事に保管しておかないと」と、永田。

「では、話を戻します。美沙子さんはこれを飲んだあと、ほどなく具合が悪くなり、慌ててトイレに向かったんだと思います。そして嘔吐はしたものの、既に毒がまわって事切れた。それが夜中の二時頃か——もう少し早く見積もっても一時くらいのことだったんでしょう」

智久が整理し終えたところで類子が、

「そういえば、昨夜、最後までこの部屋に残っていたのは井川さんと小峠さんでしたよね。二人が引きあげたのは何時頃だったんですか？」

尋ねると、二人はおおかた十一時近かったと証言した。

「そうすると、犯人が侵入し、毒を仕込んでいったのは十一時から二時までのあいだか」と、家田。

「いったいこの嵐のなかで、どこにひそんでいたんだろう。近くにそんな場所などないはずなのに、どこかの洞穴にでも寝袋を持ちこんで野営してるのか」

麻生もしきりに首をひねる。と、そこで、

「もしかして、昨日、あるいはそれより前に、既にこの地下に侵入していたということはないですか。あの『未』か『申』の部屋に。そして毒を仕込んだあとにここを出ていったとは――」

大館がそんなことを言い出した。

「おお、なるほど。これまでの推測の逆か。それはあるかも知れん。それなら、犯人が鍵を持っていなければならん必要もなくなるわけだ。うん、きっとそうに違いない！」

するとと弥生も、

「もしそうなら、そもそも犯人は外が嵐になっていたことを知らなかったかも……？」

その呟きに、家田がびっくりするような大声で、

「あっ、それは鋭い！　さすが弥生さん。うん。そのはずですよ。犯人は毒を盛ったあと、逃げようとして一階に出たところで、嵐になってるのにびっくりしたに違いないです」

「しかし、それでも外に出ていったのか」と、口を曲げる永田。

「それが予定の行動だったなら、当然でしょう。事をすませばなるべくさっさと退散するのが犯罪者の心得ですからね」

そんな言い方をした井川が、さらにその先を辿るように宙に視線を泳がせて、

「ただ、いざ脱出はしたものの、逃走経路は救急隊も警察も通れないような状態だ。犯人も立ち往生を喰らったに違いない。さっさと逃げるつもりだったんだから、当然野営の準備なんてしていたはずもない——」

「つまり、犯人はまだこの近くにひそんでるってことか！」

小峠が眼をギラつかせながら応じた。

「結局、そういうことになるね」

「安堵から一転、また不安要素が再浮上か。嵐に放り出されて二進も三進もいかなくなった犯人が、逆上してまたおかしな行動に出なけりゃいいが」

そのやりとりに麻生が再び頬を引きつらせて、

「おかしな行動……？」

「だって考えりゃ、発電機も水槽タンクも上にあるんだし。ライフラインを握られてるようなものじゃないですか。まだ使い残しの毒を持ってて、そいつを水槽に投げこまれでもしたら」

そんな台詞で家田や大館にウヘッと口を曲げさせた小峠は、

「だいたい、そうなるとトイレが上にしかないのも、サファリパークの車からノコノコ歩いて出るようなもんだ。毎回何人かで連れ立って行き来するのも大変だし」

そこでハタと思い出したように、

「あ、そうそう。美沙子さんをあのままにしておくと、トイレ自体がずっと使えないままじゃないか。男はまだ何とかなるにしても、女性陣はそうもいかないだろ。警察が来れないのがはっきりした以上、やっぱり早晩、運びおろさないと」

「そうですね。台風は今日いっぱい続くそうですし、そのあともすぐに行き来できるようになる保証もないですから」

智久も賛意を示すと、それまでずっと首を垂れたまま押し黙っていた緑川が、

「それなら、なるべく早くそうしてやってもらえませんか」

嗄れた、力のない声で要望した。

その作業には大館・井川・小峠・家田の四人があたった。作業を見守ろうと類子も一階ホールにあがったが、嵐の咆哮はますます激しさを増すいっぽうだった。玄関方向の崩れた壁から闇に眼を向けると、このどこかに犯人がいるのだという想いがひたひたとのしかかってくる。四人は既に美沙子にかけてあった寝袋をトイレの前にひろ

げ、そのなかに彼女の体を運び出して収めたが、それだけでもかなりの難業だった。

「気をつけろよ」

「ここ、滑りやすいから」

「もうちょっとゆっくり」

「そうそう。そっとな」

声をかけあって階段を下り、いったん広間の床におろしたところで、もう四人は汗みずくだった。一階への扉は類子がロックした。そこからはほかの者も加わり、広間から通路を抜けて『亥』の部屋に運びこむ。そこで智久が証拠品のコップ類やペットボトルもこの部屋に保管しておきませんかと提案すると、

「トイレの吐瀉物もそうしておいたほうがいいですよね。トイレを使うためには流さないといけないですから。僕がやってきます」

家田がそのためのタッパーを見繕い、フットワーク軽く作業をすませて戻ってきたので、その容器もいっしょに部屋に収め、弥生から受け取った鍵で施錠した。そして、

「この鍵は麻生さんにお返ししておいたほうがいいですね」

智久の手を介して、鍵は弥生から麻生の手に戻った。

「さてと、これからどうする」

広間に引きあげたところで小峠が切り出し、

「どうするかと言ってもね。このまま全員この部屋にずっといるのが心理的にも安心なんだろうけど、本当はみんな睡眠不足のはずだし、これから先も長いんだから、そういうわけにもいかないだろう。外に出るとき以外は普段通りに過ごすしかないんじゃないかな」

井川の言葉を受けて智久が、

「とりあえず、誰かがトイレに行く場合のルールを決めておきませんか。男は適当に二人ひと組でということでいいでしょう。問題は女性の場合ですが――ちょうど大館さんと家田さんが同じ部屋なので、女性がトイレに行きたい場合は二人に声をかけてボディガードとして同伴するということでどうでしょう」

「ああ、いいですよ。そんなに頻繁なことじゃないでしょうから、いつでも気軽に遠慮なく声をかけてください」

「女性だけでなく、牧場さんも。階段の補助なんておやすいご用ですから」

二人の即答に、智久も「有難うございます」と頭をさげた。

それではと、真っ先にトイレを志願したのは麻生だったが、今回は同伴者の必要もなく、では僕も私もということで、大半の者が順繰りに用を足すことになった。考えれば遺体発見の騒ぎで中断したままになっていた類子も、もちろんその一人だった。

その折りに麻生と大館が発電機の燃料の補充をすませ、また井川も今度は直接警察に連絡を試みたが、

「やっぱり駄目ですね。何とか繋がりはするんですが、ろくに用件も喋れないうちに切れてしまう繰り返しで、電波状況が前より悪くなってるみたいです」

スマホ片手に首を振った。


そのまま全員広間に居残り、事件や今後のことを語りあうなり、それまでの自分の作業を続けるなりして時間が過ぎていった。そして午前七時。そろそろ食事をどうするかという問題に直面せざるを得ない頃合になった。というのも、犯人がいったんこの地下に侵入していたということになると、地下に保管してあった食料にも毒が仕込まれている可能性が否定できないからだ。犯人が狙えばいいのは一人だけで充分のはずで、多数の人間を殺害したりすると、むしろとんでもない大事件として扱われて、かえって犯人にとって不利になってしまうのではないかという推論を井川が持ち出し、それにはかなり説得力があったが、それでもあくまで可能性をゼロと見なすこと

はできない。そこで結局、食べたい当人が自己責任で食品の包装を綿密に点検し、なかの食材にも不審な点がないのを確認して食べるしかないというところに落ち着いた。ただ、そう決まってもなかなかみんなの手が出ないので、

「よし、じゃあ、俺が実験台になってやるよ」

そう名乗り出た小峠がカップ麵でそれをやってのけ、食べ終わってしばらくしても大丈夫そうなので、そのあとはぼちぼちと志願者が続いた。そんな自分たちの行動ひとつひとつが外野から見れば滑稽に映るだろうが、もともと極限状態とはそういうものかも知れないと類子は思った。

腹が満たされると、真っ先に麻生がうつらうつらしはじめ、しばらくしてはっと顔をあげるのを二度繰り返したところで、

「確かに睡眠不足のままだと長丁場を乗り切れないね。ちょっと休ませてもらうよ」

そう言って部屋に戻っていった。

「じゃあ、失礼して僕も」と、緑川。続いて智久も「今のうちに寝ておこうかな」と腰をあげた。けれども二十分ほどしてまたひょっこり広間に顔を出し、大館と家田に声をかけてトイレに出、五分ほどして戻ってくると、

「やっぱり眼が冴えて眠れないいや」

もとの席に着き、改めて暗号いろはの解読に本腰を入れる構えを見せた。

そんな智久の姿を見ていると、同じ彼の没頭している姿にうっとりしたり「素敵」と騒いだりしていた美沙子が瞼に蘇って、類子はひたひたと押し寄せる想いに胸が塞がった。


午前九時の時点で、広間にいるのは智久、類子、永田、井川、弥生、家田の六人になっていた。

「それにしても、ミステリではこういうシチュエーションだと、たいがい過剰にパニックに陥ったり、やたらまわりに嚙みつくキャラがいて、事態をさらに悪い方向に追いやるのがお決まりのパターンですけど、ここにはそういう人間がいないのが助かりますね」

井川がふとそんなことを洩らした。

「そうですね。実は僕もそう思ってました」

すかさず家田も同調したが、

「しかし、それは自分たちのなかに犯人がいる場合じゃないのかね。今のこの場とはずいぶん条件が違うと思うが」

永田が異論を唱えた。

「ああ、そうか。全然ケースが違いますね」と、家田。

しかしそこで類子も話に加わって、

「ミステリでは確かにそうですけど、ホラーとかで怪物や殺人鬼がほかにいる場合でも、やっぱりそのパターンはお決まりですよ」

そう反論すると、

「そうか。言われてみれば確かにそうだな。うん、これは参った」

永田も素直に降参した。

類子はそんな余勢を駆って、「ねえねえ。いい？ ずっと気になってたんだけど」と、智久のほうに身を乗り出した。

「え、何？」

「あのオレンジ・ジュースのことなんだけど、あとで調べて、ペットボトルから毒が見つかった場合はいいとして、もし、そうでなかったらどうなるの？」

するとと智久はああという顔で、

「毒が仕込まれていたのは僕のコップだったということになるね」

「もし、美沙子さんがそのコップでオレンジ・ジュースを飲まなければ……」

「時間の問題で、いつか僕がコップを使っていただろうね」

「前回も智久君めがけて岩を落とされ、今回も智久君のコップに毒が仕込まれたわけ。それって偶然？」

「偶然の可能性もないではないけど、そうとは考えにくいだろうな。実際、犯人はペットボトルに毒を仕込むこともできたんだから」

「つまり、犯人は不特定の誰かじゃなくて、初めから智久君だけを狙ってるってことになるのよね」

類子は力のこもった声で言い、まわりの者もはっと眼を見張ったが、智久は拍子抜けするほどあっけらかんと、

「うん。そうなると、犯人像を根底から考えなおさないといけなくなる。この近辺に過去の犯罪の重要証拠を隠したという想定そのものからね。――ただ、それはあくまでペットボトルに毒がはいっていなかった場合のことだよ。嵐が過ぎさえすればはっきりするんだし、まあ、天が崩れ落ちてこないかという仮定にあまり思い煩っていてもね」

「天が……？　なあに、それ」

するとそこで永田が相好を崩して、

「杞憂（きゆう）という言葉の謂れ（いわ）だよ。昔、中国の杞（き）の国の人が、天が崩れ落ちてこないかと心配して夜も眠れず、食事も咽を通らなかったという話が由来だ」

「つまり、無用な心配ってこと？　いいけど、心配されるだけ有難いって思いなさいよ」

類子が膨れっ面で胸を聳（そび）やかすと、さすがに控え目（ひかめ）ながら周囲から笑いが洩れた。

そんなふうに徐々に緊張が緩（ゆる）んでくると、再びぽつぽつと涙香に関する話題ものぼりはじめた。ひとしきりその中心は涙香と『萬朝報』の記者だった幸徳秋水（こうとくしゅうすい）の関係についてだったが、そんななかでふと弥生が、

「私の部屋にあるいろはだからもうすっかりそらで憶えているんだけど、

閉ぢぬる室に　遺體あり　　とちぬるむろに　ゐたいあり
鍵は机で　腕部なし　　かきはつくえて　わんふなし
砒素殘す魚　大繪皿　　ひそのこすうを　おほゑさら
眉根八重寄せ　目も見けれ　　まゆねやへよせ　めもみけれ

というのがあったでしょう。ここにも毒が出てきてるわね。実際は魚に仕込まれて

こそいなかったものの、何だか暗示的だと思わない？　そういえば連珠の珠型名による暗号の『明山ニ嵐新タナリ』という文言も、台風のことばかりでなく、この事件そのものを意味しているような気がして――」

そんな想いを口にした。

「ははあ、つまり、涙香の予言というわけですか」

「もしかして、犯人が近くに埋めた死体も腕がなかったりして！」

井川や家田が喰いついて話をひろげようとしたが、弥生は慌てて手を振り、

「いえ、予言とまでは。ただ、暗示的だと言っているだけで」

それに永田が「なるほど。それは菱山さんらしい見方ですね」と頷いた。

「私らしい？　そうですか？　瑣細なことを気にしてしまうところとか？」

「いやいや、それを言うなら、繊細で、隅ずみまで神経が行き届いていると表現すべきでしょう。僕が言いたいのはそれとは別で、暗号や暗示は菱山さんの一貫した重要なテーマじゃないですか。そんな作風から見ての話ですよ」

そして永田は天井の壮麗な二十八宿図に眼を向けて、

「そういえば、涙香にも大きな二面性があったね。考えれば、連珠やビリヤードやかるたの必勝法の探求に求められるのは、繊細さや緻密さや研ぎ澄まされた神経といっ

た要素で、その志向は正調俚謡や漢詩にも——そしてここに残されたいろはに最も鮮鋭にあらわれていると言っていいだろう。ところがこと小説に関しては、構成美や完成度を目指す肌理細やかなストーリーテリングではなく、大きな物語をゴロゴロと転がしていくダイナミズムのほうにもっぱら力を注いでいる。何しろ涙香自身、自分の小説に全く芸術的価値を認めておらず、ただ『萬朝報』の売上促進のために割り切って書いたと述懐しているくらいだからね。こうした面白さ至上主義が芸術的価値と相反するとは思わないが、少なくとも小説におけるとにかく面白い展開を目指す志向は、恐らくジャーナリストとしてのスキャンダリズム志向と近接したものだったのではないかな」

そんな分析に、

「あ、そうなんですか。涙香さんは自分の小説の価値を認めていなかったの！」と類子。

「うん。例えば乱歩もしょっちゅう自分の作品への自己嫌悪に囚われ、そのせいでたびたび雲隠れまでしてるんだが、その点、涙香の割り切りぶりはいっそ潔いくらいだね。いや、むしろそうした自作への恨みを思いがけず巡り逢ったいろはで晴らしたと見ていいかも知れない」

「いろはとの出会いは涙香自身にとって極めて意味深いものだったわけですね」

弥生も感慨深げに言うと、

「そう。既に『巌窟王』や『噫無情』の執筆もなし終えていた涙香にとって、いろはは彼の創作者としての最後の大きな炎の輝きだったと言えるんじゃないかな」

永田は重みをこめるように締め括った。


そうこうするうちにその場の面々にも睡魔がひた寄ってきて、一人欠け、二人欠け、そして智久も眼をしょぼしょぼさせはじめたのをきっかけに、残り全員が揃ってトイレをすませ、それぞれの部屋に戻ることになった。既に午前十時をまわっていたが、一階ホールから覗ける空は夜中よりいくらか明るくなっている程度で、風雨はますます激しく荒れ狂い、シートのはためきも恐ろしいばかりだった。

寝袋にもぐりこんだ類子は再び『幽霊塔』の続きを読もうとしたが、自分で思ったよりも興奮が残っているらしく、少しも内容がはいってこなかった。早々にあきらめて電源を切ったが、いろんなことがゴチャゴチャと頭を巡ってなかなか寝つかれなかった。

またあのゲームのＢＧＭが耳元で鳴り続けている。暗い。そして息苦しい。じめじめと湿気た通路が迷路のように枝をのばしている。果てしなくひろがる地下空間。見あげるほどの広い場所もあれば、体を横にしてやっと通れるほどの狭い場所もある。見えてきたのは大きな壺だ。そのなかでグツグツと緑の液体が煮え滾る。天井から吊りさがる何本もの太い鎖。ゆっくり回転するいくつもの歯車。壺が傾き、煮え滾った液体が鉄の受け皿に注がれる。跳ねとぶ細かな緑の玉。驚いて走りまわるネズミたち。ガサガサ、ゴソゴソ、ガサガサ、ゴソゴソ……。

腰のあたりから胸元にかけてその一匹が走り抜けたような気がして、はっと眼が覚めた。

真っ暗闇だった。またあの夢だ。耳鳴りのする静寂のなかに自分の荒い息遣いだけが響いている。手探りでスマホを捜して眼の前にかざすと、午後一時二十三分。前のときより浅い眠りだったらしく、頭に靄のようなものがどんよりと重く残っていた。

起きあがり、照明をつける。少しくらくらした。今度は何事も起こっていなければいいけど。そう思ったことで逆に不安が芽生え、どんどん大きくふくらんできた。急いで着替えをすませ、ロックをはずしたドアをそっと開いてみる。通路もしんと静まり返って、騒ぎの起こっている様子はなかった。外に出ると、広間のほうにではなく、隣の智久の部屋へと足が向く。ドアノブをひねってみると抵抗なくすっと開き、なかを覗いてみたが智久の姿はなかった。

もう起きてるんだ。そう思って踵（きびす）を返し、広間に向かった。北東の角を左に折れ、永田の『丑』の間の前を通り過ぎ、つきあたりをさらに左へ。そしてすぐに右に曲がったところで、広間の北側の壁の先にチラリと白い人影が眼にはいった。人影はこちらに背を向け、美沙子の遺体が安置されている『亥』の部屋に向かってじっと立ちつくしていた。

智久だ。――でも、どうしてあんなところにじっと立っているんだろう。類子は小さく首を傾げながらそちらに近づいた。智久のほうもその足音に気づいてビクッと振り返り、「ああ、類ちゃんか」と、ほっとした顔で言った。

「どうしたの」

ますます不審に思いながらすぐ後ろにまで近づいた。智久は『亥』の部屋のドアの正面に、ドアから一メートルほど距離を保ったところで立ちつくしている。類子の問いかけには直接答えず、その代わりのように一歩進み出てドアノブに手をかけた。だが、ひねってみてもガチャガチャ音がするだけで、やっぱり鍵がかかっているようだ。

「いったい何なの？」

すると智久はちょっと困ったように眉をひそめた顔で振り返り、

「どうやら類ちゃんの杞憂があたっていたようだよ」

そんな台詞を返してきた。

「え、どういうこと？　天が崩れ落ちてくるの？」

智久はその言葉に眼を見張り、そして笑って、

「いや、そうじゃないよ。ペットボトルさ。毒が仕込まれていたのはオレンジ・ジュースじゃなかったみたいだ。コップのほうだったんだよ。そう、僕のコップに――」

類子はその言葉を理解するのに数秒かかった。けれども内容は理解できても、どうしてそんな言葉が智久の口から出てきたかはやっぱり理解できなかった。

暴風雨の底で

「どうしてそんなことが言えるの？」

類子の問いかけに、

「ここをよく見て」

智久は少し身を屈め、ドアのいちばん下の部分を指さした。樫製らしいドア板は全体に黒っぽく古びており、ことに床面に接する部分は腐蝕が激しく、木目を浮きあがらせながら角が丸く磨り減っていたが、類子の眼には特にこれといって注意を惹くものは見あたらなかった。

「見てって、何を？」

「これだよ」

智久がさらに指を近づけた部分に眼を凝らすと、ドア板と床面の隙間に長さ二センチほどの細い木屑のようなものが挟まれているのが見えた。

「これのこと？　何なの、これ」

「折って短くした爪楊枝。僕が仕掛けておいたんだよ。ドア板の細い凹みに沿って立てかけてね。それが今はこんなふうに倒れて、隙間に挟まれている。誰かがドアを開いた証拠だ」

その言葉に、背筋にそっと冷たい手がふれるのを感じた。

「鍵は――？」

「もと通りにかけられている。だけど、いったん誰かがドアを押し開いたのは間違いない」

「でも、鍵は麻生さんが持ってるはずよね。麻生さんが開けたんじゃない？」

言いながら『子』の部屋のほうに振り返ったとき、自分が来た方向に白い人影がぼんやり浮かびあがっていたのでぎょっとした。弥生だった。さっきから二人の話を聞いていたらしく、青白い顔で立ちつくしている。

「ごめんなさい。立ち聞きするつもりはなかったんだけど」

か細い声で言う弥生に智久は「いえ、全然かまいませんよ」と手を振って、

「じゃあ、確かめようか」

『子』のドアの前に立った。

智久がドアノブに手をかけると、意外なことにすんなりまわってドアが開いた。部屋のなかは真っ暗だった。

美沙子さんが死んでることをみんなに伝えようとしたときは、この『子』の部屋のドアにはロックがかかっていたのに、今はそうでないのはどうして？――類子はそんな疑問に囚われながら智久に続いて部屋にはいった。

智久がドア脇のスイッチを入れ、照明がついた。真っ先に眼にはいったのは、ジッパーを足元から頭の上まで全部閉めきった寝袋だった。色もモスグリーンなので、まるで巨大な芋虫が転がっているようだ。すぐそばの大きなバッグの上にシャツやズボンがかけられている。さらに周囲の床には発掘で見つかった様ざまなものが雑多に置かれ、組み立て式の小さなテーブルにファイル類が山積みになっていた。

寝袋にすっぽり顔が覆われて見えないことから、類子はにわかに本当に麻生は寝ているのだろうかという不安に襲われた。まさか、麻生も死んでいるなんてことは？ああ、もしもそうだったら――。

けれどもすぐに寝袋がそれこそ芋虫のようにモゾモゾと動きだし、内側からジッパーを引きさげて麻生の顔が現われた。そして驚いたように半身を起こし、

「どうしたんだ？　何かあったのかね！」

たちまち顔じゅう不安でいっぱいにして尋ねかけた。

「お休みのところ、申し訳ありません。お尋ねしたいのですが、麻生さん、『亥』の部屋を開けましたか」

その問いにますます面喰らったように眉を上げ下げさせながら、

「あれからかね？　いいや、ずっと眠りこけてたよ。『亥』の部屋には行っていない」

「もうひとつお尋ねします。これまでは寝るときにこのドアをロックされていたようですが、今回はロックをしなかったんですか？」

それには「ああ」という顔で、

「夜中に類子さんが急を知らせに来たとき、ロックしていたせいですぐに対応できなかったからね。これからはロックしないことにしたんだよ」

「ああ、なるほど。そうだったんですか」

智久は合点がいったように頷いた。

「いったいどうしたというんだね。『亥』の部屋で何かあったのか？」

それに智久が事情を説明すると、麻生は不安をそっくり困惑の表情に変えて眉をひそめた。

「『亥』の部屋にはいった者がいる？　しかし、鍵は私が——」

　そう言って麻生は大きなバッグの上に置いてあったズボンを取り、しばらくポケットをまさぐっていたが、

「ほら、ここに」

　いくつもの鍵を繋いだキーホルダーをつまみあげた。

「きっと誰かがこの部屋に忍びこんで、その鍵を盗み出したんだと思います。使ったあと、またそっとポケットに戻しておいたんですよ」

「……何だって？」

　麻生は信じられないという顔で古めかしい鍵をつくづくと眺めまわした。

「しかし、誰が、何のために？　犯人が再びこの地下に侵入したというのか！」

「とにかく、『亥』の部屋を見てみましょう。それと、上の扉のロックも確認しておく必要がありますね」

「私、見てくる！」

　類子は急いで部屋を出て広間にはいり、階段を駆けあがった。扉を確かめたが、間違いなくロックがかかっている。再び階段を駆けおり、通路に戻ると、もう三人は『亥』の部屋にはいっていた。

「ロック、かかってた」

報告しながら類子も恐る恐る部屋のなかを覗きこんだ。麻生と同じように顔の上までジッパーを引きあげた寝袋。美沙子の私物が乱雑に散らばっている。コップ類とペットボトルを入れたポリ袋。吐瀉物のタッパーもひとまわり小さなポリ袋にはいっている。

「念のため」

智久は呟きながらそっと寝袋に近づき、ジッパーを引きさげた。かすかに苦悶の表情を貼りつかせた美沙子の顔が現われる。緑川が瞼を閉じさせたので、ぱっと見の恐ろしさはいくぶん和らいではいるが、さらに血色を失った肌には薄青い斑模様も浮き出て、別種の気味悪さを漂わせていた。

「見たところ、何も変わったところはないようだが」

麻生が怪訝そうに首をひねったが、

「でも、変わってるはずなんです」

そう言って智久はガサガサとポリ袋を開き、ハンカチをあてがってペットボトルをつまみあげた。

「多分、これです。このオレンジ・ジュースには毒がはいっていなかったはずですが、今は毒がはいっていると思います」

「どうしてそんなことが言えるの？」

か細い声で訊く弥生に、

「何者かが麻生さんの鍵を盗み出してまでこの部屋に侵入した理由を、僕にはそれ以外に思いつかないからです。——いや、そもそもそうする何者かがいるんじゃないかと思って、爪楊枝を仕掛けておいたんですから」

「こうなることを初めから予測していたのか！　しかし、毒のはいっていないオレンジ・ジュースに毒を入れた？　そうする理由は？」と、麻生。

「ペットボトルに毒がはいっていないとなれば、当然毒は僕の紙コップに仕込まれていたことになります。何者かにとって、そのことが明らかになるのは都合が悪かったからですよ。つまり、何者かの標的が不特定の誰でもよかったのではなくて、この僕だったと明らかになるのが、ですね」

「じゃあ、犯人の狙いはやっぱり智久君だったの!?」

類子は思わず憤然と大声をあげた。

「まあ、そう興奮しないで。続きは広間で」

智久に促されて『亥』の部屋を出、鍵もかけなおして四人は広間のテーブルに落ち着いた。

麻生はペットボトルが未開封であることを入念に確かめ、自分の紙コップにお茶を注ぎながら、

「しかし、どうにも分からない。なぜ犯人が君を狙うんだね。それに、どうして君がここにいることを知っていたのかも。君には狙われる心あたりがあるのか？」

智久もコーヒーをひと口飲んで、

「その前にまず肝腎なことですが、標的が不特定の誰でもなく、この僕ということになると、この事件の犯人に関して、過去の犯罪の重要証拠をこの隠れ家近辺に隠したという想定自体をそもそもご破算にしなければなりません。そしてもうひとつ、犯人はこの隠れ家の近くにひそんでいる外部の人間ではなく、初めからこの僕らのなかにいると考えるべきです」

その宣言に麻生がぎょっと眼を剝いた。

「犯人が我々のなかに？」

「まさか、そんなこと――」

と弥生も口を手で覆い、

「いったい誰なの？」

類子が訊き返したが、

「それは分からないよ。ただ、僕を狙っている理由はおおよそ見当がつく。それは、その人物が菅村悠斎氏を殺害した犯人で、僕がいずれその正体に辿りつくんじゃないかと恐れているせいなんだ」

「菅村悠斎氏を殺害した犯人？　それが我々のなかにいるというのか！」

麻生が混乱を抑えようとするかのように両手で頭を抱えながら呻いた。

「ええ。ただ、いくら類ちゃんが名探偵と吹聴したところで、そうそう小説やドラマのようにいくわけがないし、初めは僕を介して捜査の進捗状況を窺えればというくらいの軽い気分だったんじゃないでしょうか。ところが僕が、現場で行なわれていたのは十九道盤・黒四々有効の旧ルールの連珠の対局だと指摘し、それがもとで被害者の身元も明らかになったのを目のあたりにして、これはウカウカしてると本当に犯人である自分に辿りつきかねないと、いっきに不安が現実化して膨れあがったのでしょう。そこであの岩棚を見つけて僕を落石で殺そうとした。それに失敗したので、今度は念のために持参してきた毒を使った。ところが美沙子さんが先に僕のコップでジュースを飲んでしまったために、再びそれにも失敗してしまったわけです」

「ひどい。智久君を二度も殺そうとしたあげく、そのために美沙子さんまで巻き添えにして。絶対許さないんだから！」

類子は胸の前で拳と平手をパシンと打ち鳴らした。

「とにかく僕さえ殺してしまえばあとはどうとでもなるという頭だったんでしょうが、こうして毒殺にも失敗し、さらにコップとペットボトルを巡る僕の指摘によって、犯人はますます自分が窮地に追いこまれているのを自覚したはずです。さっきも言ったように標的がほかの誰でもないこの僕となると、犯人は外部の人間ではなく、僕らのなかにいることが表面化してしまいますからね。犯人としては、なるべく僕らの作りあげた『過去の犯罪の重要証拠をこの近辺に隠した人物』という犯人像に乗っかったままでいたい。だから麻生さんの鍵を盗み出してまでペットボトルに毒を入れ、無作為殺人と見せかけるように細工をしなければならなかったんです」

麻生はその説明を咀嚼するようにうんうんと頷き、

「なるほど、なるほど。しかし、それを事前に予測して爪楊枝を仕掛けるとは。いや、そもそもそうなることを見越してコップとペットボトルの指摘をしたんだね。あの時点でそこまで見抜いて、しかもそれだけの算段を立てていたとは――いやはや、つくづく凄いとしか言いようがないな」

「確信があったわけじゃないですよ。ただ可能性を考えていただけで」

智久は慌てて首を横に振った。

「それで……どうするの？　このことはみんなにも？」

弥生が血色の戻らないまま尋ねると、

「それは僕もちょっと迷ってるんです。このままこのことを黙っておくことで、何か犯人をうまく罠にかける方法があるならそうしたいところなんですが、なかなかその方法が思いつかなくて。ただ、このことを打ち明けると、みんなを互いに疑心暗鬼の状態に陥れちゃうんじゃないかということもあるし」

「でも、智久君の身の安全のためには言っちゃったほうが絶対いいわよ」

類子は是非そうしてほしいという想いをこめて言った。

「ああ、それはそうだね。このままだと、犯人はまたいつ牧場君を狙うかも知れない」

「そうね。今は犯人を炙り出すことより、これ以上の凶行を防ぐほうが先決だわ」

弥生も賛同するので、

「そうか。じゃあ、正攻法で犯人をつきとめるしかないか」

智久もようやく決心がついたようだった。

そのすぐあとから一人、二人と目覚めた者が顔を出しはじめた。その間、多くの者同様、類子もトイレに往復した。もう外部にひそんでいる犯人に気をつける必要はないのだが、それでもやはり途轍もなく勢いを増している暴風雨のせいもあって、不安は胸を揺さぶるようだった。天井を覆うビニールシートも今にも引きちぎれそうにギシギシと軋み、大丈夫だろうかと心配せずにいられなかった。

そうして午後二時半頃には大館と家田を最後に全員が広間に集まった。それまでにも繰り返しなりゆきを打ち明けてはいたが、そこで智久が改めて詳しく説明すると、

「このなかに犯人が――？」

「嘘でしょう？　みんなして担いでいるんでしょう？　ああ、でも、牧場さんが率先してそんなことをするはずないし」

大館と家田は自分たちが最後という立場のせいか、ほかの面々より狼狽えぶりが激しいようだった。

「残念ながら、どうもそういうことらしいんだな」

小峠が先程からやたらタバコをふかしながら言うと、大館もつられるように自分のタバコを取り出して火をつけた。

「それで、こうして全員揃ったところで、改めて犯人の正体についてみんなで検討し

ようと思うんです。もちろん僕の推測は僕らに毒の検査をする能力がない以上、現在は仮説にしか過ぎないので、その点も皆さんの意見を伺っておかなければならないんですが」

智久が毅然さと神妙さをあわせた口調で切り出すと、

「いや、その線で考えていいんじゃないかな。少なくとも、常に最悪の想定をしておいたほうが被害を最小限に食い止められるというしね」

永田(ながた)の賛同に、

「ええ、僕も牧場さんの直感と論理を信用します。どうぞ、気にせずどんどん推理を進めていってください」

家田も無条件の賛意を示した。

「では、念を押しておきますが、犯人は過去の事件の重要証拠をこの近辺に隠したという想定をきっぱり捨ててください。犯人は菅村悠斎氏を殺害した人物で、その真相に近づきそうな僕の――その危惧(きぐ)があたっているかどうかは別問題として――口を封じようとしているという想定に切り替えてほしいんです。いいですか」

「ＯＫ」「了解」という声が重なる。

「さて、現在分かっていることは、被害者の菅村悠斎氏は十九道盤・黒四々有効――

つまり涙香(るいこう)が定めたルール通りの旧連珠の高段者で、それがために涙香への敬愛も深かったのでしょう、この冬に開催予定の涙香展の準備会のパーティにも顔を出した。ただ、どこからか話を聞きつけて一人で来たのか、それとも誰かに誘われて同行したのかまでは分からない。そうでしたね」

「ああ、その通りだ」

麻生は答えながら、面々の顔にゆっくり視線を巡らせた。

「その菅村氏と会話を交わしたのは麻生さんと永田さんでしたね。このなかで、ほかにそのパーティに来ていた方はいらっしゃいますか？　念のために申し添えておくと、あとで警察に調べられれば分かることでしょうから、正直にお願いします」

智久の質問に弥生、井川(いがわ)、小峠、家田の四人が手をあげたが、菅村悠斎らしい人物には全く憶えも心あたりもないと口を揃えた。大館は所用で欠席。緑川と美沙子に関しては茨城県の住人だし、そもそも同郷の大館から明山(めいさん)付近を調べてほしいという話がくるまで特に涙香に深い思い入れがあったわけではないので、涙香展やそんなパーティのことさえ知らなかったという。

「確か、菅村氏は自分も涙香展のためにメモリアルになるものを進呈したいと言ったんでしたね」

「ああ。準備が整い次第連絡するので、それが何なのかはしばらく待ってほしい、とも」

「ほかにも『死美人』や『武士道』の話題がのぼったんでしたっけ」

「よく憶えているね」

　麻生は感心しながら、

「もう少し詳しく言うと、涙香の翻案小説も何冊か読んだが、なかでもその二冊が面白かったということだった」

　そこで永田が、

「そういえば、『武士道』の原作はボアゴベイの『マリー・ローズの隠れ家』で、我々がここを《涙香の隠れ家》と称ぶことにしたのもそこからなんだよ」

　そんな内幕を披露した。

「あ、そうなんですか。それは知りませんでした。もしかして涙香自身、そのタイトルが頭の片隅にあって、自分も隠れ家を持ちたいという発想に結びついたということはないでしょうか」

　そんな智久の疑問に、

「いや、恐らくそれはないだろうな。涙香が下敷きにしたのは英訳本で、そのタイトルは単に『マリー・ローズ』だったからね」

永田のきっぱりした否定に、智久は「なるほど」と納得した。

「それで麻生さんと永田さんは、ほかに菅村氏とどんな話をしたんですか。どんな瑣細なことでもいいんですが」

すると麻生は困惑を顔いっぱいに浮かべて、

「そう言われてもねえ。会話を交わした時間もせいぜい五、六分くらいのものだし、正直、細かなことは忘れてしまったし——。確か、涙香展での展示物の内訳を訊かれて、いろいろ説明はしたと思うが」

「私も話に加わったのは最後の最後、麻生さんが菅村氏にそれは何かと尋ねているところで、菅村氏が涙香展に何か出したい意向を持ち出したというのもあとで麻生さんに聞いて知ったくらいだからね。直接にはほとんど内容のある言葉も交わしていないんだよ」

永田もそんな答えだったので、

「分かりました。では、次に犯人に関して考えましょう。殺害現場で旧連珠の対局が行なわれていたことから、犯人も旧連珠の高段者だと僕も当初は即断していたんですが、事態がこうなった上でよくよく考えてみると、決してそうとは限りませんね。十五道盤・黒四々禁の新連珠の高段者でも、少々勝手が違うとはいえ、旧連珠にも充分応用が利くはずですから」

　そこで井川が、

「それは確かにそうだね。日本ルールの碁と中国ルールの碁よりは差があるが、少なくとも将棋とチェスほどの違いは全然ない。現に、昭和四十一年の大団結までの両者が争っていた時期には、互いに相手ルールで戦うような対抗戦も行なわれていたようだし」

「ということで、犯人は新旧問わず連珠の高段者か、少なくともそれに準じる打ち手ということになるんですが、このなかでそれに該当するのは――」

　智久がぐるりと一同を見まわすと、いま喋ったばかりの井川が、

「困ったな。いちおう連珠に関しても三段を自任しているからね。そういえば、三段というのは高段、低段、どちらに該当するのかな」

　冗談めかして言うと、

「あまり考えたことはなかったですが、囲碁ならアマの場合は三段までが低段、四段以上が高段でしょうか」

　智久が律儀に答えた。

「俺も連珠はいちおう打つことは打つが、問題集のテストで一級と初段を行ったり来たりだ」

小峠のその申告には、

「僕とたまに打つことはあるけど、まあそんなところかな」

井川が妥当な線と保証した。

ほかの面々は子供の頃に五目並べをやったのがせいぜいで、連珠など打ったことは全くないと一様に首を横に振り、

「僕も全然。そんな趣味があるかどうか、まわりの親しい友人に聞いてもらえれば分かりますよ」

家田もそう訴えたが、

「昔なら確かにそれで明らかになったでしょうが、今はじかに人と打たず、ネットだけで強くなる人も多いですからね。そういう場合、まわりの人は全然そのことを知らないケースもあり得ますから」

智久が言うと井川も、

「うん、そうだね。僕も純粋にネット碁だけで四段になった奴を知ってるよ。まわりに実際の打ち手の少ない連珠だと、もっとそういうケースは多いかも知れないな」

そんな加勢に、

「じゃ、自己申告は意味ないってことですか？　そんなあ」と、家田。

「パソコンの履歴まで調べてもらえばいいんでしょうけど、どのみちこの場では潔白を証明することはできないわね」

弥生もあきらめたように肩をすくめた。

「ほかにはどうかな。犯人は毒を入手しやすい立場にいるというのも絞りこみの条件としてあげられるけど、やっぱりこれも今はネットでいくらでも入手できる時代だし」

智久が自問自答するように呟いたところで、

「持ち物検査はどうだろうね。毒を隠し持っているかどうか調べるんだ」

永田がここぞとばかりに言い出した。

「やはりそこに行き着くほかないでしょうか。あまり気が進まないですし、具体的にどういう手続きで実行するか難しいですが、少しでも事態の進展を図るためには、やっておくほうがいいんでしょうね」

智久が言うと、

「少しでも疑いを晴らすためなら、是非ともやってほしいです！」

「このままずっと犯人じゃないかという眼で見られるのは、あまり居心地いいもんじゃないからな」

大館や小峠に続けて、ほかの面々も同じ意思を表明した。

疑問の余地がはいらないよう、検査は智久と類子だけで行なうことになった。それも、今から隠す暇を与えないよう、今このままの状態でだ。各人下着も脱いで素裸になり、衣類を隅から隅まで綿密に調べる。もちろん弥生は別室で（ただし、何かあったときに急を報せられるようにドアは開いたままで）類子が検査する。そしてそれがすんだあとで、八人を広間に集合させておいて、智久と類子が今度は各部屋の持ち物を検査する。『亥』の部屋の美沙子の寝袋のなかまで、徹底的にだ。各人の了解を取りつつ、こういう段取りが決定された。

「異存はないよ。むしろ、それくらい徹底的にやってもらわないと甲斐がない」と、永田。

「もしかすると牧場君や類子さんの持ち物に忍ばせた可能性もあるから、自分たちのもよく調べてほしいな」

井川の要請に類子が、

「もちろんです。持ち物だけじゃなく、私の衣類も同じようにして、逆に弥生さんに調べてもらおうと思ってます」

　きっぱりとそう宣言した。

　智久の足もかなりよくなっているのが幸いだった。早速弥生と類子は『申（さる）』の部屋に向かい、ほかの面々は広間に残って検査が開始された。

「では、まず、麻生さんから行きましょうか。ほかの人たちはお互いに怪しい素振りがないか見張っていてくださいね」

「了解」と、井川。

「ああ、まさかこんなことになるとは思っていなかったなあ」

　脱いだ服をきちんとテーブルに並べながら家田がボヤく。誰が殺人犯とも知れないこんな状況のなかで、いったん無防備極まりない全裸姿になるのが何とも心許（こころもと）ないのだ。

「俺はあっちの部屋が気になるな。こっちのムサ苦しさと較べりゃ天国だ」

「そういうこと言っちゃダメですよ」

「おっと、失言。まあ聞き逃してくれ」

　小峠と家田のやりとりがいくらか空気を和らげたが、笑いを洩（も）らす者はいなかった。

二十分ほどで「こっちは終わった」と、戸口のずっと先のほうから類子の声が聞こえ、「こっちはまだまだ。しばらくそこで待機してて」と智久が大声で言い返すと、「分かった」と声が返ってきた。

広間での検査が終わったのが午後四時近く。結果は異状なし。智久が「もういいよ」と呼びかけると、すぐに類子と弥生が戻ってきた。全員の衣類からそれらしいものは見つからなかった。

智久は麻生から鍵を預かり、

「じゃ、今度は持ち物検査だ。こっちのほうが大変だけど、四部屋ずつ分担しよう。できるだけ綿密に。疑問のあるものは持ち出して、あとで当人に説明してもらう。念のため、刃物類など武器になりそうなものも没収。最後は『亥』の部屋に。いいね」

「分かった」

類子は腕まくりして作業に向かった。

捜索は二時間ほどかかった。疑問物として持ち寄られたのは永田のピルケース、弥生の化粧品類、目薬、錠剤壜（びん）、家田の仁丹（じんたん）ケースと、大館のそれこそ内容物のよく分からない金属製の缶だった。

永田は「コレステロール値をさげる薬だよ。ちょうど頃合だから、ホラ、いいかな」と、錠剤をひと粒いったん舌の上に載せ、未開封だった水で飲みこんだ。弥生も化粧品や目薬を実際に使ってみせ、「これは痛み止めよ」と薬剤も一錠服んでみせる。家田も「怪しいところは何もないですよ」と、十粒ほど口のなかへ。大館は「これは紙用の接着剤ですよ。使ってみせましょうか」と、実地に使用法を披露した。みんな自分への疑惑を払拭するのに懸命なのだ。

没収されたのは麻生と大館の刈込鋏、鎌、シャベル類。小峠のサバイバル・ナイフ。緑川の包丁などの調理用刃物数点。これらは『亥』の部屋に保管し、鍵は智久がそのまま預かることになった。

結局、毒物は発見できず。その結果は一同の肩に大きな徒労感となってのしかかった。仲間の一人がいきなり殺人犯へと変貌する事態を避けられた安堵もないではなかっただろうが、いったい誰が犯人だろうと疑いあわねばならない状況が持ち越しになってしまうほうが、やはり耐え難いことなのだ。

「つまり、犯人は二度毒を使ったあと、一階で外に投げ捨てでもして処分したということかな」

井川が残念そうに首を振ったが、

「捨てたとは限りませんね。建物のすぐ近くの見つかりにくいところに隠している可能性もありますから、今後も注意は怠らないようにしましょう」

　智久の呼びかけに、

「油断してると、また毒が使われる可能性もあるってことか。畜生」

　小峠が忌々しげに毒づいた。そこで井川が考え考え、

「そうすると、トイレの同伴を今後も続行する必要があるね。ただし、トイレを使用する者はドアを開いたままにして、同伴者と互いに相手を監視しなければならない。弥生さんと類子さんには常にペアを組んでもらうということで」

　そんなルールを提示した。

「牧場君の身の安全のためですものね。できることは何でもするわ」と、弥生。

「ただ、大はいいとして、男は小のとき、ドアに背を向けることになるぞ」

　小峠のクレームに井川は、

「最近は男でも小のときに座ってする者がふえてきているそうじゃないか。そのほうが飛沫がとび散らないので、トイレ掃除する主婦陣には歓迎されていると聞くよ。我々もそれに倣えばいいんじゃないか」

「ヤレヤレ。こんな切羽詰まったときにそんなお上品な習慣を身につけさせられるとは思わなかったな」

小峠はすっかり脂でゴワゴワになった縮れ毛を掻きまわしたが、結局その提案も一同にすんなり受け入れられた。

「さて、残念ながら持ち物検査では特定に至りませんでしたが、犯人に関する考察はまだこれからです。ただ、その過程で疑心暗鬼を掻き立てるような事態もあるかと思うので、その点についてはできるだけの覚悟をお願いします」

智久が改めて宣告すると、

「途中でどういう流れになっても冷静でいろってことだね。まあ、犯人と見なされて監禁されるのは困るが、たとえそうなってもできるだけ明鏡止水を心がけるよ」

井川が宣誓するように片手をあげながら言うのに続いて、

「考察がおかしな方向に向かわないことを祈るばかりだな」

小峠がアーメンとばかりに胸の前で十字を切った。

「とにかく犯人の人物像を考える上で、最大の材料となるのは第一の事件です。まず動機ですね。犯人はなぜ菅村悠斎氏を殺さねばならなかったのか。犯人は殺害直前、菅村氏と旧ルールによる連珠の対局をしていた。それも、これはあくまで推測に過ぎませんが、どうやら賭けをしていたらしい。ただ、賭けの内容自体が殺害動機に直結しているのか、それとも殺害を容易にするために賭けを持ちかけたのかは分かりません。ここまではいいですか」

　智久が尋ねると、一同は神妙に頷いた。

「ひとつの重要な問題はアリバイですが、これは今の時点で、犯行時刻に皆さんがどうしていたかを確認することはできないので、先のばしにするしかないですね。いずれ詳しく警察から調べられると思いますが――」

　智久はそう言って、もう一度ぐるりと視線を巡らせた。犯人に向けて、だから今のうちに名乗り出ろと暗に言い含めているのがひしひしと察せられて、一同はそっと互いの顔を盗み見た。

「さて、ここで考えなければならない問題があります。それは、犯人と菅村氏の関係はいつからのものかという問題です。もし、それがずっと以前からのものなら、今回の殺害の動機を推し量ることは今の僕たちには不可能でしょう。しかし、もしそれがごく最近――とりわけ菅村氏が涙香展の準備会のパーティに参加したあとのことだとすれば、にわかに推測の可能性が浮上します。もちろん皆さんの頭にもずっとひっかかっているでしょう。具体的には、菅村氏が涙香展のために進呈したいと申し出た《何か》です。殺害動機はその《何か》に絡んでいるのではないでしょうか」

　智久がそこまで言ったとき、

「うん。僕もずっとそれが気になっていた」

「きっとそれですよ。ほかに考えられない」

　永田や家田も強く同意した。

「犯人と菅村氏の関係が最近生じたというのも、あながち都合のいい仮定ではありません。いくら綿密に計画を立て、また充分な成算もあったにしろ、旅館の客間というのはやはり人の殺害を実行しやすい舞台とは言えませんね。もしも犯人と菅村氏が古くからのつきあいで、それなりに気ごころも知れた関係なら、もっと殺害を実行しやすい場所をいくらでも選べたのではないでしょうか。ああいういくぶんよそゆきとも言える場所を選んだのは、僕にはむしろ、犯人と菅村氏が初対面か、それに近い関係だったからのように思えるんです」

　智久の言葉に「ああ、なるほど」という声が重なり、

「確かにそれは説得力がありますね」

　口数少なかった緑川も何度も小さく首を縦に振った。

「そういうわけで、犯人は菅村氏が涙香展の準備会のパーティに出席したときか、そのあとで接触を図ったという仮定は充分蓋然性（がいぜんせい）があると思います。さて、では、菅村氏の《何か》が殺害にどう絡んでいるかですが、考えられるのは、犯人にとってその

《何か》が咽から手が出るほど欲しいものだったというのがひとつ。そして、犯人にとってその《何か》が世に出ることが致命的な不利益になるので、何としてでも阻止しなければならなかったというのがもうひとつ。さしあたり、僕にはそれ以外に思い浮かばないのですが、皆さんはどうでしょうか」

その問いかけに一同はウーンと首をひねって考えたが、これといった考えは思い浮かばないようだった。

「そうか。殺してでも手に入れたいものだったか、殺してでも世に出したくないものだったか——。そしていずれにしても、それは涙香展に出品するにふさわしいものだったわけですね」

緑川の呟きに、

「普通は涙香にまつわる貴重品ということで前者を想像するが、なるほど、後者も考えられるんだな。しかし、涙香にまつわるもので、犯人にとって世に出てほしくないものとは何だろう」

小峠がひっきりなしにタバコをふかしながら首をひねった。

「あのとき、モノが何だったのかを聞き出せなかったのがつくづく悔やまれるよ」

麻生が歯嚙みせんばかりに唸る。

「どっちにしろ、犯人はその《何か》を持ち去ったのよね。菅村氏は現場にそれを持ってきたのかなあ」

　類子の疑問に智久が、

「確か、菅村氏が旅館を訪れたとき、荷物らしいものは持っていなかったとか」

「じゃ、持ってきたとしてもポケットにはいるくらいの小さなものよね」

　そこで永田が、

「もし持ってきていなかったとしたら、あとで菅村氏の家に侵入して盗み出したことになるね。欲しいものなら当然だが、忌まわしいものの場合でも、いつ世に出るか分からないものをそのまま放っておくはずがないからな」

　すると智久が、

「ああ。言い忘れてましたが、菅村氏の住居を詳しく調べたところ、確かに何者かが家捜ししていったらしい形跡があったそうです。菅村氏の所持品のなかに鍵はなかったので、犯人が持ち去り、あとで侵入したのでしょう。一昨日(おととい)の対局の直後に刑事さんから連絡があって、追加情報として聞きました」

「それを早く言ってくれないと。つまり、菅村氏は現場に《何か》を持ってきておらず、犯人はあとで回収したわけだな」

「ただ、《何か》は単品でなく、菅村氏は現場にその一部を持ってきて、犯人があとで残りを盗りに行った可能性もありますよ。また、目当ての《何か》は現場で入手したものの、ほかにもそれに類したものがあるのではないかと考えて、念のために家捜ししたのかも知れません」

「なるほど。いろいろ考えられるんだね。結局、この点でも確定的なことは導き出せないわけか」

永田は嘆息まじりに首を振った。

「では、ここで視点を変えて消去法を試みましょう。このなかで犯人ではない人物を特定できるかどうか。端的に言って、僕は麻生さんは除外していいと思います。そもそも菅村氏が涙香展の準備会のパーティに参加していたという麻生さんの証言がなければ、第一の事件と今回の事件が結びつけられることはなかったんですから。麻生さんが犯人だった場合、そんな余計でリスクしかない証言をわざわざする必然性は全くないでしょう。従って、僕は麻生さんを容疑者リストからはずしていいと思うんです」

智久の断定に、麻生は何とも言えない安堵の表情を浮かべた。

「僕は……？」

そこで緑川がオズオズと尋ねると、智久は「その前に」というように大館に顔を向け、

「確認しておきますが、大館さんは明山近辺に涙香に関するものがあるかどうかの調査を依頼したときか、その前後に、パーティに菅村氏が出席していたことを緑川さんに伝えましたか」

大館はぶるるんと首を横に振って、

「いや、とんでもない。何しろ僕は菅村氏が出席していたなんて話もまるで聞いていなかったんだから！」

「では、菅村氏と以前から何らかの繋がりがあった可能性もゼロではないにせよ、緑川さんも限りなく白に近いとは言えますね」

その言葉に、

「『限りなく』という条件つきとはいえ、やはり嬉しいものですね」

緑川はか細い声で返した。そこで弥生も緊張に耐えかねたように、

「犯人は加藤（かとう）という名で部屋の予約を取ったんでしょう。犯人は男じゃないの？」

自分から尋ねかけたが、

「残念ながら、そうとは限りません。ほかの人物に頼んで予約を取ってもらった可能

性もありますから」

智久に言われて軽い溜息をついた。

「ほかのパーティに出席していた方がたも、麻生さんと菅村氏の話を聞きつけるか、あるいは別途話をするかで《何か》の存在を知った可能性があります。また、大館さんも後日誰かにパーティでのことを聞いた可能性があるので、リストからはずすわけにはいきませんね」

「結局、除外されるのは二人だけか。トホホだな」

小峠がタバコを咥えたまま天を仰いだ。

「そうなると、連珠を打てることがはっきりしている点で、僕と小峠、とりわけ僕の疑惑がいちばん濃厚ということか。困ったね」

井川がヤレヤレとばかりに頭を搔き、

「その点以外に、犯人の人物像を積極的に示すような条件はないのかな」

そこで緑川が居心地悪そうにモジモジと肩を揺すった。

「うん？　何か言いたいことがあるのかね。あるならこの際、言っておいたほうがいいと思うが」

永田が目聡く気づいて促すと、

「いえ。疑惑を掻き立てるようなことなので言いにくいのですが……さっき牧場さんは、もしも犯人と菅村氏が古くからのつきあいで、それなりに気ごころも知れた関係なら、もっと殺害を実行しやすい場所をいくらでも選べたはずだと言いましたよね。だから犯人と菅村氏は初対面か、それに近い関係だったのではないかと。僕は犯人と菅村氏が初対面に近い関係か、あるいはもう少し長い期間の関係かにかかわらず、もう勤め人ではない菅村氏を旅館という場所に招いて饗（もてな）すのはどういう人物かを考えてみたんです。……部屋を予約したのは菅村氏自身ではなさそうですから、菅村氏が招いた側ではないでしょう。……とにかくそんなふうに考えてみたら……そしたら僕のイメージに浮かんだのは……」

「うん？　はっきり言いたまえ」

永田のその催促に心を決めたように、

「……取材ではないかと。つまり、記者や編集者と、取材される人間という関係です」

途端に家田が尻に電撃を喰らったように椅子からとびあがり、

「え、え、え？　それって僕のことですか!?　そ、そんな。僕じゃありませんよ！」

両手を振って懸命に否定した。

「ほらほら、さっき言ったばかりじゃないか。どんな流れになっても冷静さを失わないって」

井川の窘めにも、

「だって、だって。編集者というだけで疑いの眼で見られるなんて、あんまりじゃないですか。ねえ、そうでしょう」

家田は縋るように智久に訴えたが、

「でも、緑川さんの指摘はいいポイントを突いていると思いますね」

そんなふうに言われて、「え、え、え、ぇ、ぇーっ」と尻すぼみの情けない声とともに椅子にへたりこんだ。

「いや、別にだからと言って、もうそれに間違いないと言ってるわけじゃありませんよ。ただ、連珠の対局という条件がまずあるにしても、非常に《なるほど感》のある指摘ではないでしょうか。それに、犯人と菅村氏の関係がごく最近のものとすれば、犯人は実際に記者や編集者である必要はなく、そういう身分を騙って接触した可能性もあるわけですから」

その言葉に、

「そうか。そうですよね。ああよかった。ちょっと救われた～」

家田は地獄に仏というように手をあわせた。

「第一の事件に関して、ほかに推理なり気づいたことなりがおありの方はいらっしゃいますか？」

智久が呼びかけ、しばらく待ったが、みんな窺うように周囲を見まわすだけなので、

「では、視点を今回の事件に移しましょう。このなかの誰かが僕を狙っている。最初は山道の途中の岩棚の上から岩を落とし、二度目は僕のコップに毒を仕込んで殺そうとした。そしてそれらに失敗したあと、麻生さんの鍵を盗み出し、『亥』の部屋に保管していたペットボトルのオレンジ・ジュースに毒を混入して、犯行を無作為殺人に見せかけるように細工した。今のところ、犯人の行動で確定している部分はこれだけですよね。残念ながらこれだけでは手がかりが少なすぎて、僕には今のところ犯人を限定する要素を見出せないでいるんですが、皆さんはどうでしょう」

そう振られても一同首を傾げるばかりなので、

「もう一度念を押しますが、それを指摘することで恨みを買ったり、逆に疑惑を招くんじゃないかという不安もあるでしょうけど、それは今のようにきっちり検証すればいいことですから、どうかそんな迷いを棚上げしてお願いします」

言いながら一人一人に確認までしたが、

「そう言われてもねえ。どの行為も、誰でも可能なこととしか思えないし」

「牧場君も分からないのに、私なんかとてもとても」

永田や弥生が首を傾げるなかで、

「毒は女の凶器という言葉があったような気がするんだが、だからと言って菱山(ひしやま)さんが怪しいなどとは口が裂けても言わないので、はい、これはきれいさっぱり聞き流してください」

小峠がそんな軽口を洩らした。

「ただ、麻生さんがドアロックをかけずに寝たのは犯人にとって大きな幸運だったね」

井川の指摘に、麻生が何と反応していいか分からない顔で眼を瞬(またた)かせた。

「それに気づいて、犯人はひそかに喝采をあげたでしょうね。もし麻生さんが眼を覚ましても、そのときはそのときで適当に理由をつけてごまかすつもりだったんでしょう。どんな理由づけを用意したのかは可能性の範囲が広すぎますし、ましてそこから犯人を限定することもできそうにないのが残念ですが」

智久はゆっくり首を横に振ってみせた。

「結局、誰が犯人か分からないってこと？」

類子が不満と苛立ちがごっちゃになった表情で首をのばしたが、

「まあ、いずれ僕らがここから解放されて、警察の手でいろんなことが詳しく調査されれば、いっきょに犯人限定の手がかりが揃うだろうからね。今のこの条件下では、それまで持ち越しも仕方ないさ」

智久は肩をすくめながら言って、

「ということで、僕は当面、暗号いろはの解読に専念するよ」

その口振りはむしろ吹っ切れたようにさばさばとしていた。類子だけでなく、ほかの者もいささか肩透かしを喰らったような面持ちで顔を見あわせたが、狙われている当の本人がそれでよしというのだから仕方がない。とはいえ、果たして誰が殺人犯なのかという怯えが解消されずにやり過ごされたことで、彼らのあいだにぎくしゃくとした重苦しい空気がどんよりと残ってしまったのも事実だった。

そうこうするうちに午後七時をまわり、そろそろ夕食をということになった。みんなあまり食欲が湧かない様子だったが、これからひと晩を乗り切るためにと、それぞれ思い思いのものをモソモソと腹に詰めこみ、トイレもなるべく分散を避けるためにまとめて順繰りにすませた。

類子もそれに加わったが、暴風雨は天地を揺るがすように凄まじく、恐らく今が最高潮と思える勢いだ。ビニールシートを繋ぎ止めたロープもギシギシと悲鳴をあげ、今にもちぎれとんでしまいそうだった。そしてそんな状況の一階から地階に戻ろうとしたとき、類子は智久に呼び止められて、素早くあることを耳打ちされた。

「いいね。分かった？」

「分かったけど、それって——」

「じゃあ、頼むよ」

軽くポンと肩を叩いて階段をおりていったので、それ以上の追及はできなかった。

解読

地階の広間に戻っても、かすかな震動が体の芯に残っているような気がした。いや、いくら時間がたってもその感覚はうっすらと貼りついて消え去ろうとしない。気のせいではないのだろう。建物の地上部分の鳴動がここまで伝わってきているのだ。

ほかの者もそれに気づいたらしく、不安げな顔で天井に視線を彷徨(さまよ)わせている。

「まさか、崩れ落ちたりしないわよね」

弥生がぽつりと洩らすと、

「いくら何でも、地下までは大丈夫ですよ」

誰かがその不安を口にするのを待ち構えていたように大館が即座に答えた。

「さすがにそこまではないだろうが、出入り口が塞(ふさ)がれる可能性はあるかもな」

そう言う小峠には、

「まあ、そうなったらそうなっただ。すぐに救援隊が掘り出してくれるさ」

井川が気楽に行こうというように手をひろげて返した。

智久はと見ると、もうテーブルに紙をひろげて暗号いろはの解読に取りかかっている。

雀斑似合ひ　偏奇得ね　　そはかすにあひ　へんきえね
蓼抜ける文　これ置くも　たてぬけるふみ　これおくも
一途和流の　徒を目なせ　いちつわりうの　とをめなせ
歩し参らむ夜　八叉路ゆゑ　ほしまゐらむよ　やさろゆゑ

類子も肩ごしに後ろからそっと覗きこんだ。繰り返し読み返したので、今は彼女にも暗唱できるくらい頭に銘記されている。ただ、前提となるキーワードが「柊(ひいらぎ)」と判明した今になっても、これがさっぱり意味不明なのは以前と同じだった。

「どうなの？　見込みは」

そう呼びかけると、智久はウーンと頭の後ろに手をやりながら反(そ)り返って、

「見込みは相当暗いかな。前提となるキーワードを導くものが四十九番目の暗号いろ

は以外に見あたらないので、それが『柊』なのは間違いないと思うんだけど……。『柊』を数にあわせ、そこから偏を消し去る——。前も言った通り、そこからして何が何やらという状況だからね。そもそも《数にあわせる》や《偏を消し去る》という考え方が間違ってるのかな」

言いながら頭に腕を巻きつけるようにして思い悩む様は、囲碁の対局で何とか非勢を挽回しようと呻吟する姿とまるで同じで、本当に苦しそうだ。ただ、囲碁の場合は正解の存在自体があやふやなのに較べ、こちらは確かにどこかに正解が存在するという点が大きな違いだろう。そしてそれ故に、いっそう煩悶の度合いが深いのかも知れないのだが。

「もしかして、今はまだ気づいていないだけで、四十九番目のいろはと雀斑いろはのあいだを繋ぐものがどこかにあるということはないのかね」

そう呟いたのは永田だった。

「第三の暗号いろはですか？　どうかなあ、ウーン」

智久は首をひねりひねり、

「もしそれが地下ではなく、階上のどこかにあったとしたらアウトだけど……いろははすべてこの地下に纏め置かれているほうが美しいから、涙香さんがその規則性を破るとは思えないんですよね。かといって、雀斑いろは以外の四十七首のなかに暗号仕立てのいろはがあるとも思えないし、四十八首のいろはから僕らの見つけた四十九番目のいろはは以外に、五十番目のいろはを浮かびあがらせることができるとも思えないし……」

その口振りは、第三の暗号いろはの存在にいかにも否定的だった。

「繋ぐものがいろはとは限らないんじゃないの？　ちょっと視点を変えてみたら？　例えばこの天井の――二十八宿（にじゅうはっしゅく）だっけ。これってただのお飾りなの？　これも暗号に関係あるなんてことはない？」

類子が言うと、智久はぴくりと片方の眉を動かし、

「なるほど。二十八宿ね。それは考えに入れてなかったな」

その呟きに麻生が眼を輝かせて、

「おお。今回も突破口を見つけたのは類子さんか！」

そう叫んだが、

「まだちょっと話が早いですよ。ただ、言われてみれば、いろはで固めたこの地下に二十八宿が飾られているのは確かに異分子混入ですね。とにかく二十八宿を改めて書き出してみましょうか」

　智久は言うが早いか、それをどんどん新たな紙に書き連ねていった。

青龍　角・亢・氐・房・心・尾・箕
玄武　斗・牛・女・虚・危・室・壁
白虎　奎・婁・胃・昴・畢・觜・参
朱雀　井・鬼・柳・星・張・翼・軫

「残念ながら、このなかに『柊』というのはないですね」と、緑川。

「そういえば、確か、これらの宿には中国伝来の音読みだけでなく、日本式の訓読みの名称もありましたね」

　智久がふと思い出したように言うと、永田が「ウン」と力強く頷き、

「確かに和名もある。ちょっと待ってくれたまえ。持ち物検査がすんだあとだから、自分の部屋に戻ってもいいだろう」

　了解を得てそそくさと広間から出ていくと、ものの一分もしないうちに一冊の本を携えて戻ってきた。そして遽しくページをめくっていたが、すぐに目当ての図表を見つけてテーブルにひろげてみせた。

東　青龍

角　スボシ　　おとめ座中央部
亢　アミボシ　おとめ座東部
氐　トモボシ　てんびん座
房　ソヒボシ　さそり座頭部
心　ナカゴボシ　さそり座中央部
尾　アシタレボシ　さそり座尾部
箕　ミボシ　いて座南部

北　玄武

斗　ヒキツボシ　いて座中央部（南斗六星）
牛　イナミボシ　やぎ座
女　ウルキボシ　みずがめ座西端部
虚　トミテボシ　みずがめ座西部
危　ウミヤメボシ　みずがめ座の一部＋ペガスス座頭部
室　ハツキボシ　ペガススの四辺形の西辺

壁　ナマメボシ　ペガススの四辺形の東辺

西　白虎

奎　トカキボシ　アンドロメダ座

婁　タタラボシ　おひつじ座西部

胃　エキヘボシ　おひつじ座東部

昴　スバルボシ　すばる（プレアデス星団）

畢　アメフリボシ　おうし座頭部（ヒアデス星団）

觜　トロキボシ　オリオン座頭部

参　カラスキボシ　オリオン座

南　朱雀

井　チチリボシ　ふたご座南西部

鬼　タマヲノボシ　かに座中央部

柳　ヌリコボシ　うみへび座頭部

星　ホトヲリボシ　うみへび座心臓部

張　チリコボシ　うみへび座中央部

翼　タスキボシ　コップ座

「へへえ。スボシとかアミボシとか、どれもこれも聞いたことのない名前だな」

小峠が眼をパチクリさせたが、

「ええっと……ああ、スバルボシというのが唯一聞き馴染みがありますね」

家田の指摘に、「ああ、それがあったか」と頷いた。

「とにかく、中国名よりこの和名のほうがいかにもクサいわね。ここから何か浮かびあがってこないかしら」

弥生に言われ、智久は図表と睨めっこしながら、

「もしそうなら、ス、ア、ト、ソ、ナと続く頭の文字かな。このままの順序のはずはないから、入れ替え操作が必要になる。……七かける四で二十八か。柊を数にあわせて二十八になればうまいんだけど……ウーン」

ますます悩み深そうに呻いた。

「やっぱりどうにかなりそうもない？」と、類子。

「まあちょっと待ってよ。いろいろ考えてみるから」

「分かった、じゃあ、黙って見てる」

そのやりとりを見てまわりも口数を控えめに見守り、しばらくして小峠が、

「俺もちょっと部屋に戻っていいよな」

そしてやはりすぐにチェス盤を携えて戻ってきて、井川と対局をはじめた。

いつもなら麻生や大館は資料の整理にかかるところだろうが、どうやらあまりそんな気にもなれないらしく、みんなぽつぽつと事件に関する会話をしたり、井川たちの対局を観戦したりして時間を過ごした。三十分ほどして小峠のキングの頓死で対局が終わったが、そのすぐあとに、

「ああ、やっぱりダメだ。どうにもならない！」

智久が両手を振りあげるようにして背凭れにそっくり返った。

「いったん休憩する？」

類子の呼びかけに、

「いや、二十八宿の線を保留するだけだよ。またもとの路線に戻って考えてみる」

智久はすぐにまた前のめりに集中しはじめたので、

「――だって」

類子はみんなのほうに振り返りながら肩をすくめてみせた。

「じゃあ、僕らだけゲームで時間を潰すというのも何ですから、ここで気を紛らわせ

るにはうってつけのゲームをやってみませんか？　できれば全員に参加して戴きたいのですが、もちろん強制はしません。ただ、ゲームといってもごく簡単なので、どうかお気軽に。皆さんは『ウミガメのスープ』というのをご存知ですか？」

井川の問いかけに、知っていると答えたのは小峠と緑川の二人だけだった。

「では、お前と緑川さんは観客、ないしはオブザーバーということで。それでは、まず短いお話をするので聞いてください。ある男が、とある海の見えるレストランでウミガメのスープを注文しました。けれどもその客は出てきたスープをひと口飲んだところでハタとスプーンを止め、シェフを呼びつけて訊きました。『これは本当にウミガメのスープですか？』『はい、これは間違いなくウミガメのスープです』シェフが答えると、男は早々に勘定をすませて店を出ました。そしてそのまま岸壁に向かい、海にとびこんで自殺してしまいました。――とまあ、こういう話です」

「へええ？」

家田が真っ先にキツネにつままれた顔で首を傾げたが、想いは類子も同じだった。

「皆さんには、この客がどうして自殺してしまったのか、その理由を探り出してほしいんです。つまり、皆さんが探偵役です。真相は僕が知っているので、僕にそれを探り出すための質問をしてください。ただし、僕がイエス・ノーで答えられる質問に限ります。質問の回数を限るやり方もありますが、ここでは回数は無制限とします。ひとり一問ずつ、右回りの順番でということにしましょう。さあ、どうぞ、初めは誰からでもかまいません。質問してみてください」

　そう言って井川が悠然と待ち構える態勢にはいると、

「ふむ。面白いね。では、試しに質問させてもらおうかな。その男の客はそのレストランに全く初めて来たのかね」

　永田が訊くと、井川は「イエス。全く初めてでした」と答えた。

「次は私ね。じゃあ、その店で出たのは本当にウミガメのスープだったのですか？」

　弥生の質問に、

「イエス。シェフは嘘をついていません。彼が出したのは間違いなくウミガメのスープです」

　類子の番になって、

「じゃあ、男の客が自殺した理由は、ウミガメのスープを飲んだことだけだったのですか、というのはどうですか」

　そこで井川はちょっと意地悪な表情で、

「『というのはどうですか』というところまで含めての質問なら、イエス、そういう質問をしてもかまいません」

類子は慌てて、

「ちょっと待って、ちょっと待って、パス。言いなおします。男の客が自殺した理由は、ウミガメのスープを飲んだことだけだったのですか？」

「その質問にはちょっと答えにくいので、ちょっとサービスですが、《理由》という言葉を《原因》や《引き金》と置き換えるならイエスです。彼の自殺はウミガメのスープを飲んだことによって引き起こされたのであって、ほかの要因はありません」

次に智久をとばして家田が、

「てことは、食器とか、レストランからの風景も関係ないわけか。ウーン、難しいな。じゃあ、男の自殺の理由は、その男の過去の出来事と関係ありますか？」

「イエス。おおいにあります」

そこで大館が悩みに悩んで、

「客の男も実は料理人だったのですか？」

「ノー。彼は料理人ではありません。また、特に料理が得意なほうというわけでもありませんでした」

「料理人じゃない。そうか――」

無念そうな大館に続いて麻生が、

「ゆっくり外堀を埋めていったほうがいいのかな。では、男の客はレストランのある街の住人かね」

「僕の立てた設定によれば、ノーです。ただ、彼がその街の住人としても、大きなさしつかえはありません」

「住所はあまり関係ないということか」

一周まわって永田が、

「では、もうひとつ確認しておこう。その客とシェフは全くの初対面だったのかね」

「イエス。彼とシェフとは今まで一度も会ったことがありません」

その答えに、永田はちょっと意外そうな顔をした。

「問題はもっぱら男の過去にありそうね。では、いくわよ。その客は過去にウミガメのスープを飲んだことがありますか」と、弥生。

「イエス。彼は過去にウミガメのスープを飲んだことがありました」

そんなふうに、初めは探り探りだったが、彼らはどんどんそのゲームにのめりこんでいった。そしてさすがにミステリ好きの連中だけあって、さほど見当はずれな質問もなく、徐々にだが確実に包囲の輪をせばめている手応えもある。とはいえ、さすがに設定された男の過去を完全に暴き出すのはなかなか容易ではなく、大きな進展があったかと思えばしばらく堂々巡りの渋滞が続くといった繰り返しで、もどかしいことこの上なかった。

　その途中で緑川が、

「僕がこの『ウミガメのスープ』を知ったのは美沙子からでした。彼女、この手の出題役が得意で、思わせぶりな受け答えによく翻弄されたなあ」

　ふと懐かしそうに呟いたので、ひとときしんみりした空気が流れた。

　そのあとすぐに大きな進展があり、男の過去の解明がいっきに進んだ。それとともに類子はゾクゾクするものを背筋に感じた。浮かびあがってきたのはまさに驚くべき真相というやつだ。最後の細かな詰めには少々手こずったが、

「男は昔、船乗りだった。ある日、船が嵐で沈没し、男は数人の仲間といっしょに無人島に漂着した。しかしそこには食料がないので、弱った者から一人二人と餓死していった。残った者は死者の肉を食べて命を繋ごうとしたが、男はそれを固く拒否し、そのためにどんどん衰弱していった。それを見かねたほかの者が『これはウミガメのスープだ』と偽って男にスープを飲ませ、おかげで男は救助されるまで生きのびることができた。しかしずっとあとになって、レストランで本物のウミガメのスープを飲

んだとき、あまりの味の違いからすべてを悟り、自殺に至った——というのが真相ですか」

それまで分かったことを繋ぎあわせて弥生が質問し、

「そうですね。そのへんで正解の花マルを捺していいでしょう。皆さん、さすがです」

井川が請け合うと、何ともいえない充足した空気がその場にひろがった。

「うん、面白いね。なかなかの良問だ」

永田の言葉には小峠が、

「でしょう。この手のものをシチュエーション・パズルとか水平思考パズルとかいうんですが、この『ウミガメのスープ』はなかでも日本でいちばん有名になった作品ですよ」

さすがにパズル作家らしく詳しいところを見せた。

「水平思考って何ですか？」

類子の問いには再び井川が、

「通常の深く掘りさげていくタイプの論理思考を垂直思考として、それに対してもっと多角的な幅広い発想で物事を見つめようというのが水平思考の考え方なんだよ」

「この事件や暗号の解明にも、そういう考え方が必要ってこと？」

「まあ、牧場君は当然そうしたあらゆる思考を駆使しているだろうけどね」

その言葉とほとんどタイミングを同じくして、

「そうか。きっとそうなんだ――」

智久が小声ながらも鋭く呟いた。

「何、何？　分かったの？」

類子が腰を浮かせて覗きこむと、

「いや、ごくごく一部のことなんだけどね。二行目の後半に『これ置くも』とあって、その次の三行目の前半が『一途和流の』じゃない。その『一途』、つまり『いちつ』は、四十九番目の暗号いろは、つまり『いちつはにえの』ではじまるいろは自体を指してるんじゃないかと思うんだ」

智久は半身を彼女のほうに向けて言った。

「え？　どういうこと？」

「『いろはにほへと』ではじまる本家のいろはを僕らは『いろは』と言ってるじゃない。そして『萬朝報』は公募で一等になった『とりなくこゑす』ではじまるいろはを『とりな』と称び慣わしてるんだ。つまり、いろはの世界には各作品の頭三文字でその作品名とする流儀があるわけだよ。それでいけば、『いちつはにえの』ではじまる四十九番目の暗号いろはの名称は『いちつ』ということになる。だからここでの『一途』＝『いちつ』は四十九番目の暗号いろは自体を指していて、しかもその前に『これ置くも』が来てるんだから、ここでいったんそれまでの流れを置いといて、新たに『いちつ』歌全体に視点を戻すように要求してると思うんだ」

「へえ。何だか分かったような分からないような——」と類子は呟いたが、そこで「なるほど」と大きく頷いたのは小峠だった。

「さすが、暗号を作ったことのある小峠さんには共感してもらえたようですね。どうです？　これ、いい線だと思いませんか？」

「うん、かなり確からしい匂いがするね。ただ、その先は？」

「先もあともまだ全然です。でも、今までまるで五里霧中だったのと較べれば大違いですよ。これで何だかずいぶん見通しがついたような気がします。そうと分かれば、恐らくですが、バランス的に最後の『八叉路ゆゑ』というのはそれらしい文言を添えただけのジャンク領域じゃないかと見当もつきましたし」

　すると再び井川が、

「牧場君がそう言うからには、四十九番目のいろはの発見と同じくらいの大きな前進なんだろうね。とにかく、さらなる進展を待とうか」

そんなやりとりを聞いていた弥生が、

「思いもつかない着眼点だわ。こういうのも水平思考と言っていいんでしょうね」

嘆息まじりに呟いた。と、そこで小峠が、

「じゃ、もうひとつ水平思考パズルをやりませんか。題して『涙香と秋水』です」

「ほほう。それは何と、何と」

「オリジナルの問題ですか」

真っ先に喰いつく麻生と大館に、

「ええ。この合宿のあいだにやる機会があればと、ちょっと考えてきたんです」

「それは是非、ご披露願いたいね」

「いいですか？　では、例によって初めに短いお話を聞いてください」

そして軽く咳払いして、

「時は明治三十六年、涙香は論説充実のために招いた幸徳秋水・内村鑑三・堺利彦らに好きなように記事を書かせていたのですが、根っから社会主義思想ゴリゴリの秋水やキリスト教的人道主義の鑑三は、相継ぐロシアの横暴に開戦やむなしの世論が高まるなかで過激な非戦論を展開し、そのために『萬朝報』の売上がどんどん下降していきました。そのため社内からの猛烈な突きあげもあり、涙香は苦渋の末についに開戦論の方向に舵を切り替え、憤慨した秋水ら三人は『萬朝報』の退社を決意します。そしてその夜の出来事――。苦々しい顔の秋水がノックもせずに社長室に踏みこみ、涙香の前に退社届を叩きつけました。その書状と相手の顔をまじまじと見較べる涙香。かまわず秋水は部屋を出て行くのですが、この間、二人とも全くの無言でした。そして誰もいない編集室に戻った秋水が荷物の整理をしていたところ、涙香がそっと編集室に忍びこんできました。そしていきなり秋水の背後に組みつき、鋭い匕首を咽元に突きつけたのです。はっと驚き、身を固める秋水。すると涙香は手を放し、少しさがってふてぶてしい笑みを浮かべながら、『これが僕からの餞別だ』と言いました。するとしばらく眼をパチクリさせていた秋水は『有難うございます』と深く頭をさげ、荷物を手に社から晴ばれとした顔で去っていきました。さて、この二人のやりとりは何だったのでしょう」

小峠のニンマリと浮かべた笑みに、類子は再びキツネにつままれた想いに追いやられた。

「ふうん？　もちろん《その夜の出来事》というところからあとはフィクションなんだろうね」

首をひねる麻生に、

「イエス。そんな場面が実際にあったかどうかは知りません。あくまで僕の組み立てたフィクションです」

小峠が答えたので、

「そうか。もうはじまってるんだね。僕が言い出しっぺになってしまったわけか」

と、麻生は頭を掻いた。

「では、次は僕か。こういう質問はどうだろう。これは登場人物が涙香と秋水でなければならない問題なのかな」

永田の質問には、

「これはちょっと答えづらい質問ですね。さっきの『ウミガメのスープ』も、登場人物は客とシェフでなければならないというわけではないでしょう。そういう意味ではノーです」

「置き換えはきくが、涙香と秋水のキャスティングが問題としてしっくりくるということかな。何だかますます混乱を招くような質問をしてしまったか」

永田は自嘲(じちょう)するような笑みを浮かべた。

そして次は井川の番だったが、驚いたことに「僕は分かった」とあっさり宣言した。

「ただ、皆さんへのサービスのために、一回だけ質問させてもらおうかな。この問題を解くためには、涙香と秋水に関する、問題のなかで述べられたこと以外の知識が必要ですか？」

小峠はそれにニヤリと笑い、

「さすがにいい点を突くな。ノー。涙香が『萬朝報』の社長だったというくらいのごく基礎的な知識さえあれば充分です」

「やっぱり、登場人物が涙香と秋水であることはさほど重要ではないんだな」と、永田。

「さっぱり分からないわ。……では、確認だけど、本当ならお前を殺してしまうところだが、そうしないのがお前への餞別だ、ということ？」

弥生の質問にはきっぱりと、

「ノー。そういうことではありません」

「それだと簡単すぎるものね」

自分の番がまわってきた類子は頭を抱え、

「うーん、じゃあ、これも確認だけど、涙香さんには秋水さんを殺したり傷つけたりする気持ちはあったのですか？」

「ノー。涙香には秋水を殺傷する意思はありませんでした」

「じゃ、パフォーマンスだったんだ」と、類子。

そして小峠が「牧場さんはとばしていいのかな」と呟くと、智久はふと顔をあげて、

「さっきの『ウミガメのスープ』は知っていたからよかったけど、新たな問題が出されて、そっちにも気を取られるのは困ったなと思ってたんですよ。でも、井川さんが『分かった』と宣言したことで何となく見当がつきました。だから僕はスルーでいいです」

「え？　それだけで分かっちゃったの？　何だかズルーい」

「そんなこと言われてもね」

そのやりとりを羨ましそうに見ていた家田が、

「ええっと、僕ですか。じゃあ、その出来事があったのは本当にすべて『萬朝報』の社内なのですか？」

「イエス。すべて『萬朝報』の社内での出来事です」

その即答に、「見当はずれか」と家田は口をへの字に曲げた。続いて緑川が、

「では、僕から。秋水は辞表を出す前に、誰かに何かを言われていましたか？」

「まあ、ノーとしておきましょう。秋水はほかの二人と退社の意思確認をしただけです」

次の大館はもうさっぱり分からないという顔で、

「三人揃ってでなくて、秋水だけが辞表を出したのは関係ありますか？」

「ノー。関係ありません」

麻生も、

「涙香は秋水が欲しがっていた匕首を餞別として渡したのではないかね？」

「ノー。涙香は匕首を突きつけただけで、渡してはいません」

そんな具合で、今回はなかなかとっかかりがつかめなかった。

二周、三周とぐるぐる堂々巡りを続けるうちにたちまち時間が過ぎ、その間にトイレに立つ者も何組かいた。けれどもそうやってひとつのことに頭をひねり続けているあいだは、このなかに殺人犯が紛(まぎ)れこんでいるという宙吊り状態のじくじくした恐怖から逃れられていたのも事実だった。

端緒が見えたのは弥生の「秋水は本当に感謝の気持ちから有難うございますと言ったのですか」に続く、類子の「匕首を秋水さんの咽元に突きつけることで、秋水さんには利益があったんですか」の質問だった。どちらにもイエスが返ってきたので、では、それはどんな利益かという点に絞って試行錯誤が繰り返された。

そんなさなか、急に智久がはっとした仕種を見せ、国語辞典のページを凄まじい勢いでめくっていたが、

「そうか。そうなんだ、そうなんだ。ああ、馬ッ鹿だなあ。考えれば分かることじゃないか。どうしてそんなふうに思いこんでいたんだろ。馬鹿だ馬鹿だ！」

言いながら自分の頭をポカポカ殴りだすので、類子は慌ててとびついてその手を止め、

「どうしたの。何が分かったの？」

するとと智久は「それがね」と情けなさそうに首を振り、

「四十九番目の暗号いろはから導き出されるのは『柊』じゃなかったんだ」

その言葉には全員が驚いた。

「え？『柊』じゃなかった？　だったら何なの？」

「あのいろはは、第一に『つは』、第二に『えの』、第三に『ひさ』とある場合、最後に何がくるかと問うているんだ。だからその答えは『柊』じゃない。『ひいらぎ』の旧仮名表記の『ひひらき』からお尻の《き》を抜いた『ひひら』がその答えなんだ

よ」

説明の傍ら、智久は今度は漢和辞典のページを遽しくめくりながら、

「だから雀斑いろはでの操作は『ひひら』という言葉に対して行なうべきなんだ。そして、まず『あわせる』のは『数』じゃなかった。文字通りの『かす』という言葉だったんだ。『ひひら』と『かす』で『ひひらかす』。そんな言葉があるんだね。意味はぺちゃくちゃと喋り散らすこと、だってさ。漢字を使えば、こう書くんだ」

智久は紙に「囀かす」と書いてみせた。

「次の操作は、ここから偏を消すこと。だからこの漢字から口偏を取り去ると『轉』となる。これは自転車の『転』という漢字の旧字体だよ」

そこでひとしきり感嘆の声があがったが、

「ウーム、凄い。一気呵成だな」

普段あまり褒め言葉を口にしない永田も思わずそんな賛辞を洩らした。

「ただ、問題はここからなんです。こうして導き出した『轉＝転』を、次の行の『蓼抜ける文』でどんな操作を行なうのか。転……転……転……『ころぶ』……『まろぶ』……『めぐる』……『うつる』……『ころ』というのは、上に重い石を載せて運んだりするあのコロか。『うたた』という読み方もあるんだな。ますますの意。転じ

て、状態の変化を前にして深く心に感じ入る様。また、『うたたあり』の形で、不快な感覚をもたらす様。『うたた寝』の『うたた』でもあるのか」

漢和辞典で『転』の字の読みを調べながら呟いていたが、そこで弥生がふと、

「そういえば、『うたて』という言葉もその漢字を使うわ。『うたた』と同源の言葉ね。自分の想いに関わりなく事態がどんどん進んでいくさま、あるいは異様にという意味の副詞よ。ここにあるいろはのなかにも、

銀鼠の雲　空に充ち　　きんねすのくも　そらにみち
轉走るや　稲光　　うたてはしるや　いなひかり
荊棘へ參れ　吼えつ來よ　　おとろへまゐれ　ほえつこよ
腑分けせむゆゑ　蒼褪めぬ　　ふわけせむゆゑ　あをさめぬ

というのがあって、その初見のときにも同じ説明をした憶えがあるんだけど」

井川が「僕の部屋のいろはだ」と声をあげ、智久も「そのとき、僕も『かなりホラーですね』と言った憶えがありますね」と頷いた。

「そうか、『うたて』ね。ふむ……ふむ。そういうことなのかな」

智久は額に手をやり、薬指の先で眉のあたりをトントンと小突きだした。

「あ、何か閃いたのね。何なの？」

類子がせっつくと、

「うん、つまり、『轉＝転』の字の読みに『うたて』を採用すると、次の『蓼抜ける文』というのがうまく繋がるんだ。『うたて』から『たて』を抜く。そうすれば、残りは『う』」

「あっ」という声がいっせいにあがった。

「前も言ったように、二行目の後半に『これ置くも』とあるので、この『う』という結果をいったんメモリに保存しておいて、三行目の『一途和流の』からは、改めて四十九番目の暗号いろはに立ち戻って考える。そして『う』と後半の結果を足しあわせれば最終解答になる。きっとそういうことだと思うんですよ」

「なるほど、凄い。もうあと一歩じゃないですか！」と、興奮の態の家田。

永田も脂の浮いた顔で、

「それにしても、『う』か。もしかすると十二支の『卯』かな。いや、後半の言葉によっては『丑』や『午』にもなるか」

そこで小峠が、

「後半の言葉が『そ』だったりしたら厭(いや)ですね」
そんな軽口で周囲の苦笑を誘った。
ひと息置いてテーブルに両手をついて身を乗り出した井川が、
「ともあれ、あとは、
一途和流の　徒を目なせ　　いちつわりうの　とをめなせ
歩し參らむ夜　八叉路ゆゑ　　ほしまゐらむよ　やさろゆゑ
の二行か。牧場君の睨んだ通り、四行目後半の『八叉路ゆゑ』がジャンク領域だとすると、残りはたった一行半だ。ここに後半の解答が隠されているんだな」
「《和流の徒を目なす》とか《歩して参る夜》とか、何なんでしょうね」
しきりに首を傾げる緑川に智久が、
「例によって、仮名書きにして意味変換するんだと思います。真っ先に思い浮かぶのは『わりうの』の『わり』は『割り』ではないかということですが、ただ、次の『うの』がよく分かりませんね。地名や姓名の『宇野』なのか、あるいは句跨(くまた)ぎで、『うのとをめなせ』と続くのか。それにしても『うのと』という単独の言葉はなさそうだから、例えば『卯の戸』とか『鵜の途』になるのか。いや、そもそも『いちつ』すなわち四十九番目のいろはをどう割るのかが判明しないと、それらのことも分からない仕組みになっているかも知れないですしね。やはり最後のハードルだけあって、かなりの難関じゃないかと思います。ですからもう少し時間を戴かないと――」

「戴かないと、だなんて。こちらがお願いしている立場なんですから、もういくらでも時間をかけてください」と、大館。

そうして再び智久が没頭しようとしている横で家田が、

「『雀斑』が最初に来ているせいでもないですが、『うのとをめなせ』という部分を見ていると、ついつい『うおのめ』と空目しますね」

するとそれに弥生が、

「『魚』の旧仮名表記は『うを』だから、あながち見当はずれでもないかしら」

「じゃあ、これは？『とをめ』という部分は、もしかすると『遠目』じゃないんですか？」

調子づいて言ったが、

「それは残念ながら却下ね。『遠目』の旧仮名表記は『とほめ』だから」

あっさり否定されて、「やっぱり僕には道のりは遠いです」と首を縮めた。

そんなことでひとときすっかり忘れ去られた恰好(かっこう)のゲームが再開されたが、匕首を突きつけられることで秋水が得た利益というのは思った以上に難問で、さらに何周かしていろんな案が出たが、なかなか正解には行きつかなかった。

「どうですか、そろそろギブアップですか？」

小峠の問いかけに、

「いや、もうちょっと待ってくれないかな。せめてもう一回、何かとっかかりに行きあたるまで。そうすればいっきに進展しそうな気もするしね」

麻生の申し出にほかの者も同意し、そのすぐあとにいったん基本に立ち戻って弥生が、

「この出来事は秋水の身に起こった過去の出来事に関係ありますか？」

「ノー。過去の出来事は関係ありません」

「あ。過去は全然関係ないんだ。これで考える範囲がぐっとせばまったんじゃないですか」と、家田。

「じゃあ、この出来事は涙香さんの過去の出来事に関係ありますか？」

類子も重ねて訊くと、

「ノーです」

「結局、全部この場だけの完結した出来事なのね」

そこで家田が、

「涙香が秋水に同じ利益を与えるためには、ほかにも方法がありましたか？」

「イエス。方法はこれに限りません」

「秋水の得た利益は金銭的なものですか？」と、緑川。

「ノー。そうではありません」

「では、精神的なものですか？」

大館の質問にはちょっと考えて、

「まあ、半分はイエスです」

「半分は？　どういうことかね」と、麻生。

「それにはイエス・ノーで答えられません」

「ああ、これは失敬。では、その利益は同じ立場なら誰にとっても同じように利益になるのかね」

「イエス。誰にとっても利益でしょう」

「ほほう。誰にとっても――」

そして永田が、

「人物の過去には関係ない。誰にとっても同じ利益。それで何となく分かってきたが、これはその利益が何かという点にすべてがかかったワン・アイデアの問題だね。

それさえ分かれば終わる問題なんだ。そうだろう？」

「イエス。その点がすべてです」

「ウーム、ここまで絞られてまだ分からないとは。よほど頭が固くなっているのかな」

永田は掌のつけ根でトントンと自分の頭を叩いた。

その頃になって、智久の動きが再び大きくなってきた。背凭れに寄りかかったり、かと思えば再びテーブルに顔を寄せたり、しきりに首をひねったり、テーブルに並べた何枚もの紙を繰り返し見較べたり——そうして急に眼をパチクリさせるや否や、自分の額をぴしゃりと叩きながら再び「馬ッ鹿だなあ！」と、呆れ返った声をあげた。

「なあに、何、何？　進展あり？」

「多分——分かったと思う。全部」

その智久の呟きに、一同の息を呑む音が折り重なってざわっと響いた。

「全部分かった？　こんなに早く！」と、永田。

「それで、その答えは？」

興奮で声を震わせる麻生に、

「分かってみれば単純なことでした。結論からいえば、『いちつ』を『割る』というのは正解。『うの』は『右の』、『とをめ』は『十目』でした。結局、四十九番目のいろはを縦に半分に割り、その右側の十番目の文字を拾っていけ、という意味だったんです。実際にやってみると、こうですね」

そう言って智久は紙に書かれた四十九番目のいろはの二行目と三行目のあいだに縦線を引き、その右側の文字を数えて、十番目の「ひ」と二十番目の「き」に○印を書きこんだ。

いちつはにえの　また㋪さと
あけてゐねうし　㋖をふめる
われぬからくり　ろんみせよ
なそするへこむ　おもほゆや

「というわけで、後半の答えは『ひき』です」

智久の断定に、一同は揃ってゆるゆると眉根をつりあげた。

「ふうん？　それが後半の答え？」と、小峠。

「前半の答えが『う』で、後半の答えが『ひき』？　僕には何のことかさっぱり分からないんだけど」

井川も怪訝そうに先を促したが、

「僕もそう思いました。これじゃ何のことか意味をなさない。だから今言った解釈はまるで見当はずれの間違いじゃないかって。でも、幸い僕はあることに気づきました。それによると、前半の答えが『う』という前提のほうが間違いだったんです。いいですか。さっき僕は『たてぬけるふみ　これおくも』を、『うたて』から『たて』を抜いた文にし、そこでいったん置くと解釈したんですが、実は『たてぬけるふみ』は、『たて』を抜き、なおかつ『る』を踏むという意味だったんですよ。そうすると、その操作によって導き出される答えは、『うたて』ひく『たて』たす『る』で、『うる』となる。結局、前半の答えは『うる』、後半の答えは『ひき』でいいんです」

そう説明されても井川はますます困惑の表情を強めるいっぽうで、

「『うる』と『ひき』？　やっぱり僕には何のことか分からないんだが——」

「では、これを見てください」

智久が指さしたのは、永田の本に掲載されている二十八宿の図表だった。

東　青龍

角　スボシ　おとめ座中央部
亢　アミボシ　おとめ座東部
氐　トモボシ　てんびん座
房　ソヒボシ　さそり座頭部
心　ナカゴボシ　さそり座中央部
尾　アシタレボシ　さそり座尾部
箕　ミボシ　いて座南部
北　玄武
斗　ヒキツボシ　いて座中央部（南斗六星）
牛　イナミボシ　やぎ座
女　ウルキボシ　みずがめ座西端部
虚　トミテボシ　みずがめ座西部
危　ウミヤメボシ　みずがめ座の一部＋ペガスス座頭部
室　ハツヰボシ　ペガススの四辺形の西辺
壁　ナマメボシ　ペガススの四辺形の東辺
西　白虎

奎　トカキボシ　アンドロメダ座
婁　タタラボシ　おひつじ座西部
胃　エキヘボシ　おひつじ座東部
昴　スバルボシ　すばる（プレアデス星団）
畢　アメフリボシ　おうし座頭部（ヒアデス星団）
觜　トロキボシ　オリオン座頭部
参　カラスキボシ　オリオン座

南　朱雀

井　チチリボシ　ふたご座南西部
鬼　タマヲノボシ　かに座中央部
柳　ヌリコボシ　うみへび座頭部
星　ホトヲリボシ　うみへび座心臓部
張　チリコボシ　うみへび座中央部
翼　タスキボシ　コップ座
軫　ミツカケボシ　からす座

「これを見て、何か気づくことはありませんか？」

言われて一同は雛鳥が餌にたかるように首を突き出して覗きこんだが、真っ先に家田が、

「あ。ヒキツボシ――それに、ウルキボシというのもある！」

その指摘に、ほかの者も「ああ」とどよめいた。

「そうです。そして、そこで初めて四行目の『ほしまゐらむよ』という文言ともぴったり嵌まりあう。この『ほし』は『星』で、『うる』と『ひき』が『星』へと繋がることを、すなわち最終解答が二十八宿の『女＝うるき星』と『斗＝ひきつ星』であることを指し示していたんです」

この結論にはいっせいに「なるほど」と声があがり、

「そうか。それで涙香はこの部屋の天井に二十八宿図を掲げておいたのか」

麻生は天井を見あげて感心しきりだったが、すぐに、

「しかし……それだけのことならあまりにも呆気ないね。二十八宿のなかでことさら『うるき星』と『ひきつ星』を名指しているのは、そこに何か意味があるからではないかね」

するとと智久はこくんと頷いて、

「僕も当然そう思います。だから、調べてみませんか。上に脚立がありましたよね。それを使って」

麻生はこれ以上にないほど大きく眼を剝き、

「天井のあのパネルを調べてみるのか！——うん、そうだね。その価値はある。やってみよう！」

そのなりゆきに、

「じゃあ、すぐに取ってきます！」

「俺も手伝うよ」

大館や小峠が急いで階段に向かい、にわかに沸き立つような興奮した空気がその場を占めた。そうしてエンヤコラと脚立が運びおろされたが、テーブル板としてビリヤード台に被せてある蓋は重みに耐えきれそうにないのではずし、現われた染みだらけのビリヤード面の上に脚立を載せた。

脚立にのぼる役には男のなかでいちばん身軽そうな家田が名乗りをあげた。

「では、行っきまーす」

ヒョイヒョイと段をのぼると、上から二番目の段を跨ぐようにして充分天井に手が届いた。そうしてまず指示された『女』の漢字が描かれたパネルをまじまじと眺めて

いたが、

「目立たないけど、指をかけるための溝のようなものがありますね。ちょっと待ってください」

言いながら両手をかけて押したり引いたりしていたが、急にガコンという音がして、

「はずれた！」

四十センチ四方ほどのパネルが家田の手のなかにあった。

「かなり重いです。気をつけてください」

言いながら家田はパネルを大館に渡した。そしていったん自分も下に降り、脚立の位置をずらしておいて、今度は『斗』のパネルで同じことを繰り返した。

「ほかのパネルは固定されてて動きませんね。はずれるようになっているのはこの二枚だけみたいです」

そうやっておろされた二枚のパネルを、智久はビリヤード面に並べて検分した。どちらも琥珀(こはく)色の七宝(しっぽう)の地に、それぞれ『女』と『斗』の漢字が白抜きで描かれている。そして問題は裏面だった。そちらは各部屋にあるいろはが記された青銅板とそっくりに作られ、実際、そこにもいろはらしい詩句が刻まれていた。

『女』
霧よ一叢　冱えまほし　きりよひとむら　さえまほし
湯水撓めれ　吾ぞ漕がぬ　ゆみつたわめれ　あそこかぬ
便蒙驢馬を　寝やる末　へんもうろはを　ねやるすゑ
木偶の地追ふ瀬　池に居な　てくのちおふせ　いけにゐな

『斗』
地震に輕捷　怖ぢのく手　なゐにけいせふ　おちのくて
會する屋根をば　樓門へ　ゑするやねをは　ろうもんへ
糠こそ荒れめ　海神ゆ　ぬかこそあれめ　わたつみゆ
潮間得ざらむ　訪ひ寄りき　しほまえさらむ　とひよりき

「またいろはだ！」と、類子。

「どちらもまた難解な内容だね。菱山さんの解説が必要だな」

井川の要望に弥生が、

「ええっと、『まほし』は願望の助動詞なので、『冴えてほしい』。『便蒙』というのは、童蒙すなわち幼くて無知な者に便ならしめる意味から、初学者にも分かりやすく書かれた書物のことで、まあ手引書ね。『なゐ』は地震を指す古語。『軽捷』は身軽で素早いこと。『会す』は理解するとか会得する。前にも言ったけど、『海神ゆ』の『ゆ』は『～から』を表わす格助詞よ」

「やっぱりいささか意味不明だな。どうしてこんな作品をわざわざ隠しておいたんだろう。もしかすると、これがまた暗号いろはになっているのかな」

井川はいささか食傷気味な気配を滲ませて呟いたが、

「いや、待ってください。……うん……うん、そうだ。間違いない。凄いな」

智久が二つのいろはに素早く視線を往復させながら感嘆した。

「凄い？　何が？」

類子が訊くと、

「つまり、この二つのいろはは逆文になっているんだよ。『女』のいろはを逆に読むと『斗』のいろはになるんだ。凄いテクニックだよ。超絶技巧というか、まさに神業だね」

「ええっ!?」

まさかという顔で首をのばしたのは小峠だった。ほかの者も慌てて眼を走らせたが、すぐに智久の言う通りであることが確認できた。二つのいろはは一字の狂いもなく、きれいにさかさまになっている。

「ホントだ」

「こりゃ凄い」

「こんなこと、人間にできるものなのか？」

「信じられないわ」

口ぐちにあがる声を受けて智久は、

「思うに、これこそ涙香がいろはに傾けた情熱の終着点だったのでしょう。もちろん、きちんと意味が通じてきれいにできあがっている作品もそうでしょうが、彼としてはこういう遊戯的技巧の極致のような作品のほうがむしろ自慢だったんじゃないでしょうか。もともと涙香はいろは作品を世に問うつもりはなかったようですが、特にこの裏表ワンセットの作品は、まるで秘密の祭儀のように、より厳重な秘匿こそがふさわしいと思い定めていたのかも知れませんね」

そんなふうに分析してみせた。

「なるほど。結局、これこそが涙香のお宝だったわけか。うん、そうとも。確かにお宝にふさわしいじゃないか。――いや、それにしても凄い。涙香だけでなく、牧場君もだよ。君がいなければそもそもこの隠れ家すら見つかっていなかったんだし、仮に何かの拍子で世に出たとしても、到底こんな発見には辿りつけなかっただろう。本当にいくら感謝してもしきれない。有難う。本当に有難う！」

感激の麻生に両手をつかまれ、何度も上下に振られて、智久は困ったように、

「いえいいえ、そんな。この逆文いろはだって、建物を徹底調査すればいずれ見つかったはずですし。ただちょっとその時期を早めることができただけですよ」

そうしたやりとりのあいだに大館は自分の部屋からカメラを持ち出して戻り、

「こいつは涙香展の超目玉だぞ」

などと呟きながらパネルの写真撮影をはじめた。ほかの者も歴史的な発見に立ち会えたのを噛みしめるように、右から左から繰り返し逆文いろはを眺めまわしている。

「ところで、この新発見のいろはは二首でいいのかな。一首扱いにするべきなのかな」

永田の疑問には井川が、

「逆文の場合はワンセットで一作品ということになるので、これも一首扱いでいいと思いますよ。そうすれば全部でぴったり五十首ということになるし」

「回文は有名だけど、逆文という言葉は聞いたことがなかったな」

類子の呟きにも、

「実は、《逆文》というのははっきり確立・共有されたジャンル名ではないんですよ。一般には《たいこめ》と称ばれることのほうが多いでしょう。ただ、この名称にはちょっと女性陣の前では言いにくいどぎつい下ネタ成分が既に含まれているので、そうではない名称を模索する動きもあるにはあるんですが、《逆文》のほかに《倒文》や《転文》を唱える人たちもいて、未だに大同一致がなされていないのが現状なんです」

「言いにくいことってなあに——と訊きたいとこだけど、やめとく。子供の頃にそれっぽいのを聞いたのを思い返すと、何となく見当がつくし」

「昔から言葉遊びはエロや下ネタと親和性が高いからね」

そして井川は続けて、

「考えれば、パングラム自体が最高難度クラスの言葉遊びだけど、それを暗号仕立てにしたり、まして逆文と組み合わせるなんて尋常じゃない。さすがどのジャンルでも一流を極めずにおかない涙香さんだが、それにしても遊芸百般ここに極まれりだね」

「僕もつくづく再確認しました。涙香こそ遊芸のレオナルド・ダ・ヴィンチです。我が国にそういう人物がいたことをもっと世に喧伝し、認識をひろめなければいけません！」

　大館が決意を新たにするように胸を張ると、それに重ねて麻生も、

「そのためにも家田君には大いに力を貸してもらわないとね」

「あ、はい。これだけの材料が出てきたんです。これで話題を呼べなければ切腹モノだというつもりで頑張りますよ」

「私もできるだけ協力するわ。ただ、暗号解読の部分は牧場さんにドキュメントを書いてもらうのがいちばんいいでしょうけど」

　弥生に水を向けられて、智久は「勘弁してくださいよ」と手を振り、

「とにかく、正直ちょっと疲れました。小峠さん、トイレにつきあってもらっていいですか」

　鉾先(ほこさき)を躱(かわ)すように階段に向かった。

　扉を開き、一階ホールに出ると、風の音は前回よりずいぶん弱まっていた。崩れた玄関方向から吹きこむ靄(もや)も、もう体を濡らすほどの勢いではなくなっている。度重なる酷使でのぼせた頭をその靄に晒(さら)そうとしてか、智久はトイレへの中途でいったん立

ち止まり、

「もう峠を越しましたね。こうなれば嵐が過ぎ去るまで早いでしょう」

肩ごしに声をかけた。

「そうだね」

小峠は上の空な様子で答えた。

「そうなれば、すぐに救援隊も来るはずですから、もう少しの辛抱ですね」

「ああ」

しばらく気持ちよさそうに靄を浴びていた智久は再び歩き出し、トイレにはいった。そしてドアをあけたまま向きなおり、パンツをおろして便座に腰かけた。

「どうしたんですか。顔色が悪いみたいですが」

「……そうかな」

「震えてますね。寒いんですか」

「…………」

智久の言葉通り、小峠はかすかに肩を震わせていた。そのくせ、額にはふつふつと玉の汗が噴き出している。顳顬に浮き出た静脈。血走った眼。強張った顔面全体をわらわらと翳りのようなものが撫でていくようだ。そしてその顔が不意に泣きそうに大きく歪（ゆが）んだかと思うと、小峠は尻ポケットから素早く長い紐（ひも）のようなものをつかみ出した。そしてその紐の両端をピンと張り、

「許せ」

呻くように低く吐き捨て、素早く智久に襲いかかった。ピンと張った紐が智久の咽に喰いこむ。いや、喰いこもうとする直前――。

凄まじい気合とともに斜め横から棒状のものが振りおろされた。それは小峠の二の腕を直撃し、ボクッと物凄い音をたてた。

「ウギャアアアアアア――!!」

小峠は襲いかかろうとした勢いのままつんのめり、トイレのドア前のステップにしたたか顔面を打ちつけた。激痛に両腕を縮めていたので受身が取れなかったのだ。小峠は倒れこんだままエビのように背をまるめ、言葉にならない叫びをあげながら身をよじった。

「抵抗しないで！　お願いだから、そのままじっとしてて！」

背後から一喝したのは類子だった。その手に握られていたのはスチールのパイプだ。持ち物検査で各部屋をまわったときに智久が服のなかに隠し持ち、階段の降りはなでの頼み事のときに手渡されたものだ。類子は今の一撃で全身の力をいっきょに放

出したのだろう。大きく肩で息をついていた。

「抵抗どころじゃないみたいだよ。ちょっとやりすぎだったんじゃない？」

智久は急いでズボンを引きあげながら少し気の毒そうに言った。

「何言ってんの！　もうちょっとタイミングが遅れてたらどうなってたか！　恐かったんだから。もう、ホントに恐かったんだから——」

類子も泣きそうな顔になった。

もし暗号を解き終わったら、頃合を見て一人をトイレに誘うから、そっとあとについてきて、その人物が僕を襲おうとしたら直前に叩きのめしてほしい。——それが智久からの頼み事だったのだ。

「でも、誘い出したのが小峠さんだったなんて。びっくりしたわ。もう、ホントにびっくり。でも、どうして小峠さんが……」

「それは本人の口から説明してもらうのがいちばんかな。少し痛みが和らいだら、下に降りて説明してくれますよね？」

小峠は依然苦悶の呻きを洩らしながらも、拒絶の素振りは返さなかった。そしてほぼ三分後、ようやく苦悶の声が消えたところでヨロヨロと立ちあがった。その両腕は見るも無惨に紫色に腫れあがって、もう反撃の余力などないのは明らかだった。

真相

三人は小峠を先頭に地下広間に戻った。既に脚立はおろされ、ビリヤード台に蓋がされていた。

全員すぐに小峠の有様に気づいて驚き、智久が手短に事情を説明すると、その場はたちまち衝撃の渦に呑みこまれた。いちばんショックを受けたのは井川で、「そんな、どうしてだ」と繰り返し、緑川は緑川で「あんたが美沙子を殺したのか」と激しく詰め寄るなどして、全員がいったん落ち着くまでには十五分近い時間が必要だった。

「そうか。牧場さんが小峠君とトイレに立ったあと、類子さんが『私も』と言って出ていったのは、そんな打ち合わせがあったからなのか」

椅子に低く身を屈めて座った麻生が嘆息まじりに呟いた。

「ええ。あのまま嵐が過ぎ去って救援隊が来るのを待ってもよかったんですが、誰が犯人か分からないというのは非常に精神的負荷の高い状況なので、それがずっと続けばどんな危機的な事態を引き起こさないとも限らない。そう思ったものですから、あえて積極的な炙り出しを仕掛けてみることにしたんです。犯人は二度まで僕の命を狙おうとした。それは、殺害現場で行なわれていたのは旧ルールの連珠の対局ではないかという僕の指摘から、被害者の身元が菅村悠斎氏と判明したのを目のあたりにして、こんな奴がいるとやがて真相をすべて解明してしまうのではないかと恐れたためです。だから犯人を炙り出すには、そんな犯人の過度の怯えをさらに強く煽るしかない。そのために僕は暗号いろはの解読に全力を傾けることにしたんです。まあ、見込みも自信も全然なかったんですが、結果として何とか首尾よくいきました。そしてその上で僕を襲う唯一絶好の隙を与えてやって、それでも喰いつかなければ仕方がないという程度の公算だったんですが――」

「結局、まんまとその罠に喰いついたわけか。……しかし、トイレへの同伴に小峠君を指名したということは、既に彼にあたりをつけていたんだね」

「ええ、まあ」

智久の相槌に、それまで終始深く項垂れていた小峠もうっそりと上目遣いに顔をあげた。

「やっぱりアレですか。ついうっかり口を滑らせて、犯人しか知り得ないことを洩らしてしまったとか？」という大館の問いに、

「いえ。ミステリ小説やドラマならそれが犯人にあたりをつける定番ですが、さすがに小峠さんはそうしたボロを出さないように細心の注意を払っていたと思います。ただ、落石による殺害に失敗したあと、この近辺に死体を埋め、それを発掘されると困る犯人像という推理を巧妙に弥生さんの口から誘い出したのが小峠さんでしたよね。思い返してみると、その前後も目立たないながら、僕たちの推理を誤誘導しようとしたふしがいくつかありました。——それともうひとつ、犯人が僕を殺そうとした動機からすると、既に麻生さんの家で会っている面々より、今回の調査行で初めて僕と会った人のほうがしっくりくるでしょう。そして緑川さんである可能性がほぼゼロとなると、残りは小峠さんしかいませんね。——ただ、もちろんそれらは到底決定的な根拠といえるようなものではありません。だからこういうかたちで不確実な罠を仕掛けるしかなかったんです」

　まるで弁解するように申し訳なさそうな口振りで言って、

「さあ、そろそろいいですよね。どうして菅村悠斎氏を殺したのか。説明して戴けま

すか」

智久がそっと声をかけると、

「……不測の事態とはいえ、榊さんを死なせてしまったんだから、そうする義務はあるんだろうな」

小峠は初めてそう口を開き、

「その前にタバコを吸わせてくれ」

腰を浮かせて痛みを堪えながらポケットをまさぐっていたが、タバコとライターのほかになぜかカード入れも取り出してテーブルの上に放り出した。そして一本に火をつけ、深ぶかと吸いこんだ煙を二度、三度とゆっくり吐き出したところで、ようやく腹を決めたようにぽつぽつと語りはじめた。

「俺が菅村氏と初めて会ったのは涙香展の準備会のパーティだよ。麻生さんと菅村氏の会話を少し離れたところから聞きつけてな。涙香展に華を添えるものを提供したいという言葉が気になって、改めて話しかけてみたんだ。しぶとく喰いさがって、やっと聞き出せた」

言いながら小峠はテーブルの上のカード入れを手に取った。再び辛そうに顔を顰めながら、どうするのかと見ていると、なかからやっとのことで抜き出したのは丁寧に折り畳まれた紙だった。

「ひろげてくれないか」

智久が受け取ってテーブルの上にひろげた。棋譜を採るための碁罫紙だ。碁盤を示す格子状の罫線。その交点に黒丸と白丸がゴチャゴチャと書きこまれている。吸い寄せられるように全員がその棋譜を覗きこんだが、すぐに井川が、

「囲碁の棋譜じゃないね。盤端に石が多すぎるし、取られて盤上にないはずの石も書きこまれている。そうなると十九道の旧ルールの連珠か、となるところだが――これは連珠の棋譜でもないな。石の配置があまりにも不自然だ」

それを受けて智久も、

「ええ。連珠の対局なら中央に密着したかたちで戦いがはじまり、次第に周囲へとひろがっていくはずですが、これはどう見てもそうではない。実戦の棋譜ではなく、作り物ですね。これ自体が暗号になっているのか、そうでなければ――どのみち碁ではないので、詰連珠でしょう」

その指摘に、小峠がフフンと鼻先で笑い、

「相変わらずのご明察だな。これは詰連珠だ」

「詰連珠？」という声がいくつか重なったので井川が、

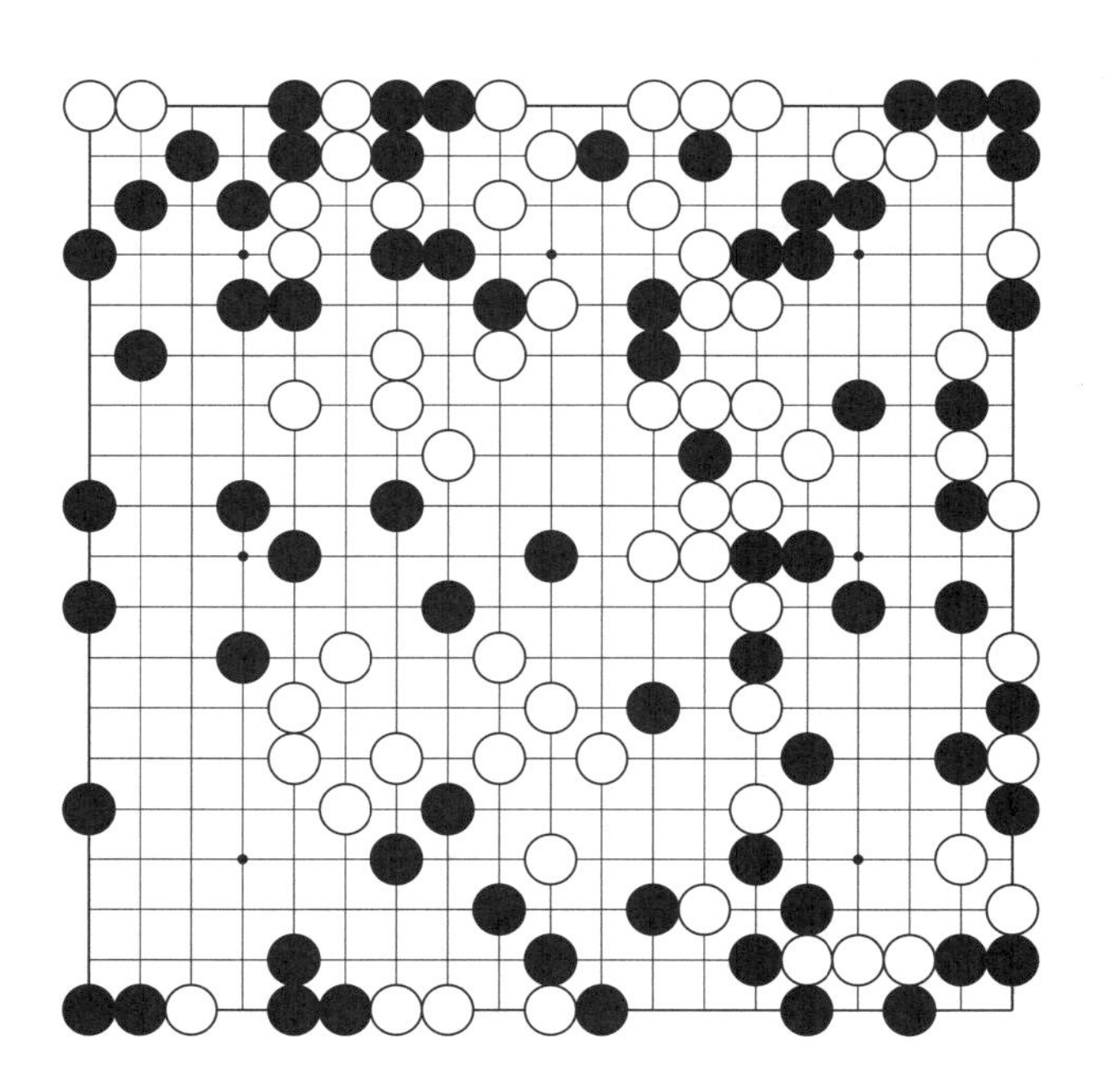

「ええ。将棋に詰将棋、囲碁に詰碁、チェスにもチェス・プロブレムがあるように、連珠にも詰連珠があります。詰連珠には《追い詰め勝ち案》《四追い勝ち案》《限珠案》の三種類があって、追い詰め勝ち案は四、三、ミセ手、フクミ手というすべての追い手から手を選んで勝ちを見つけるという実戦的な問題。四追い勝ち案というのは攻めの手を四だけに限定した問題。限珠案というのはあらかじめ限定された手数での勝ちを求める、最もパズル的な要素の強い問題です」

「ああ。そしてこれは四追い勝ち案の図だ」

小峠は言って、しばらく考えをまとめるように宙空を眺めていたが、

「あんたの推理はどれもこれも肝が冷えるくらい鋭いものだったが、たったひとつ間違いがあった。それは、現場で行なわれていたのは旧ルールの連珠の《対局》だったという指摘だ。あの碁盤を使って行なわれたのは対局じゃない。この詰連珠を並べていたんだ」

そこで智久は「ああ」と首をのけぞらせ、

「そうか。詰連珠を並べて――。そして、これを作ったのが菅村悠斎氏なんですね」

「ああ、そうだ。菅村氏が涙香展に華を添えるものとして提供しようとしていたのが、まさにこの詰連珠だったのさ」

「そうか。菅村氏は詰連珠作家だったのか。しかも、旧ルールの詰連珠の――」

嘆息する智久に類子が、

「それって、警察もつかんでなかった事実？」

「多分ね。そもそも新ルールの連珠にさえプロ組織はないので、当然詰連珠作家もすべてアマチュアなんだよ。まして旧ルールの連珠の世界となると、作品の発表の場さえロクにない状況じゃないのかな。そんなごくごくマイナーな分野のことだから、警察のアンテナにかからなかったのも当然だろうね」

そう答えておいて智久は、

「では、菅村氏を殺害した理由は――」

小峠はひと息間を置いて、

「この詰連珠を自分のものにしたかった。自分のものとして世に出したかった。それがすべてだ」

そこで井川がいきなりテーブルを激しく殴りつけたので、類子は思わずビクッと身を縮めた。

「つまり、盗作か！　しかしまた、どうしてそんな――」

井川はやるせない怒りを押し殺すように投げかけた。そしてそれに対して、

「……世界の中心に手を届かせたかったのさ」

小峠は床に眼を落としたままぼそりと返した。

「世界の中心に？　何だそれは」

「多分、誰もが心の底では願っていることさ。世界の中心に手を届かせたい。爪痕でもいいからそこに自分の痕跡を残したいとな。俺もクリエーターのはしくれである以上、なおさらそんな想いを意識しないではいられなかった。けど、現実はどうだ？稼ぎの多い少ないとか、どれだけ名が売れたかは関係ない。一般的な知名度こそないが、お前はこの国のゲーム研究では間違いなくトップだ。ここにいる菱山さんも現代短歌界の名実兼ね備えた華。麻生さんや永田さんも涙香研究の第一人者だ。そして今回、俺は牧場智久という人物にふれてつくづく思い知ったね。こいつは世界の中心に手が届くどころじゃない、どこぞのライターが評した通り神様と対話しようというレベルの人間なんだとな。そんなクラスと較べるのもおこがましいが、俺の作るパズルやクイズのショボさはどうだ。どれもこれも有り物をアレンジしたものばかりで、オリジナリティのかけらもない。たったひとつでも自信作があれば、俺はこんなに渇いた想いをせずにいられただろう。けど、まあいいさ。所詮、俺には才能というものが決定的にないんだ。そうやって俺はあきらめようとした。いや、とっくの昔にあきらめたはずだったんだ。けど、ひょんなことでこの詰連珠のことを知って――何よりその価値がどんなものであるかを知って、俺のなかで何かが弾け割れた。胸の底のドブ泥のような場所に押しこめられていた惨めったらしい願望が、いっきょに天を衝くほど膨れあがっていくのを感じたよ。そのときのギシギシメキメキという音が今もこの耳に残っているくらいだ。

俺は涙香展のゲーム関係の担当スタッフという名目で、何度か菅村氏と連絡を取った。聞けば、彼が発表した詰連珠作品はせいぜい五作くらいで、いつも『坪村譲次』というペンネームを使っていたという。しかも、毎週顔をあわせている連珠仲間にすら彼が詰連珠の作家であることは教えてないというんだ。おまけに彼はほとんど天涯孤独の身の上だというしな。つまり、誰も彼が『坪村譲次』であることを知らないんだよ。こんな好都合な巡りあわせってあるか？　実際、こう見えても俺は臆病で小心な人間だから、自分に本当に人を殺したりできるのかずっと迷いに迷っていたし、何かちょっとした障害がひとつでもあれば、ほっと胸を撫でおろしながら取りやめにしていただろう。けど、こんな絶好のチャンスはまたとない、これを逃せば二度と世界の中心に手を届かせることはできないという想いに背中を押されて、とうとう俺は腹を決めてしまった――」

「いったいどういう作品なんだ。この詰連珠は!?」

井川の詰問に小峠は再びひと息置き、

「じゃあ、俺も急ごしらえで勉強したことを説明するよ。さっきも言った通り、これは詰連珠のなかでも四追い勝ち案と称ばれる種類の作品で、黒が次々に連続して四を作りながら手を繋いでいって、最終的に勝ちに持ちこむというものだ。この四追いの世界には詰将棋や詰碁と同様、様ざまな趣向を凝らした《趣向作》というジャンルがある。そしてなかでも特に大きな流れとして《完全案》というのが存在するんだ」

「完全案?」と首をひねる智久に対して、井川はあっという表情を浮かべた。

「この完全案というのは、最後に五連で勝ちが決まったとき、盤面全体が双方の石で隙なく埋めつくされるというものだ。詰将棋の一ジャンルに、最初は盤面に攻め方の王を除く最多の三十九枚の駒があり、それがどんどん減っていって、詰めあがりは相手の玉を含めた最少枚数の三枚になる《煙詰（けむりづめ）》というのがあるが、それとはちょうど真逆の趣向だな」

「へええ、最後に盤面全体が埋めつくされる? そんなことができるのか」と、家田。

「この完全案の第一号作『豊石』は、一九六一年、日本聯珠連盟が発行し、のちに日本連珠社へと引き継がれた『連珠世界』に発表された。作者は森山豊明。日本聯珠連盟が十九道四々勝から十五道四々禁へとルール変更した翌年のことだ。当時は奇蹟の作品と賞賛され、大変な騒ぎになったというね。それから十二年の間があいて、一九七三年に長岡哲夫による二号作『竜河春秋』が発表されて以降、ようやく続々と後続作が作られるようになり、今ではただ単に完全案であるだけでなく、何らかのプラス・アルファが求められる状況にまでなっている。これは詰将棋の世界で、最初は奇蹟の作品と思われていた煙詰が量産されることで辿った経過と同じだ。ちなみに、その煙詰を一人で何十作も作って量産化の道をいっきに推し進めたのが田中至という詰将棋作家なんだが、実はこの田中氏、詰連珠作家でもあって、もっぱら完全案ばかり一人で五十作以上作り、こちらでも量産化の道を拓いたというのが面白かったな。

だがまあ、それは余計なことだ。話を戻そう。現在、完全案の作品はきちんと把握できないくらいの数になっているが、それらはみんな十五道新ルールでのものだ。だが、十九道旧連珠の時代から既にこの方向は模索され続けていたし、現に丹野修吉という作家には、四追いがあと数回続けば盤全体が埋まるというところまでいった作品もいくつかある。しかし、十九道の完全案はついに果たされないまま、十五道の時代に移行してしまった。何しろ、十九道盤の交点の数は三百六十一、十五道盤の交点の数は二百二十五で、その差は百以上。十五道のほうがはるかに完全案を作りやすいからな。それっきり、十九道完全案を目指そうとする流れは途絶えてしまったのさ。無論、十五道の完全案作家たちが寄ってたかって本気で挑めば十九道の完全案も実現したに違いないんだが、どうやら個々の作家にとって『十九道盤は広すぎて、とても埋めようという気が起こらない』というのが本音のようだ」

「ああ。では、この作品は――」

眼を見張る井川に、

「そう。史上初の十九道の完全案だ。菅村氏はそう自負していた。俺もそれなりに裏づけを取ってみたが、少なくとも、先行作が既に世に出ているという情報はひっかかってこなかった」

そして小峠はそこで初めてゆるゆると顔をあげ、

「どうだ？　これを発表すれば、間違いなく詰連珠史に名が残る。それも、永遠にだ。一般的な知名度なんか関係ない。どれほど人の眼の留まらない片隅にだろうと、確かに歴史に名を残したという実感が俺にとって肝腎なんだからな。ましてパズル作家を生業とする俺にとって、これ以上恰好の品目はちょっとないだろう。まあ、俺を捉えた誘惑がどれほど凄まじく強烈だったか分かってほしいとは言わないさ。とにかく俺はその誘惑に負けた。いや、自ら進んでその手に身を委ねたんだ」

熱に浮かされたような口振りで訴えた。

「動機に関しては分かりました。それで、実際の犯行はどんなふうに？」

智久が促すと、

「おおむねあんたが想定している通りだろう。俺はあの旅館に加藤という偽名で予約を取り、菅村氏を呼び出した。電話でやりとりはしていたが、会うのはそれが二回目だった。そしてそこで十九道完全案の作品を披露してもらうことになっていたんだ。菅村氏の到着から少し遅れて、監視カメラに映らないように気をつけて部屋にはいった。俺はすぐにでも披露してほしかったんだが、初めはのらりくらりと涙香の話題などで躱されて、なかなか本題にはいろうとしなかったな。それでもようやくこの碁罫紙を取り出し、石を並べる段になったんだが、そこですぐに、その部屋の碁石のセットでは石が足りないのに気がついた。何しろ盤面全部を埋めつくすには黒白あわせて三百六十一個の石が要るわけだからな。急遽（きゅうきょ）そのぶんの石を遊戯室から補充して、改めて準備が整った。菅村氏はいったんこの初形を並べ終え、そしてその場で一手一手を再検討するように、ゆっくり時間をかけて手を進めていった」

そこで小峠はすっかり丸太のように腫れあがった手をあげ、テーブルのカード入れからもう一枚の碁罫紙を取り出した。そこに書きこまれていたのは、どうやら先の詰連珠の解答手順らしい。そしてふと智久に「普段、プロ棋士は碁罫紙なんか持ってないのかな」と尋ねかけた。

「ああ、あります。必要ですか？　ちょっと待ってください」

智久は大急ぎで自分の部屋に取って返した。その間、弥生が見かねたように濡れタオルを用意し、小峠の腕を冷やすように勧めた。

戻った智久がひとまわり小ぶりの碁罫紙の綴りを差し出すと、小峠はその一枚に詰連珠の初形を書き写し、解答手順を横目で見ながら一手一手黒丸と白丸を書きこんでいった。

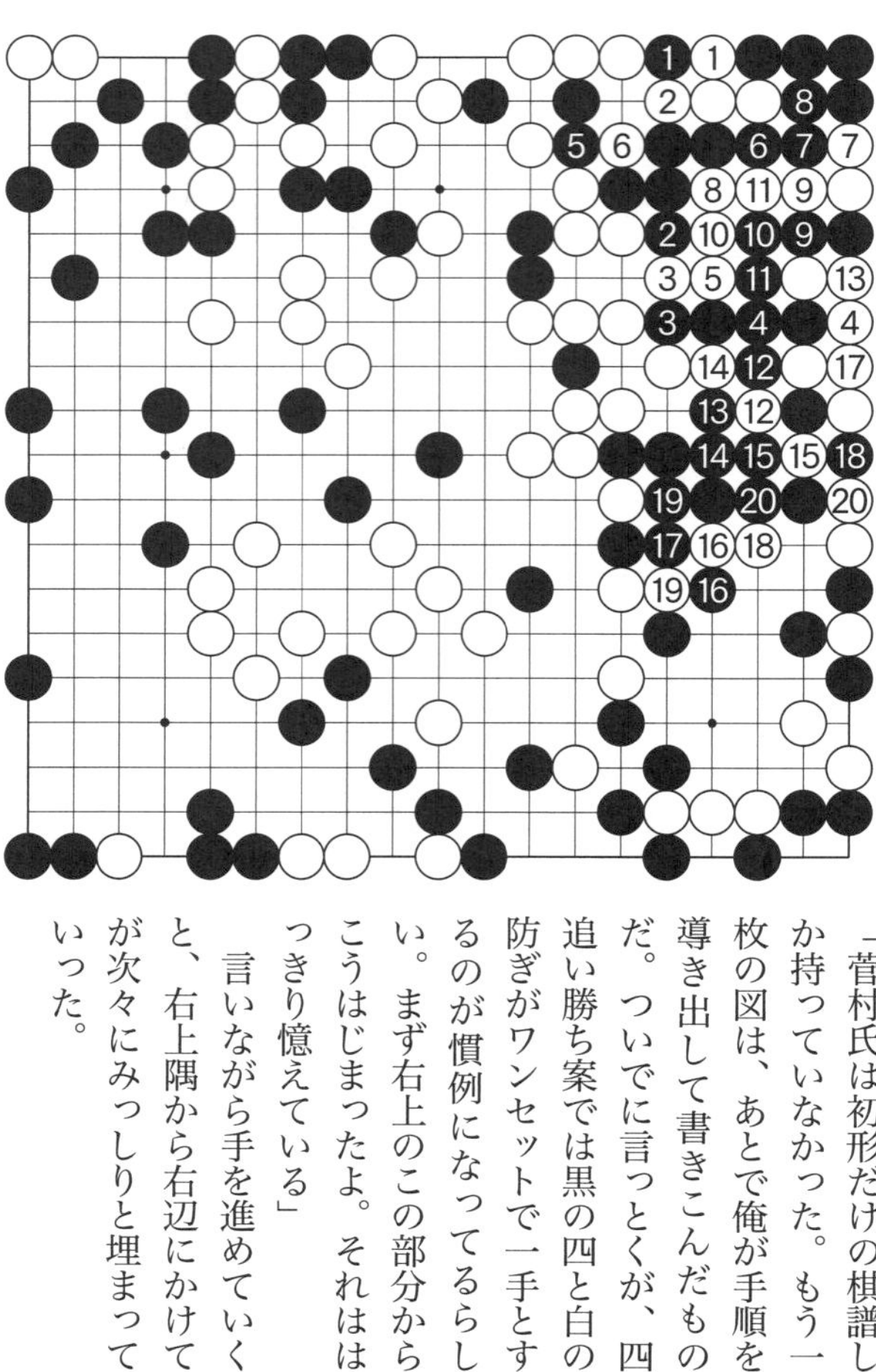

「菅村氏は初形だけの棋譜しか持っていなかった。もう一枚の図は、あとで俺が手順を導き出して書きこんだものだ。ついでに言っとくが、四追い勝ち案では黒の四と白の防ぎがワンセットで一手とするのが慣例になってるらしい。まず右上のこの部分からこうはじまったよ。それははっきり憶えている」
言いながら手を進めていくと、右上隅から右辺にかけてが次々にみっしりと埋まっていった。

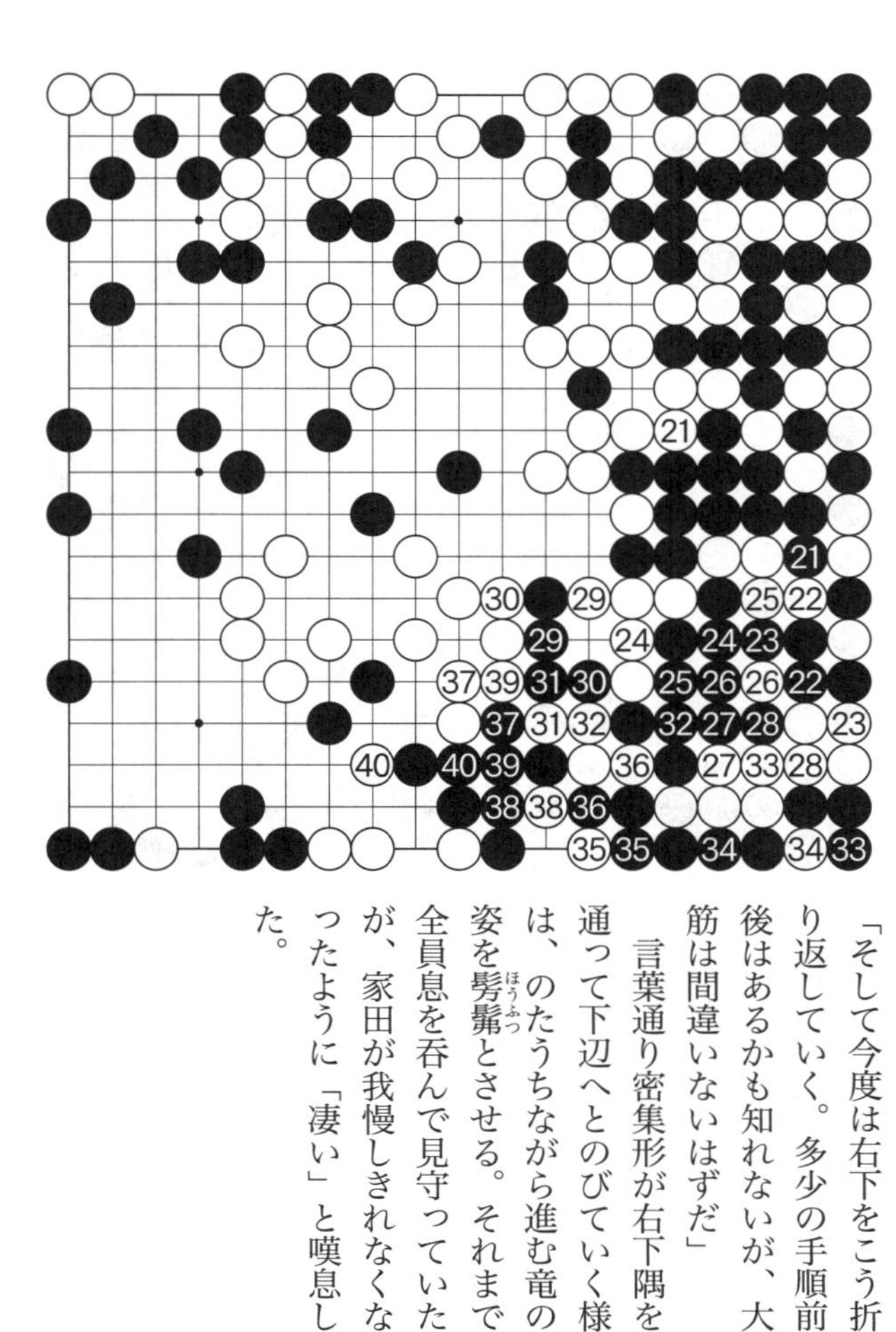

「そして今度は右下をこう折り返していく。多少の手順前後はあるかも知れないが、大筋は間違いないはずだ」
　言葉通り密集形が右下隅を通って下辺へとのびていく様は、のたうちながら進む竜の姿を髣髴とさせる。それまで全員息を呑んで見守っていたが、家田が我慢しきれなくなったように「凄い」と嘆息した。

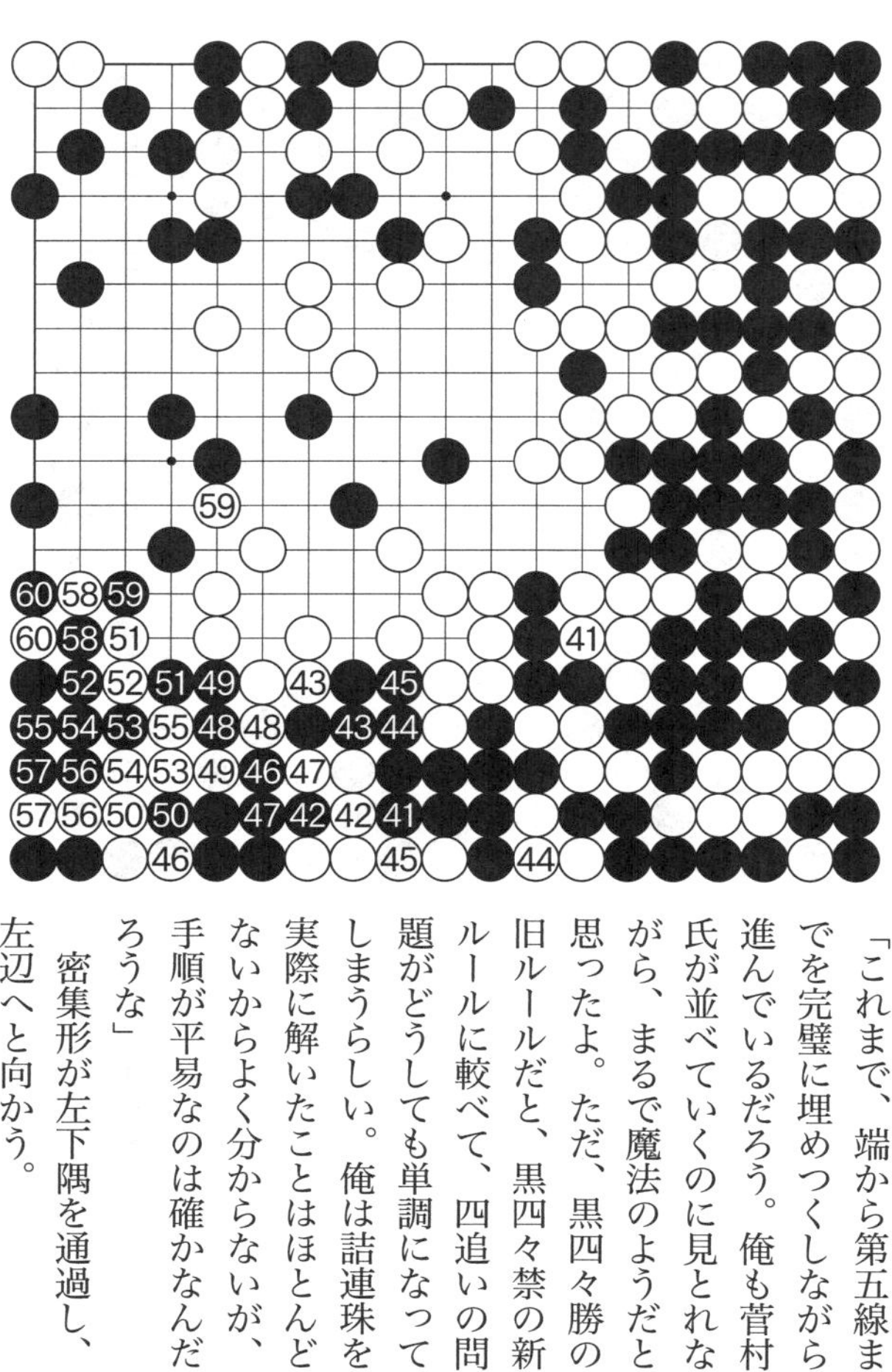

「これまで、端から第五線までを完璧に埋めつくしながら進んでいるだろう。俺も菅村氏が並べていくのに見とれながら、まるで魔法のようだと思ったよ。ただ、黒四々勝の旧ルールだと、黒四々禁の新ルールに較べて、四追いの問題がどうしても単調になってしまうらしい。俺は詰連珠を実際に解いたことはほとんどないからよく分からないが、手順が平易なのは確かなんだろうな」

密集形が左下隅を通過し、左辺へと向かう。

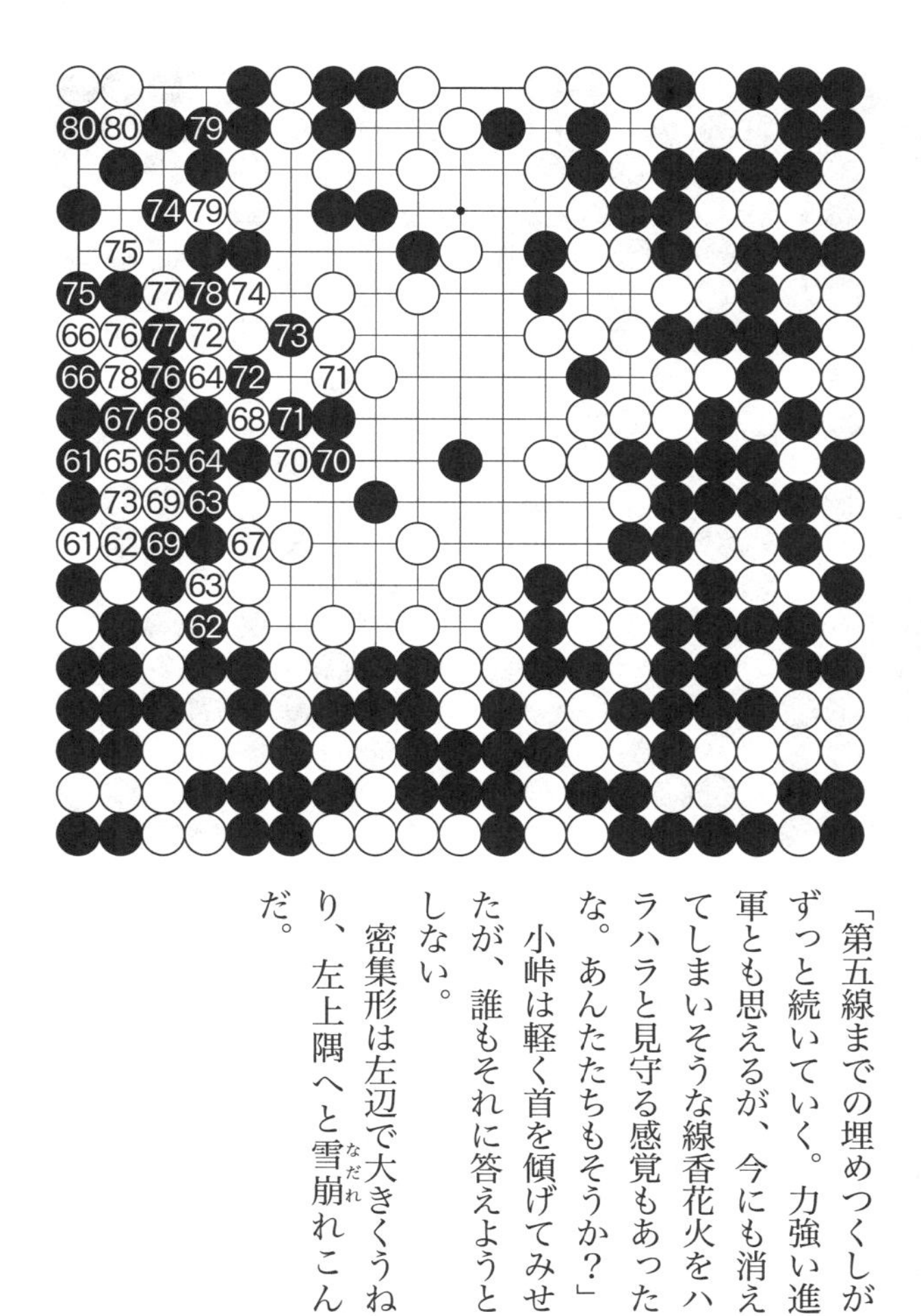

「第五線までの埋めつくしがずっと続いていく。力強い進軍とも思えるが、今にも消えてしまいそうな線香花火をハラハラと見守る感覚もあったな。あんたたちもそうか？」

　小峠は軽く首を傾げてみせたが、誰もそれに答えようとしない。

　密集形は左辺で大きくうねり、左上隅へと雪崩（なだれ）れこんだ。

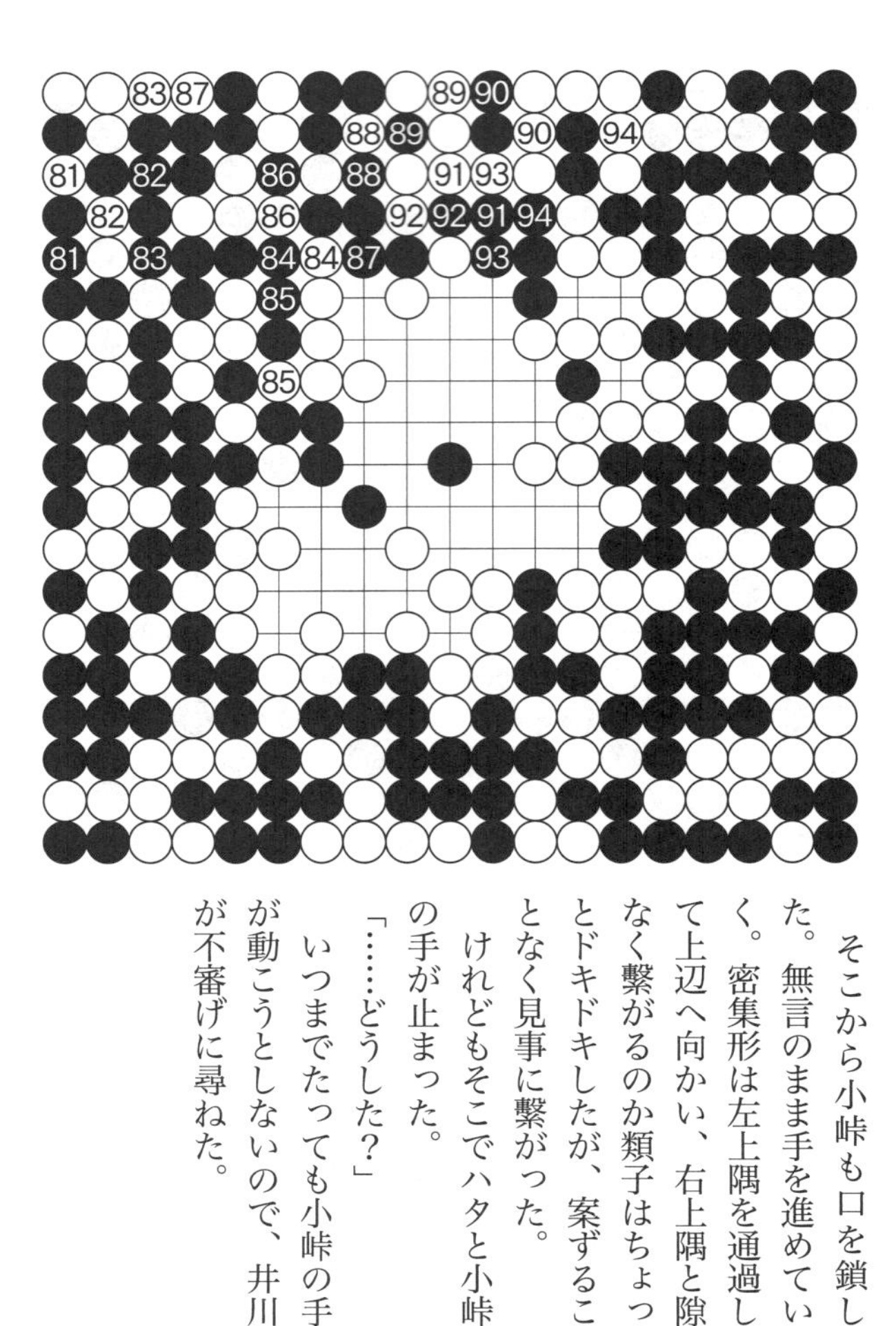

　そこから小峠も口を鎖した。無言のまま手を進めていく。密集形は左上隅を通過して上辺へ向かい、右上隅と隙なく繋がるのか類子はちょっとドキドキしたが、案ずることなく見事に繋がった。
　けれどもそこでハタと小峠の手が止まった。
「……どうした？」
　いつまでたっても小峠の手が動こうとしないので、井川が不審げに尋ねた。

「手が進まないんだよ」

「え？」

「これ以上、黒は四を続けられないんだ。いや、続けるだけならまだ続けられるが、すぐに行き詰まるのが眼に見えている」

「どういうことだ？　この詰連珠は不完全だったのか？」

しかし小峠はゆるゆると首を横に振り、

「俺は盤面全体が埋めつくされるのを見たわけじゃない。相手が石を並べ終わる前にそっと後ろにまわりこんだからな。ただ、残りの空間がちょうどこれくらいのスペースになったときだったとは思う。相手はすっかり盤面に没頭して、俺の動きなんか全然気にしてもいないようだった。だから事は簡単だったよ。忘れずに手袋もしたし、心臓のあたりに狙いをつける余裕も充分にあった。アイスピックを思いっきり突き刺すと、声もなく碁盤に倒れ伏した。それで終わりだった。もうピクとも動かない。何だか呆気ないくらいだった。

ついでに言うと、碁笥（ごけ）の位置を置き替え、蓋のなかにアゲハマを入れて、囲碁の対局をしていたように細工はしたものの、全体の石数が多すぎることにまで気がまわらなかったのは致命的なヘマだったたな。まあ、それだけいっぱいいっぱいの状態だったってことなんだろうが。

ところが持ち帰ったこの棋譜を検討して、俺は愕然とした。いくら繰り返し検討してみても、どうしてもここでバッタリと行き詰まってしまう。単なる不完全作という手応えじゃない。ここから先がスッポリ抜け落ちてしまっている感覚だ。そこで俺は考えたよ。きっと菅村氏はよほど用心深い性格だったんだろう。だから正式な提供の前にこの作品が外部に洩れるのを防ぐために、わざと中央付近の石を省いた図を書いてきたに違いない。これだけ初形の石を書いておけば、残りはしっかり頭にはいっているというわけだ。だからちゃんとした図は家のどこかに保管されているはずだとね。

もともと俺は菅村氏の家に忍びこむために遺体から鍵を捜し出して持ち帰っていた。この詰連珠に関するものが家に残っていてはマズいし、そもそも菅村氏が詰連珠作家である痕跡を消し去るためにだ。俺はすぐにその予定を実行したよ。確かに詰連珠らしいものをいっぱい書きつけた棋譜の束は見つかった。けど、この詰連珠の完成形を記したものは――それだけはどんなに捜しても見つからなかった。そのときの俺の気持ちが分かるか？　地面にポッカリ大きな穴があいて、何もかもがガラガラ音をたてて崩れ落ちていく、そんな気持ちが。俺は頭が変になりそうだった……」

眼を血走らせ、これ以上にないほど硬くひきつれていく小峠の顔を、類子はまともに見ていられなかった。

「それでも俺は必死にこの図と格闘したよ。何とか石を補って、この図を完全案として完成できないものかと。しかし、無駄だった。俺には到底そんな能力はない。それを成し遂げる才能が決定的に欠落している。そのことをつくづく思い知らされるだけだった。

そんなとき、あんたが素人探偵として俺の事件に関わっているという話を井川から聞いた。俺は腹のなかがまるで別の生き物みたいにグリグリ動きまわるのを感じたよ。よし、それなら当代随一の天才棋士というのがどんなものか、とっくりお手並み拝見してやろう。俺はそう思った。こいつはどん底の絶望からひととき気を逸らせるための恰好の余興だ。それくらいの気持ちだった。

ところがこの発掘調査にとび入り参加してみたところ、いきなりあんたの指摘によって菅村氏の身元がつきとめられるのを目のあたりにして、俺はぞっとしたよ。やっぱりこいつは尋常じゃない。俺なんかが想像していたレベルをはるかに上まわる化物だ。きっといつか俺の正体にまで辿りついてしまうだろう。このまま生かしておくわけにはいかない。――そう、今度の決心は早かったよ。何しろ、はじめの殺人がまるで無為に終わったときから、俺は自分でも情状酌量の余地のかけらもない、立派なただの人殺しになっていたんだからな」

そこでうっすらと浮かべてみせた笑みに、類子は全身の血が凍りつくのを感じた。そして小峠が味わった絶望の深さがどれほどのものだったか、ほんの一端でしかないだろうが実感できたような気もした。そしてその想いはほかの者も同様だったのだろう。誰もが血色なく青褪めて、息遣いひとつ聞こえない沈黙がしばらくその場を支配していた。

「あとのことはそれほどつけ加えることもないだろう。いろいろ下調べしているうちにあの岩棚を見つけたので、初めはなるべく証拠を残さないように落石でと考えた。しかし思った以上に不確実な方法だったな。見事に失敗したので、今度は念のために持参していた毒を使うことにした。これならいくらかリスクはあるにせよ、絶対確実だと信じていた。ところが、まさか榊さんがあんたのコップを使うとは——そんな阻害要因が介入しようとは夢にも思ってみなかったよ。考えれば、落石での殺害に失敗したとき、もう俺の命運は決まっていたんだろうな。とどのつまりがこの有様だ。つくづく俺は運も能力もない——人殺しの才覚さえロクにない人間だったってことだな」

小峠は沈黙を破ってそう続けたが、それを聞いた途端、類子のなかで何かが瞬間的に沸騰した。そして思わず、

「ただの人殺しになりきれる人間なら不運かも知れないけど、でも、小峠さんはそういう人間じゃないでしょう。最初の殺人はともかく、智久君を狙ったときは詰めが甘くなってしまったのがその証拠よ。ただの人殺しになりきれない人間にとって、人殺しの才覚なんてないほうがいいに決まってるじゃないですか！」

そんなことを言い立てていた。小峠はちょっと驚いたようにしばらくその顔を見返していたが、やがて小さく何度も頷くと、

「そう……そうだな。多分、類子ちゃんの言う通りだ」

再び項垂れ、腕にあてた濡れタオルをもう片方の手で握りしめたまま、もう自分から言葉を発しようとはしなかった。

解放

嵐はその夜のうちにほぼおさまった。そして二十五日。夜明けには晴れ間さえ覗き、残った雲もみるみる吹き散らされていった。ずっと圏外だった電波もその頃には回復していたので改めて警察に通報しようとしたが、その前にヘリコプターの音が耳を捉え、ぽつんと見えた二つの機影がどんどん近づいてきたのでびっくりした。あれだけ切れぎれの通報しかできず、場所もよく分からなかったはずなのに、どうしてこんなに手際よく救援に来られたのかと井川が不思議がったが、竜神(りゅうじん)大吊橋の駐車場まで運ばれてその疑問は氷解した。そこには亀ヶ淵(かめがふち)で会ったあの女性四人組がいたのだ。四人は智久たちが涙香の隠れ家の調査に来たことを知ったが、その竜神湖付近が台風で大変なことになっているので心配になり、警察に状況を問いあわせたのだ。井川からの通報では場所を聞き取れずに手を束(つか)ねていた警察は、彼女たちからの涙香の隠れ家というキーワードから、ネット上のミステリ情報網を介して麻生の存在に行きあたり、プロジェクト関係者を介して現場の正確な位置を知るに至ったのだった。

逆に警察は既に犯人が確保され、それが湯河原（ゆがわら）で起こった殺人事件の犯人でもあることまで解明されていたので驚いた。

「ご無事でよかったですけど、何だか大変な事件が起こってたんですって？　それを牧場さんが解決したってことじゃないですか。さっすがあ！」

そう言ってはしゃぎたてる四人に、智久は繰り返し頭をさげた。

そして長い事情聴取から解放されたときには午後三時をまわっていた。智久からの事情聴取がいちばん長引いたのだが、類子は当然として、それまで待ってくれていた弥生と家田といっしょに常陸太田（ひたちおおた）駅に向かい、帰途についた。

「いやはや、大変な発掘調査になっちゃいましたねえ。それにしても智久さんの活躍は本当に素晴らしかったです。何しろ犯人を炙り出すために涙香の暗号をみんな解いちゃうんですから。もう神がかりというか、何というか」

車中、家田は繰り返し賞賛を惜しまなかったが、

「いえいえ。たまたま運がよかっただけですよ。碁でも、自分でも信じられないくらいうまく打てるときと、自分でも何やってるか分からないくらい手がチグハグになっ

ちゃうときがあって、それは体調とか気分が乗ってるとかにもあまり関係ない、本当にたまたま巡ってくる運としか思えないものなんです。それに今回、確かに結果は首尾よくいったけど、どうしてこんな迷路に嵌まってたんだろうと思える局面も何度かあったし」

智久はそんなふうに謙遜した。

「でも、その運をここぞというときに引き寄せるのも実力でしょう。どのみち、牧場さんでなければ暗号が解けなかったのは確かなんですし。いや、きっとこんな機会がなければ、暗号解読までいったい何年遅れていたか——もしかすると永久に解かれずに終わったかも知れないんですから」

智久は「まさか」と手を振ったが、

「いいえ、それはあり得るわ。前半はまだしも、後半の暗号は現場に二十八宿図が飾られているのを知ってないと解くことができないんですもの。多分、ただ知ってるだけでは駄目だわ。実際に現地を訪ねて体感していないと、なかなか推理をそこに結びつけることはできないんじゃないかしら。どう?」

弥生にボールを投げ返されて、

「まあ、あとで話を聞いただけでは難しかったでしょうね。だいいち、どうしても解かなければというモチベーションが違いますし」

　そう認めながらも、

「ただ、たいがいの場合、問題を解く側よりも問題を作る側のほうが大変ですよね。七桂五連の珠型の暗号からはじまって、二段重ね、三段重ねのいろはの暗号を組み立てた涙香さんはやっぱり凄いです。それもあって……何だろう……僕には今回のことがみんな涙香さんの手のひらのなかで起こったような感覚を拭えないんですよ」

「それはそうよね。涙香に捧げるために作られた詰連珠からすべてがはじまったわけだし。牧場君が暗号を解いて見つかった涙香の隠れ家で第二の事件が起こり、その事件の渦中もずっと暗号解読の過程が重なっていたわけだから」

　弥生がそう言ったところで、類子が「あのね」と智久に呼びかけた。

「え、何？」

「あの詰連珠、智久君なら完成形を見つけることができるんじゃない？」

　その指摘に家田も思わず首をのばしたが、

「それは無理無理。詰碁や詰将棋もそうだけど、ああいう詰物を作るには打碁や指将棋ともまた違った独特の才能と修練が要るんだ。まして連珠となると、本当に一から研鑽しないと到底無理だよ」

智久は懸命に手を振った。

「本当に無理？　ちょっと勉強すればできるんじゃない？」

「無理だって」

類子は小さく肩をすくめて、

「じゃあ、もうひとつ訊きたかったこと、いい？」

「何？」

「智久君、ほかにも自作のいろはを作ってるでしょ。本当はもっと自信作もあるはずよね。違う？」

それにはぐっと言葉を詰まらせた。

「あるんですね！　それなら披露してくださいよ！」

「ええ、是非とも」

二人にもせっつかれて智久はウーンと頭を掻き、

「じゃあ、ひとつだけ。本当に品格も何もないお遊びなんですが――」

そう言って取り出したメモ帳にボールペンを走らせた。

よゐこが瞽女（ごぜ）へパピポ、ヴァリエーション委ね

フェル博士、メドゥサにペティロホ
マゾの祖母、奇技、膝で輪投げ
犬もツォとグヮバ茶漬けを食べず
小千谷（おぢや）じゅうヱビス・プレミアムブラック

「な、何ですか、これは」

眼をパチクリさせる家田に、

「通常の旧仮名いろはは清音と濁音を同じ文字であらわすので四十七文字、『ん』を加えると四十八文字ですが、これは清音・濁音・半濁音に、v音の『ヴ』、拗音の『やゆよ』、促音の『っ』、長音の『ー』、それに小さい文字で使われる『ぁぃぅぇぉゎ』、おまけに『ゐ』『ゑ』も加えた、口語新仮名で使われるすべての文字を揃えた八十五文字のいろはです。いちおう解説すると、『瞽女』は三味線を弾き語って巡業した盲目の女旅芸人。『パピポ』は子供用ケータイ。『フェル博士』はミステリ好きならご存知のディクスン・カーのシリーズ探偵。『ペティロホ』はチリ産のワインの銘柄。『ツォ』はインドでお供え用に作られるシンプルな揚げ菓子。小千谷は花火大会やへぎ蕎麦（そば）で有名な新潟県の小千谷市です」

「あはは。『奇技、膝で輪投げ』というのがおかしいですね」

「『グヮバ茶漬け』は確かにおいしくなさそう。それにしても、こんなものまで作ってるなんて、やっぱり凄いわ。発想が素敵。ひとつの究極志向ね」

「いや、この発想は借り物なんです。歌人の山田航(やまだわたる)さんがこのコンセプトで作った、

オペがポジれるぞ
フィギュアこそ女体さ
チェキせねば写メも
ほぼ膝曲げず
パヴァーヌ見続けては
プロだわ
揺らぐぜクピドゥ
ウォッカを飲む
海老で名古屋へ呼べブリヂストン

という八十二文字いろはをネットにアップしていたので、僕はそれに小さい『ゎ』と

『ゐ』『ゑ』をつけ足したんですよ」

「ああ、山田さんがそういうのを。それは歌人として心強いわ」

「あと、ネットで実作をいくつか見かけたんですが、短歌の三十一文字と俳句の十七文字を足すとちょうど四十八文字になるので、短歌と俳句のセットでいろはを作るというのも魅力的な趣向ですね」

　その言葉に弥生は驚いて、

「そうか、それは気がつかなかったわ。いろはにもいろんな可能性があるのね。そんなふうにいろいろ聞いていると、私もちょっとチャレンジしてみたいという気になってくるわ」

「それは是非！　菱山さんほどの言語感覚なら、それほど苦労せずに作れると思います」

　家田もすかさず、

「ああ、それはいいですねえ。そうなってくると、涙香特集とは別に、いろはの本も作ってみたくなりますね。いっそ、『萬朝報』に倣っていろはの公募でもしてみようかな」

　すると智久が、

「それなら口語新仮名のいろはもあわせて公募すればどうですか？　やはり歌人の千葉聡さんが『ゐ』『ゑ』の代わりに促音の『っ』と長音の『ー』を加えた口語新仮名四十八文字いろはを提唱しているんです。これまで口語新仮名いろはは全体を七五調で通せないのが最大の弱点だったので、これは画期的なルールと思うんですが」

　家田は大きく眼を見張った。

「そうなんですか。それはいいですね。確かに今となっては文語旧仮名はかなりのハードルだから、そうすればぐっと応募がふえそうだ」

「ええ、そうね。短歌や俳句も口語を取り入れたことでいっきょに裾野がひろまったんだし」

　四人はひとときそうした話題で盛りあがったが、やがてひと段落つき、しばらく会話が途切れたところで、

「それにしても、小峠さん、おかしな置き土産まで残していってくれたわね」

　ふと類子がぽつりと呟いた。

「置き土産？」と、家田。

「あの推理ゲーム。幸徳秋水が『有難うございます』と言ったのはなぜかってやつ」

「そういえばそうだったわね」

「あの騒ぎで尻切れトンボのまま終わっちゃったけど、思い出すと気になりません？　智久君、あの答えが分かったたって言ってたわよね。教えて」

　すると智久は額に指先を押しあてて、

「あれはよく知られた問題の小峠式アレンジなんだ。ただ、小峠さんを告発した身としては、せっかく彼が用意してきた問題の答えをあっさり明かしてしまうのは少々気が咎(とが)めるんだよね」

　類子はえっという顔で、

「だって、智久君、あの人に命まで狙われたんじゃない！」

「それはそれとしてだよ。まして、世界の中心に手を届かせたかったというあの言葉を聞いてしまったあとではね」

　そして智久は空気を変えるような口調で、

「だからこうしよう。僕が出題者役を務めるから、ここでゲームを再開しない？」

「あの続きをやるっていうの？　まあ、私はいいけど」

　そう言って類子がほかの二人に眼を向けると、

「異存はないわ」

「もちろん僕もいいですよ」

「決まりだね。では、誰からでもどうぞ」

と、智久は居住まいを正して促した。

「そう言われても、何をどこまで訊いたか、もうだいぶ忘れちゃってるし。せめて、問題をもう一度言ってもらっていい？」

「じゃあ、肝腎なところだけ。開戦論への涙香の方向転換に憤慨し、論客三人は『萬朝報』の退社を決意。そしてその夜――苦々しい顔の幸徳秋水がノックもせずに社長室に踏みこみ、涙香の前に退社届を叩きつけました。その書状と相手の顔をまじまじと見較べる涙香。かまわず秋水は部屋を出て行くのですが、この間、二人とも全くの無言でした。そして誰もいない編集室に戻った秋水が荷物の整理をしていたところ、涙香がそっと編集室に忍びこんできました。そしていきなり秋水の背後に組みつき、鋭い匕首を咽元に突きつけたのです。はっと驚き、身を固める秋水。すると涙香は手を放し、少しさがってふてぶてしい笑みを浮かべながら、『これが僕からの餞別だ』と言いました。するとしばらく眼をパチクリさせていた秋水は『有難うございます』と深く頭をさげ、荷物を手に社から晴ばれとした顔で去っていきました。さて、この二人のやりとりは何だったのでしょう」

「うん、そうだった。そして涙香さんには秋水さんを本当に傷つけるつもりはなかったのよね。ええっと……じゃあ私からいい？　二人のあいだにこれと同じようなことは以前にもありましたか？」

「ノー。過去の出来事は関係ないとなったはずだけど」

「暗号に集中していた割にはよく憶えてるのね」と、口を尖らせる類子。

「次は私ね。では、念のためだけど、二人のあいだに何か約束事がありましたか？」

「ノー。約束事も打ち合わせもありません」

「僕か。じゃあ、このことは退社を決意したほかの二人と関係ありますか？」

「ノー。全く関係ありません」

「じゃあ、じゃあね、秋水さんには特殊な性癖がありましたか？」

「あはは。それは面白いな。でも、ノー。そんなものはありません」

そんなふうに再び堂々巡りしながらゲームは続いていった。

ほんの一瞬だったが、類子はふと、これはこのゲームが好きだったという美沙子への追悼だろうかと思ったりもした。

心地よく揺れる車両。

流れ過ぎる田園風景。

鉄橋。トンネル。街並み。山並み。

少しずつ藍に近くなっていく青空。白く輝く綿雲。筋雲。ちぎれ雲――。
そしていつしか、東京はもう間近に迫っていた。

あとがき

竹本健治

すべては二〇一〇年七月にはじめたツイッターがきっかけだった。

とりあえずアカウントを取ってはじめてみたところ、その気軽さが気に入ったのだが、いかんせん、もともと発信型の人間でないので書くネタがない。そこでふと思い立ったのが短歌の創作で、これが第二のステップだった。そうして暇を見てぽつぽつ短歌を作っては流すというのを繰り返しているうちに、あるときふと思い出したのが作中でも紹介している囲碁棋士の中山典之氏のエピソードで、もしかして僕にもいろはが作れるかしらんと急にムラムラと挑戦意欲が湧き、あれこれ文字をひねくりまわしてみたところ、何と三時間ほどで一首出来あがってしまったのだ。いやそのときの嬉しさと言ったら。これが一一年九月のことだった。

しばらくはその一作だけで充分満足していたが、三ヵ月ほどしてまたその気になり、二作目が出来あがってみるとますます弾みがついた。とにかく、とりあえず面白いのだ。もともと僕はパズルの類いが好きで、囲碁などのゲーム嗜好も脳の同じ部分を使う快感があるからだが、いろは作りにも全く同種の知的興奮を掻き立てるものがある。理系脳と文系脳の両方を駆使しなければならないというのもいい。こうして僕も中山氏同様、いろは作りという名の甘くも深い罠にどっぷり嵌まりこんでいった。

　作りはじめて分かったことだが、ただ漫然となりゆきに任せるよりも、あらかじめテーマや縛りを決めておいたほうがはるかに作りやすい。そこでいろんな趣向を盛りこんだりして、なるべくバラエティに富ませるように心がけた。また、途中から四十八種すべての文字ではじまるいろはを揃えるのを目標にしたが、一年かからずにそれも達成した。こうして次第に難度の高い趣向を創案すること自体が面白くなり、あれやこれやとその愉しみに淫しているうちに、ひょっこりできたのが本作の要となる二首の暗号いろはだった。

　いざ暗号ができれば、これを使ってミステリが書けないだろうかと考えるのは自然な流れだ。そうなると、いろはの歴史にルネッサンスをもたらした涙香を登場させない手はない。そして涙香といえば連珠だから、そちら方面をふくらませればゲーム・シリーズの延長上の『連珠殺人事件』にあたる作品にもできる。となると、もう探偵役は牧場智久に決まりだ――と、そんな順序でどんどん構想もふくらんでいった。

ただ、それまで涙香に関して連珠といろはと競技かるたとの繋がり以外は全く詳しくなかったので、こんなときには誰よりも頼りになる新保博久氏から稀少な資料をドサッとお借りし、急遽下調べに取りかかった。そして調べれば調べるほどに涙香の傑物ぶり、遊芸百般ぶりに驚かされ、うわ、これはどえらい鉱脈にあたったと雀躍したくなったものだ。特に涙香の詳細な評伝である、三好徹氏の『まむしの周六』が人物像と時代を生き生きと描き出した名著であり、有難かったことを記しておきたい。

その後、登場するいろはの多くを時代や設定にあわせるために新たに作ったり、暗号いろは自体も手を加えたりしたが、いちばん大変だったのは動機に関わるお宝作りで、さすがに僕の能力では完成できなかったが、これにはいったい何百時間費やしただろうか。

また、最後まで残る謎に関してだが、ネットでもちらほら正解を見かけるし、本作が十七回目の本格ミステリ大賞を頂戴した際、授賞式の会場で、式が終わるまでに正解した方お一人に景品をさしあげると募ったところ、僕に耳打ちしたなかに正解者が二人いらしたことをひとつのエピソードとして報告しておこう。

【黒岩涙香 1862~1920】

大阪英語学校で英語を学んだ後、17歳で上京。慶應義塾等で学びながらも自由民権運動に関わり卒業はせず。「絵入自由新聞」入社後２年、24歳で主筆、その後「都新聞」主筆になり、同紙に次々と翻案・翻訳小説を連載して好評を博し著名人となる。30歳（1892年）「萬朝報」を創刊。経営に携わりながら、同紙に『鉄仮面』『巖窟王』『噫無情』などの翻訳小説を発表。五目並べを聯珠（連珠）と命名して発展させる一方、競技かるたのルールの統一にも尽力。まさに史上類を見ない多芸多才の傑物である。写真は碁を研究中の涙香。

解説

恩田　陸

ほぼ二年ぶりにこの作品を読み返してみて、やはり最高に面白かったのだが、感動のツボが初読の時と少し異なるように感じたのが意外だった。率直に言って、今回のほうが「ミステリ」として楽しめたような気がするのである。

むろん、もうあちこちで評判になった凄まじい暗号ミステリであることに変わりはないのだが、今になってみると、初読の時の衝撃と感動は、私にとってかなり個人的で複雑なものだったと気付かされたのだ。

いささか個人的な話で恐縮であるが、二〇一六年の春にこの小説が出版された当時、前後して翻訳もののスパイ小説を読んだ。正直、今の世界で「スパイ小説」というのはやや古臭い感じがする。これほどデジタル化が進み、あらゆる情報が世界のどこにいても手に入れられるようになったのに、何を今更、アナログでローテクな「スパイ」の話をするのかと思いつつ手に取ったのである。かつてスパイ仲間であり恋仲であった男女が久しぶりにディナーを共にするというシチュエーションが私の好みの設定だったので読み始めたのだが、これが意外にも新鮮で面白く、まだまだ「スパイ小説」には可能性があると思わせてくれ、非常に感心したのだ。

実は、それと似たような先入観を、前後して読んだこの『涙香迷宮』にも抱いていたことを告白する。

もちろん、私は竹本健治の『匣(はこ)の中の失楽』以来のファンであるし、竹本健治の書くものならば、常に全肯定で受け入れる（！）準備はできている。

しかし、正直、「暗号ミステリ」というのも、「スパイ小説」と同じくらい、やや古臭いイメージであり、昔のミステリ、という印象を持っていたのも事実だ。どんな暗号もコンピューターソフトが凄まじい速さで演算して解いてしまう現代、それこそ「踊る人形」や「二銭銅貨」の時代と同じように暗号を語ることは難しいだろう、と。

ところが、そのイメージはあっさりと、しかも劇的に覆(くつがえ)されたのである。

五目ならべの発展形である「連珠」というゲームの面白さ、その改良に尽くした黒岩涙香という巨人の面白さ。更にはシチュエーション・パズルなどさまざまなゲームに言及するペダンティックな細部にわくわくさせられるだけでも読者としては至福であったが、何よりも次々と登場する凄まじい数の「いろは歌」こそがこの小説の主人公であると言い切ってもいいだろう。

あの有名な「色は匂へど……」に始まる「いろは歌」は確かに不朽の名作だと思っていたものの、他にもこんなにも繰り返し作られ、今も作られているとは知らなかった。

そして、何より、紹介されている「いろは歌」がどれもこれも素晴らしく、まさに「瞠目」とはこのことである。超絶技巧という言葉だけでは言い尽くせない。まさか、「いろは歌」でこんなこともあんなこともできるなんて！

ホラー調あり、ミステリ調あり、幽玄もユーモアも、なんでもあり。繰り出される「いろは歌」のあまりの凄さに、しまいにはくらくらしてきて、背中が冷たくなってきたくらいである。

私の好きな歌はこれ。

路面落ちぬる　花さへも
寂寥を寄す　我が胸に
今聲絶えて　脅威見ゆ
空の星撞く　ビリヤアド

読者はそれぞれお気に入りの歌を見つけられるだろうし、何より、これらを読んでびっくりし、わくわくし、挙げ句の果てには「自分でも作りたい」と思ってしまったのだ。

これまでの経験だと、よくできた暗号ミステリを読むと、「私にはとてもじゃないけど、こんなの作れないなあ」と降参してしまうのに、「自分でも作りたい」と思ったのはこれが初めてである（暗号ではなく「いろは歌」であるが——しかし、広い意味の暗号であることは間違いない）。

そして、この本を読み終わって気付いたのが、この「わくわく」感が「暗号ミステリ」に対してのものだけでなく、日本語の可能性についての「わくわく」感であったことなのである。

小説家という生業なので、日本語は商売道具であり、日々膨大な活字を読み、大量の文字情報に接している。その量は、今後ますます増えることはあっても、減ることはもはやなさそうだ。

押し寄せる情報、消化し切れぬ日本語の波に、どこかでうんざりしていたことは否定できない。ネット上に溢れる無責任かつ短絡的な文章、読んでいて心が冷えてくるようなむき出しの感情的な日本語に嫌気が差していたことも認めよう。

そんな時に「暗号ミステリ」だと思って読んだこの小説の、綺羅星のごとき数々の「いろは歌」が、そんなモヤモヤ感を吹っ飛ばしてくれたのだ。

日本語はべらぼうに同音異義語が多いために、日本人は掛け詞や駄洒落をはじめ、世界有数の識字率の高さも手伝って、高貴な人から庶民まで、趣向を凝らして広く言葉遊びを楽しんできた。

たったの四十八文字の無数の歌の中には、とてつもない重層的なイメージの世界が広がっている。こんな短い歌の中に、日本語は宇宙を詰め込めるほど、多くの人々が豊かなものを見てきたのだ。

つまり、この小説の初読の時の衝撃と感動は、「こんなこともできるのか。そもそも、こんなことができる言語だったのか」という驚きと、そのことに今更ながらに気付かせてくれた竹本健治への感謝がほとんどを占めていたことを、今回の再読で発見したのである。

改めて、竹本健治に「ありがとう」と言いたい。そして、文庫で初めてこの本を読む読者にも、その驚きと感謝を味わってもらいたいし、その感情を共有したいと切に願っている。何よりもまず、とびきり面白い「暗号ミステリ」を、まずは心ゆくまで楽しんでいただきたい。

本書は二〇一六年三月に小社より、単行本として刊行されました。

|著者| 竹本健治　1954年兵庫県相生市生まれ。東洋大学文学部哲学科在学中にデビュー作『匣(はこ)の中の失楽』を伝説の探偵小説誌「幻影城」に連載、'78年に幻影城より刊行されるや否や、「アンチミステリの傑作」とミステリファンから絶賛される。以来、ミステリ、SF、ホラーと幅広いジャンルの作品を発表。天才囲碁棋士・牧場智久が活躍するシリーズは、'80～'81年刊行のゲーム３部作（『囲碁殺人事件』『将棋殺人事件』『トランプ殺人事件』）、『狂い壁 狂い窓』、第17回本格ミステリ大賞受賞の本書まで続く代表作となっている。

涙香迷宮(るいこうめいきゅう)
竹本健治(たけもとけんじ)

2018年３月15日第１刷発行
2019年７月16日第４刷発行

講談社文庫
定価はカバーに表示してあります

発行者――渡瀬昌彦
発行所――株式会社　講談社
東京都文京区音羽2-12-21　〒112-8001
電話　出版　(03) 5395-3510
　　　販売　(03) 5395-5817
　　　業務　(03) 5395-3615

デザイン―菊地信義
本文データ制作―講談社デジタル製作
印刷―――株式会社廣済堂
製本―――株式会社国宝社

Printed in Japan

ISBN978-4-06-293872-3

講談社文庫刊行の辞

二十一世紀の到来を目睫に望みながら、われわれはいま、人類史上かつて例を見ない巨大な転換期をむかえようとしている。

世界も、日本も、激動の予兆に対する期待とおののきを内に蔵して、未知の時代に歩み入ろうとしている。このときにあたり、創業の人野間清治の「ナショナル・エデュケイター」への志を現代に甦らせようと意図して、われわれはここに古今の文芸作品はいうまでもなく、ひろく人文・社会・自然の諸科学から東西の名著を網羅する、新しい綜合文庫の発刊を決意した。

激動の転換期はまた断絶の時代である。われわれは戦後二十五年間の出版文化のありかたへの深い反省をこめて、この断絶の時代にあえて人間的な持続を求めようとする。いたずらに浮薄な商業主義のあだ花を追い求めることなく、長期にわたって良書に生命をあたえようとつとめるところにしか、今後の出版文化の真の繁栄はあり得ないと信じるからである。

同時にわれわれはこの綜合文庫の刊行を通じて、人文・社会・自然の諸科学が、結局人間の学にほかならないことを立証しようと願っている。かつて知識とは、「汝自身を知る」ことにつきていた。現代社会の瑣末な情報の氾濫のなかから、力強い知識の源泉を掘り起し、技術文明のただなかに、生きた人間の姿を復活させること。それこそわれわれの切なる希求である。

われわれは権威に盲従せず、俗流に媚びることなく、渾然一体となって日本の「草の根」をかたちづくる若く新しい世代の人々に、心をこめてこの新しい綜合文庫をおくり届けたい。それは知識の泉であるとともに感受性のふるさとであり、もっとも有機的に組織され、社会に開かれた万人のための大学をめざしている。大方の支援と協力を衷心より切望してやまない。

一九七一年七月

野間省一